KR272288

지금, 그리고 그때

지금, 그리고 그때

지금, 그리고 그때

저메이카 킨케이드 장편소설

정소영 옮김

문학동네

캔디스 킹 위어에게

차 례

1

지금, 그리고 그때를 보라. 뉴잉글랜드의 작은 마을에 자리잡은 셜리 잭슨 하우스에서 아름다운 페르세포네와 어린 헤라클레스, 이렇게 두 아이 그리고 미스터 스위트와 함께 사는 사랑스러운 미시즈 스위트여. 셜리 잭슨*이 살았던 그 집은 언덕 위에 있어서, 미시즈 스위트는 퍼랜강 물이 역시 퍼랜이라는 이름의 인공 호수에서 나와 거세고 빠르게 흘러가는 모습을 창문으로 내려다볼 수 있었다. 고개를 들면 주위를 둘러싼 산이 보였고, 볼드와 헤일과 앤서니라는 이름의 그 산들은 모두 그린산맥의 일부였다. 소방서도 보였는데, 그녀는 그곳에서 열리는 주민

---

* 미국 소설가. 『힐 하우스의 유령』 등 호러와 스릴러로 유명하다.

모임에 이따금 참석해 자신과 가족의 복지에 지대한 영향을 줄 수도 있을 정부 대표의 이야기를 듣거나, 소방관들이 소방차들을 꺼내 이리저리 해체하고 다시 조립한 뒤 하나같이 반짝반짝 윤이 나게 닦고서 그걸 몰고 요란하게 마을을 돌아다니다가 다시 소방서 안에 집어넣는 것을 보았다. 어린 헤라클레스가 종종 장난감 소방차를 가지고 그렇게 놀았기 때문에 미시즈 스위트는 그런 소방관들을 보면 아들이 떠올랐다. 하지만 미시즈 스위트가 셜리 잭슨 하우스에서 창밖을 내다보고 있는 그때, 아들은 더이상 그러고 놀지 않았다. 그 창문에서는 또한 저속촬영기법을 발명한, 지금은 세상을 떠난 남자가 살았던 집도 보였다. 그리고 옐로 하우스도 보였다. 호메로스가 정성 들여 아주 세심하게 복구했던 집, 마룻바닥에 광을 내고 벽을 칠하고 배관을 새로 갈았던 집이었다. 그 끔찍한 가을에 앞선 여름철 내내 그 일을 했다. 그 가을 그는 사냥을 가서 평생 잡았던 것 중 가장 커다란 사슴을 활로 쏘아 잡았고, 그 사슴을 트럭 짐칸에 싣다가 나자빠져 죽었다. 미시즈 스위트는 마하르 장례식장에서 관 속에 누워 있던 그의 모습을 보았으며, 그때 이런 생각을 했다. 어째서 장례식장은 늘 그렇게 반기는 듯 보일까, 밖에서 보면 왜 그렇게 마음을 끄는 것일까, 실내의 의자는 어째서 그렇게 편안한 걸까, 아름다운 금빛 등불이 실내의 모든 물체를 가만히 안

아주는 이유는 뭘까, 주요 대상은 망자인데. 그녀는 관 속에 홀로 아늑하게 누운 호메로스를 보며 혼잣속으로 그렇게 물었다. 고인은 새 사냥복을 차려입고 있었다. 빨간색과 검은색 격자무늬 모직 재킷과 빨간색 니트 모자였는데, 모두 울리치나 존슨 브라더스나 아니면 다른 아웃도어 의류회사 제품이었다. 그의 모습이 너무나 생전 그대로라 미시즈 스위트는 그에게 말을 걸고 싶었다. 자기 집인 셜리 잭슨 하우스에 페인트칠해주러 올 수 있는지, 아니면 배관을 고치든, 지붕 홈통을 청소하든, 지하실에 물이 새지 않는지 살펴보든, 무엇이 되었든 간에 와서 해줄 수 있는지 묻고 싶었다. 너무나 생전 모습 그대로였기 때문에. 하지만 그의 아내가 말하길, 호메로스는 평생 잡았던 것 중 가장 큰 사슴을 쏘아 잡았고, 그 사슴을 트럭 짐칸에 실으려다 죽었다고 했다. 미시즈 스위트는 고인의 세속성에 공감했다. 수많은 벌레, 기생충이 계획적인 악의 없이 호메로스를 먹어치우기 시작해서 정말 애석하게도 곧 경이와 환멸의 영역으로 사라져가는 그의 모습을 떠올릴 수 있었기 때문이다. 그 모두가 얼마나 애석했던지, 셜리 잭슨이 예전에 살았던 집의 창가에 서 있는 미시즈 스위트는 그때를 볼 수 있었다. 건너편 집에 살던 연로한 미시즈 맥거번도 세상을 떴는데, 나이들기 전부터 그 집에서 오랫동안 살았더랬다. 미시즈 맥거번이 살았던 그 집은 아주 오래전의 다른 시대로 거슬러올라가는 신고전주의인가 뭔가 하는 양식으로 지은 건물이었다. 그 부인이 나고 자라 결혼을 하고 남편과 옐로 하우스에서 살고 작약만 심은 정원을 꾸미기 한참 전인 시대로. 수술과 가장 가까운 꽃잎에 암적색 줄무늬가 있어 마치 상상의 밤이 상상의 낮을 가로지르는 듯한 커다란 흰색 꽃, 그런 작약들이 미시즈 맥거번의 정원에서 자랐다. 부인은 다른 식물도 키웠지만 그것이 무엇이었는지 아무도 기억하지 못해 오로지 작약만 기억에 남았다. 그래서 미시즈 맥거번이 죽어 이 땅에서 자취를 감췄을 때, 미시즈 스위트는 그 정원에서 작약을, '페스티바 맥시마'라는 이름의 그 꽃들을 캐다가 자기 정원에 심었다. 정원은 미스터 스위트와 아름다운 페르세포네가, 심지어 어린 헤라클레스조차 몹시 싫어하는 장소였다. 펨브로크 부자父子가 잔디를 깎았다. 이따금 그 아버지는 마을 주민들, 지금도 퍼랜강 강둑에 자리한 뉴잉글랜드의 그 마을 주민들에게 가장 이득이 된다고 여겨지는 대로 찬성표나 반대표를 던지러 주도州都인 몬트필리어에 나갔지만. 마을의 다른 주민들, 울밍턴 가족은 늘 자기 집에 살았고 아틀라스 가족도 그렇고 엘웰 가족, 엘킨스 가족, 파워스 가족도 그랬다. 도서관에는 책이 가득했지만 그곳에 드나드는 사람은 어린 자녀를 둔 부모, 마치 독서가 신비로운 형식의 사랑, 계속 신비로워야 하는 신비

라도 되는 것처럼, 자녀들이 책을 읽기를 바라는 부모들 말고는 아무도 없었다. 뉴잉글랜드의 작은 마을엔 그 모두와 그 이상의 것들이 있었고, 그 모두와 그 이상의 것들이 그때이자 지금이었다. 미시즈 스위트의 마음속에서는 시간과 공간이 서로 뒤섞여 하나가 되어가고 있었으니까.

●

유리창 안쪽에, 창가에 서 있는 미시즈 스위트의 눈에 그 모두가 들어왔지만, 당시의 그녀에게는 보이지 않는 것도 너무 많았다. 검은자작나무의 죽은 가지로 만든 네모 틀 안의 화폭에 갇힌 듯이 모두가 꼼짝 않고 또렷이 눈앞에 펼쳐져 있었지만, 그녀는 볼 수 없었고 볼 수 있었다 해도 이해할 수 없었다. 남편인 사랑스러운 미스터 스위트는 그녀를 몹시 미워했다. 그녀가 죽어버렸으면 하고 바랄 때가 허다했다. 한번은, 근처 마을에 사는 주민들을 청중삼아 쇼스타코비치의 피아노협주곡을 연주한 뒤 집에 돌아온 어느 밤에도 그랬다. 주민들은 이따금 기분전환삼아 외출하고 싶은 마음이 들었다가도 근방에는 아무것도 없고 자기 집만큼 좋은 곳도 없었기 때문에 집을 나서자마자 곧바로 돌아가고 싶어졌고, 미스터 스위트의 피아노 연주를 들으면 졸려서 고개가 떨어지기 일쑤였고, 턱을 가슴까지 떨구지 않으려 기를 써도 어쩔 수 없어서 휘청하는 몸을 다시 세우고 침을 꿀꺽 삼키고 헛기침을 하면, 시골 청중을 등지고 앉았더라도 미스터 스위트는 이 모든 상황을 감지할 수 있었다. 사람들 각자가 내보이는 씰룩거림과 진저리를 모두 감지할 수 있었다. 미스터 스위트는 쇼스타코비치를 사랑했고, 그가 작곡한 음악—〈인민위원에 대한 서약〉〈숲의 노래〉〈피아노를 위한 여덟 개의 전주곡〉—을 연주할 때면 그에게 닥쳤던 깊은 슬픔과 그가 겪은 부당한 일이 미스터 스위트 자신에게도 밀려들었으며, 그러면 작곡가와 그가 작곡한 음악에 깊이 감동을 받아 연주하며 눈물을 쏟았다. 저 지긋지긋한 여자, 아내인 사랑스러운 미시즈 스위트와 함께하느라 자신의 삶을, 자신의 소중한 삶을 다 허비하고 있다고 상상하며 절망감을 몽땅 그 음악에 쏟아부었다. 미시즈 스위트는 어린 자녀들을 위해 프랑스 요리를 세 코스로 차려 내놓는 일을 사랑하고, 자녀들과 함께 있는 것을 사랑하고, 정원도 사랑하고 미스터 스위트도 사랑했는데, 그는 그 사랑을 받을 자격이 거의 없었다. 얼마나 왜소한 남자인지 때로 사람들이 그를 설치류로 착각하기도 했다. 설치류처럼 종종거리며 다녔기 때문이다. 그런데 그는 설치류이기는커녕, 비트겐슈타인과 아인슈타인, 그리고 거트루드*를 비롯해 '슈타인'으로 끝나는 다른 인물을 이해할 능력이 있는, 우주 자체의 복잡성과 인간 존재 자체의 복잡성을 이해할 수 있는, 지금이 그때라는 사실과 어떻게 그때가 지금이 되는지를 이해할 수 있는 남자였다. 모르는 것이 없는데도 그는 자신을 표현할 수가 없었다. 세상 앞에서는, 적어도 세상이 뉴잉글랜드의 작은 마을 주민이라는 모습으로 나타났을 때는, 그때 자신이 얼마나 비범한 인물이었는지, 과거에도 그랬고 앞으로도 그럴 것임을 보여줄 수가 없었다. 이들은 허구한 날 똑같은 양말을 신고, 젊은 시절 색도 선명하고 매끄럽던 머리칼이 이제는 바래고 푸석해졌는데도 염색을 하지 않고, 불완전한 음식, 예를 들어 자연적 병원균이나 벌레로 인해 시들시들해진 음식을 즐겨 먹는 사람들, 보일러 점화용 불씨가 꺼져 집이 추워지면 배관이 얼어버릴까봐 걱정하면서도, 배관공을 불러야 할 텐데 배관공이 오면 먼젓번 왔던 배관공에 대해 불평을 늘어놓을까봐, 배관공들은 으레 다른 배관공의 작업이 문제였다고 하니까 그런 불평을 할까봐 걱정하는 사람들이었다. 청중이 걱정하는 온갖 것을 미스터 스위트는 들어본 적도 없었다. 미스터 스위트는 도시에서 자랐고, 수많은 세대가 들어찬 큰 건물에서 살았고, 그곳에서는 뭔가 문제가 생기면 관리인이라는 사람을 불러 고칠 수 있

---

* 미국 작가 거트루드 스타인(Gertrude Stein).

었기 때문이다. 관리인은 전구를 갈아주고, 승강기가 멈추면 고치고, 쓰레기도 치우고, 로비 바닥도 문질러 닦고, 업체를 불러야 할 일이 생기면 부르고, 뭐든지 도맡아 처리했다. 미스터 스위트의 삶에서는, 그의 어린 시절에는 관리인이 그 많은 일을 해냈기에, 저 지긋지긋한 여자와 결혼해서 함께 살기 전까지는, 자기 자식의 어미인, 특히 아름다운 딸의 어미인 저 여자와 이곳에 와서 살기 전까지는 그런 걱정거리는 전혀 들어본 적이 없었다. 피아노협주곡이 끝나자 미스터 스위트는 그 음악의 작곡가와 일체가 되었던 상태에서 빠져나와 정신을 차렸고, 청중도 정신을 차리고는 거위털을 채운 코트에 몸을 넣었다. 코트에는 난로나 장작을 태우는 화덕에서 피어나는 연기 냄새가 짙게 배어 있었는데, 그것은 겨울의 냄새였고, 미스터 스위트가 몹시 싫어하는 냄새였다. 그런 냄새는 관리인이 다 알아서 처리했으므로 미스터 스위트의 어린 시절 냄새는 아니었다. 플라자호텔의 식당, 어머니가 쓰던 프랑스 향수, 미스터 스위트의 어린 시절 냄새는 그런 것이었고 그것이 그때였다. 어머니의 향수, 플라자호텔. 그는 화덕에서 항상 장작이 타고 있는 방에서 사는 듯한 냄새를 풍기는 그 사람들에게 인사를 했고, 그들이 스바루나 중고 사브를 몰고 집으로 가버리자 곧바로 그들을 머릿속에서 지웠다. 그는 낙타털로 만든 코트, 아주 멋진 더블코트를 입었다. 그의 끔찍한 아내인 미시즈 스위트가, 그가 태어난 도시의 고급 남성복점인 폴 스튜어트에서 사다준 코트였다. 우매한 아내가 사다준 코트라 그는 그 코트를 질색했다. 바나나보트나 다른 우매한 운송 수단을 이용해 이민 온 지 얼마 되지도 않은 주제에 고급 의류가 어떤 건지 어떻게 알겠는가. 그녀의 모든 면이 우매했다, 그녀가 타고 온 배까지도. 코트가 자신에게 잘 어울렸으므로 그는 그 코트를 아주 좋아했다. 그는 왕자였고 왕자는 그런 코트를, 그런 우아한 코트를 입어야 하니까. 청중이 사라져서 무척 기분이 좋아진 그는 자신의 중고 사브, 다른 대부분의 사브보다 나은 그 차의 운전석에 들어가 앉았고, 도로로 나선 뒤 좌회전해 4분의 1마일가량 가자 자신의 집인 셜리 잭슨 하우스가 보였다. 자신의 비운이 서린 건물, 그 감옥 안의 간수는 십중팔구 화초와 씨앗 카탈로그에 둘러싸인 채 이미 잠자리에 들었거나, 침대에 누워 『일리아스』나 아폴로도로스의 『그리스신화 도서관』을 읽고 있을 것이다. 바나나보트를 타고 온 끔찍한 년, 그것이 그의 아내 미시즈 스위트였다. 그런데 혹시 저 문 안쪽에서 뜻밖의 일이 그를 기다리고 있지는 않을까. 불쌍하고 불운한 남자—미스터 스위트는 자신이 그런 남자라고 여겼으니까, 짐승들 사이에서 태어난 저 망할 년과 결혼할 만큼 불운한 그 같은 남자에게도 말이다. 뜻밖의 일이란 아내의 머리만 싱크대 위에 놓여 있고 나머지 몸은 찾을 수 없는 그런 일이다. 이제 더는 그녀가 그 자신의 출세를 가로막지 못함을 몸통에서 잘린 머리가 증명해주는 그런 일. 진정한 그 자신, 진정한 그 자신, 진정한 그 자신, 그가 될 수도 있었던 진정한 모습이 되는 일을 가로막는 것이 바로 그의 삶 속 그녀의 존재였으니까. 그는 정말이지 왜소한 남자여서, 어린 헤라클레스 옆에 설 때면 특히, 엄청난 과업을 이루어 유명해진, 그가 태어나기 전부터 유명했던 그 인물 옆에서는 특히 자신의 왜소함을 사무치게 절감했다.

●

아, 안 돼, 안 돼! 엄청난 지질학적 융기에서 비롯된, 그린과 앤서니라는 이름의 산과 골짜기를 흐르는—자연스러운 그 흐름을 인공 호수가 가로막는—퍼랜강을 내다보며 미시즈 스위트가 외쳤다. 지금을 바라보는 그때와 그녀의 현재가 그 안에 깊숙이 파묻힐 것이어서, 하도 깊숙이 파묻혀, 어떤 모양이나 형태로든 그녀를 닮은 그 누구도 절대, 영영 알아보지 못할 것이어서. 어떤 인종도 성별도 동물도 식물도, 다른 자연계의 어떤 존재도, 지금까지 알려진 그 무엇도 그녀의 고통에서 얻는 바가 없을 것이고 그럴 수도 없을 텐데, 그녀의 존재가 온통 고통이었기 때문이다. 사랑, 사랑, 온갖 형태와 윤곽으로 나타나는 사랑, 미움도 그중 하나고, 그래, 미스터 스위트도 그녀를 사랑했고, 그의 미움은 그녀를 향한 사랑의 한 형태였다. 굽은 등과 구부정한 어깨 위로 솟은 그녀의 기다란 목을 보며 그가 감탄하는 모습을 보라지. 그녀의 다리는 너무 길고, 몸통은 너무 짧았다. 주저앉은 텐트처럼 펑퍼짐한 코는 살지고 넙데데한 볼 사이에 얹혀 있었다. 귀는 있어야 할 자리에 있었지만 돌연 사라져버려, 어떤 유의 증거를 들어 해명해야 한다면 이러저러하게 알려진 귀의 기억들을 소환해야 할 것이었다. 입술은 천지창조 이전의 세상을 보여주는 어린아이의 그림 같았다. 혼돈의 상징, 아직 스스로의 진정한 형태를 인식하지 못한 대상. 그녀의 신체가 그러했다. 잡지에 글을 싣는 필자나 지구 자체의 운명에 관한 책을 쓰는 작가, 혹은 우리가 사는 방식, 우리라고 해봐야 그저 미미한 자아들일 테지만 그런 우리가 현재 사는 방식을 주제로 책을 쓴 사람들을 위해 차려놓은 점심이나 저녁 식탁을 장식하는 화병 속에 한데 모아놓은 무엇처럼 그녀를 상상하는 것이다. 하지만 그런 건 상관없이, 사랑이 기준이고 다른 모든 감정은 그저 사랑을 나타내는 형태에 불과하기에 미움도 사랑의 변형이다. 미움은 사랑의 정반대이고 그래서 사랑과 가장 유사한 형태이다. 미스터 스위트는 아내인 미시즈 스위트를 미워했다.

산과 골짜기와 호수와 강, 지구의 자연스러운 진화 과정에서 생겨난 격렬한 현상의 잔재인, 자연적으로 형성된 이 풍경을 바라보는 미시즈 스위트는 그 사실을 몰랐다. "여보, 당신을 위해 내가……" 그에게 아내가 얼마나 사랑스러운지, 사랑스러운 미시즈 스위트를 향한 사랑을 표현하는 남편의 수많은 문장은 이런 식으로 시작했다. 그녀가 겨울이라 불리는 끔찍한 것에 단호히 맞서기 위해 뜨거운 물을 채운 욕조에 누워 있을 때 미스터 스위트는 그녀의 빈 잔에 진저에일을 더 따라주고 오렌지 조각을 더 가져다가 접시에 수북이 쌓아주곤 했다. 겨울이야 하나의 계절에 불과하지만, 바나나보트 이전의 삶에서는 미시즈 스위트가 전혀 들어보지 못한 것이었다. 아, 바나나보트, 그녀가 하찮아지는 지점이여, 아! 그래서 아내가 셜리 잭슨 하우스 욕조의 뜨거운 물에 잠겨 있을 때 미스터 스위트가 과일을, 지구에서 가장 뜨거운 지역에서 자라는 오렌지를 가져다준 것이다. 아아아아, 감미로운 한숨이 들린다면, 그것은 미시즈 스위트의 두툼한 혼돈의 입술 사이에서 비어져나온 소리일 것이다. 비록 인간 존재를 넘어서는 희박한 공허 속이 아니라면, 그때나 지금이나 미시즈 스위트는 볼 수 없는 뭔가의 속이 아니라면 소리는 달리 갈 곳이 없는지라 소리 자체는 절대 빠져나오지 못하겠지만 말이다. 그러나 미스터 스위트는 아내를 사랑했고, 그녀도 남편을 사랑했다. 남편에 대한 그녀의 사랑은 그때나 지금이나 말할 필요도 없다. 그린산이나 앤서니산처럼, 퍼랜이라는 이름의 인공 호수나 같은 이름의 강처럼 그러려니 했고, 당연시했다.

사랑의 본질은 뭘까? 하지만 그것은 미스터 스위트나 할 법한 질문이었다. 그는 서로 멀리 떨어진 대륙에서 수백만 명이 짧은 기간에 살해당하는, 삶과 죽음이라는 문제가 드리운 분위기에서 자랐기 때문이다. 그와 달리 미시즈 스위트의 머리 위를 떠다니는 질문은 어떤 참혹함, 비틀린 인간관계, 바로 대서양 노예무역이었다. 비록 그녀 자신은 치마의 스타일 또는 블라우스나 옷깃이나 소매의 스타일이라도 되는 양 그것을 이해하게 되었지만 말이다. 대서양이 뭐지? 노예무역이 뭐지? 미스터 스위트는 그렇게 물으며 미시즈 스위트를 바라보았다. 그녀는 창문가에서 그린과 앤서니의 이름을 따다 붙인 산들과 퍼랜이라는 이름의 강을 내다보고 있고 그는 강당에서 돌아오는 길이었다. 300명은 수용할 수 있게 지어진 강당이지만 그가 피아노 앞에 앉아 러시아 시민이었던 남자가 작곡한 음악을 연주할 때 그곳에 있던 사람은 겨우 열 명 내지 스무 명 정도였다. 그 음악에 너무나 심취하여 미스터 스위트의 영혼은, 영혼이 무엇이든 간에, 죽음의 속성인 그 모든 알려져 있지 않음으로 인해 죽음 자체를 알 것 같으면서도 알 수가 없어 고통스러워했다. 사랑의 본질은 무엇인가?

하지만 미시즈 스위트는 자신의 삶을 내다보고 있었다. 건너 편에는 그린과 앤서니라는 산이 있고 그 아래로는 강이 흘러가는 셜리 잭슨 하우스에서. 오후 나절에 부화하는 무척추동물을 탐하는 송어가 가득한 퍼랜과 배튼킬과 브랜치 강의 물줄기, 그리고 그 강들은 모두 다른 물줄기인 허드슨강으로 흘러들어가고, 허드슨강은 다른 지류들과 함께 더 거대한 수역인 대서양으로 흘러간다. 샘플레인호수로 흘러가는 메토위강을 제외하고 모든 지류가 그곳으로 흘러간다. 그리고 그녀는 지금 그녀를 생각한다. 지금이었더라도 그때가 될 것이 아주 확실하다는 사실을 알면서도. 현재는 그때이자 지금이고 과거도 그때이자 지금이며 미래도 그때이자 지금이 될 것이기 때문에, 과거와 현재와 미래는 영원한 현재시제를 가지지 않으므로 지금 당장의 측면에서 확실성이라고는 없음을 알면서도. 그녀는 아이들을 불러모았다. 어떤 일이 닥치든 늘 그러할 어린 헤라클레스와 늘 그렇게 아름답고 완벽하고 정당할 아름다운 페르세포네를.

●

그러나 몸에서 잘려나온 그녀의 머리통이 노란색 싱크대 위에 놓여 있지는 않았다. 몸통은 델라웨어협곡 근처의 진흙 속에 박혀 있고, 다리는 아하가르고원의 대리석 노출지에, 손은 임페리얼사구砂丘에 있는 식으로 나머지 신체가 시간 속으로 뿔뿔이 흩어져 있는 일은 없었다. 우리가 자연이라고 부르는 것 속에서 이런 광경을 본다면 참으로 대단했겠지만, 미스터 스위트는 결코 이런 광경을 볼 수 없을 것이었다. 그 자신에게 친숙한 환경, 셜리 잭슨 하우스와 집안의 그 모든 멋진 가구를 두고 떠나는 일이 무서웠기 때문이다. 미시즈 스위트가 매사추세츠 애덤스의 웨이벌리 팩토리 아울렛에서 천을 사오고, 뉴욕 화이트크리크에 사는 남자가 그 천을 씌운 소파와 의자들을. 미스터 스위트는 차고 위의 방을 자신을 위한 보금자리로, 일종의 작업실로 꾸몄다. 그 방에서 그는 많은 글을 썼지만 미시즈 스위트는 왠지 장례식장의 맞이방을 재현해놓은 것처럼 보인다는 생각이 들었고, 그런 생각이 들면 죽을 것 같았다. 하지만 그는 그 방을 사랑했다. 어둑하고 자신이 사랑하는 온갖 물건이 가득했기 때문이다. 데빌드 에그*나 그가 모은 수많은 클로딘 시리즈** 책 같은 프랑스 파리의 기억들, 여섯 살 때 그가 옷을 벗어보라고 했

---

* 삶은 달걀을 반으로 잘라 노른자를 빼낸 후 속을 채운 음식.
** 프랑스 작가 시도니가브리엘 콜레트와 그녀의 남편 앙리 고티에빌라르가 쓴 소설 시리즈.

던 동갑내기 여자애 사진, 스물일곱 살 때 사랑에 빠졌던 열일곱 살짜리 여학생의 사진, 어릴 때 만들었던 꼭두각시 인형, 아주 어릴 때 먹었던 맛난 푸딩, 오래된 시립 발레단 공연 표와 오래된 극장 표, 모두가 그에게 매우 소중한 시간인 어린 시절의 기념품이었다. 그녀는 너무 끔찍한 인물이라, 끔찍한 망할 년이라 이 방 근처에는 얼씬도 하지 말아야 했다. 그는 항상 방문을 잠갔고, 항상 열쇠를 가지고 다녀 그녀가 들어오지 못하게 했다. 그녀와 침실에 들어갈 때만 열쇠를 비밀 장소에 두었다. 그녀가 자신의 생각을 읽을까 두려워 스스로도 생각하지 못할 정말 은밀한 장소에. 그녀가 무슨 일까지 저지를 수 있을지 누가 알겠는가? 바나나보트를 타고 온 사람들은 도무지 알 수가 없는 사람들이고 그녀야말로 바나나보트를 타고 왔으니까. 여하튼 그녀의 머리통은 싱크대 위에 놓여 있지 않았고 싱크대 상판은 노란색 포마이카*였다. 싱크대는 흰색이거나 대리석이거나 그냥 나무 재질이어야 한다고 보는 미스터 스위트에겐 혐오스러웠지만, 미시즈 스위트는 굳이 그 혐오스러운 노란색 포마이카 상판을 찾아내서 싱크대에 얹었고 주방 벽은 카리브해의 색들로 칠했다. 복숭아가 아니라 망고나 파인애플의 색 말이

---

* 가구 등에 사용하는 합성수지 도료.

다. "이 집의 모습은 사랑하는 내 어머니가, 나와는 맞지 않으리라고 단번에 알아볼 어떤 사람의 집 같아. 저 끔찍한 년과 결혼하지 말라고 경고했던 사랑하는 어머니, 제대로 된 교육을 받지 못한 저 여자와 어울리지 말라고 경고했던 사랑하는 내 어머니, 하지만 난 그녀의 다리가 무척 좋았어. 얼마나 길쭉한지, 날 두 번 감고도 남았어. 지금 그 다리는 내가 절대 찾아가지 못할 장소의 바위 노출지에 묻혀 있지. 게다가 과장하는 말투도 무척 좋았어. 화병에 꽂힌 튤립 열 송이를 보면, 발랄하게 춤추는 1만 송이 수선화가 한눈에 들어왔다고 말하곤 했지. 때로는 하늘에 무지개를 띄우기도 했어. 정말 날씨가 좋은데, 그보다 더 좋아야 하고 그러려면 무지개가 딱이라면서. 정말 재미있고 무척이나 달랐지. 안 가는 데 없이 쏘다니다가 돌아와서 그 이야기를 들려줄 때면, 딱히 거짓말은 아니지만 잔뜩 꾸며낸다는 건 알았어. 그 말 그대로의 상황은 있을 수가 없으니까. 코네티컷의 숲은 아름답기는커녕 피를 빨아대는 벌레들이 가득하고 그런 벌레에 물리면 엄청 부어오르지. 그리고 난 이렇게 외딴 마을에서 살고 싶지 않았어. 다른 여자와 정분이 나서 남편을 버린 여자가 적어도 세 명은 되는데 그녀도 종국에는 그렇게 될 게 뻔한 그런 마을, 하지만 다른 사람에게 그녀를 떠넘기고 싶지는 않아. 남자가 여자가 되어 자기 아내와는 딴판인 다른 여자와 결혼하려고 자기 아내를 버리는 그런 마을에서 살고 싶지 않았다고. 하나같이 뚱뚱하고 다들 서로 아는 사이고 여자들이 전혀 아름답지 않은 곳에서 살고 싶지 않았어. 그래서 내가 예전에 반했던 사랑스러운 젊은 여학생들이 참 고마워. 내가 이런 이야기를 크게 떠벌리는 법은 절대 없지만 이 사실이 부끄럽지 않아. 난 절대 큰 소리로 떠드는 법이 없는데, 그녀의 또다른 싫은 점이 바로 그거야. 너무 시끄럽고, 시끄럽고, 시끄러워! 집에 돌아올 때마다 집안에 어리사 프랭클린*이 있는 건 바라지 않는다고. 1월이면 오후 다섯시에, 7월이면 저녁 여덟시에 하루 일과가 끝나는 곳에 살고 싶지도 않았고, 노래 선생이 노래를 못 부르고 다른 선생들은 하나같이 멍청한 그런 학교에서 가르치고 싶지도 않았어. 이곳, 이 마을이 정말 싫어. 난 절대 여기서 살고 싶지 않았어. 언제나 도시에서 살았지. 다들 교양 있고, 형제자매와 배가 맞아 아기를 낳으면 다들 눈살을 찌푸리는 곳, 사람들이 연극도 보러 가고 프랑수아 트뤼포의 영화도 보러 가는 곳. 〈400번의 구타〉를 보고 정신없이 웃느라, 피프스 애비뉴 북쪽에서는 택시를 잡고 싶어도 못 잡는다는 사실도 잊게 되는 도시. 바나나보트를 타고 온 저 여자가, 내 어머니가 결혼을 만류

---

* '솔(soul) 음악의 여왕'으로 불리던 미국 가수.

했던 저 멍청한 년이 나를 여기로 끌고 온 거야. 우린 그때 공통점이라고는 없었는데 지금도 전혀 없지. 저 여자가 나를 여기로 끌고 왔어, 아이들이 더 잘 지낼 거라면서. 공기가 맑다고, 공기가 맑긴 하지만 난 맑은 공기와 저 나무들이 다 질색이야. 잎을 다 떨군 뒤에도, 저것들이 다 죽었구나 싶을 때 다시 새순이 돋아나는 저 나무들. 난 죽은 나무가 좋거든. 건물도 화강암이나 절대 파괴되지 않을 뭔가, 영원히, 언제나 그 자리에 존재할 뭔가로 지었을 법한 높은 건물이 좋다고. 도시는 전연 잠들지 않아. 도시에는 늘 뭔가를 하느라 잠들 수 없는 사람이 있고, 그래서 살아 있다는 건 항상 그 모습 그대로인, 절대 멈춰 서지 않는 무엇과 영원히 접촉하는 것이라는 생각, 내가 잠에 빠진 동안에도 살아가는 일이 지속된다는 생각을 언제나 잊지 않도록 해줄텐데. 하지만 저 여자는 그렇지 않아, 삶의 순환을 사랑하니까. 어쨌든 자기 말로는 그렇다는데, 삶의 순환이라니 멋진 생각을 참 추하게도 표현했지. 하지만 저 여자는 추한 인물이야, 망할 년이고 추한 인물이지. 그 존재만으로도 역겨워. 이름이 룰루가 아니라 미시즈 스위트라는데, 이름과는 딴판이야. 아이들은 맑은 공기를 무척 좋아하겠지만, 이 아이들, 난 아이들에 대해 감을 잡을 수가 없어. 내가 아이를 원했을 수도 있고 원하지 않았을 수도 있고. 어느 날 그녀가 아이들은 맑은 공기를 좋아할 거라고 말했지. 아이들이 맑은 공기를 좋아할 거라고. 난 맑은 공기가 정말 싫어, 생각만 해도 끔찍해. 맑은 공기에는 듀크 엘링턴*이 없잖아. 난 듀크 엘링턴을 사랑하고, 어릴 적에는 종종 침실에 혼자 앉아 나 자신이 듀크 엘링턴이 되는 상상을 했지. 이런저런 관악기와 타악기를 연주하는 뛰어난 음악가들이 가득한 내 오케스트라를 마음대로 주무르며 지배하고, 그러고는 알반 베르크나 아널드 쇤베르크나 안톤 베베른**의 작품과 동급인데도 아무도 존경심을 내보이지 않고, 그때나 지금이나 천재적인 작품인데도 그렇다고 인정받지 못할 위대한 음악을 작곡하는 상상. 그래서 내가 절망에 빠지는 거야. 내가 듀크 엘링턴으로 보이고, 알반과 안톤과 아널드로 보이니까. 그런데 지금 나는 감옥 같은 뉴잉글랜드 마을의 가랑이에 들어앉은 이 셜리 잭슨 하우스에서 저 바나나보트 승객과, 미심쩍은 승객과 함께 살고 있는 거야. 그녀는 승객인가, 아니, 바나나인가? 바나나라면 검역은 한 건가? 승객이라면 어떻게 여기에 왔지? 어머니 말씀이 맞았어. 바나나보트를 타고 온 사람은 의심스럽다고 하셨지. 1월에 바나나를 먹다니 요상하기도 하고 사치스럽기도 하다고.

---

* 미국 재즈 가수이자 피아니스트.
** 오스트리아 태생 작곡가들이며, 쇤베르크는 미국으로 귀화했다.

아무튼 어릴 적 나는 겨울에 부모님 침대 발치에 앉아 바나나를 썰어넣은 라이스 크리스피를 아침으로 먹었는데, 바나나에는 내가 기억할 만한 맛이라고는 없었어. 그냥 바나나였지. 버튼을 누르면 도착하는 승강기처럼, 어머니가 무시하듯 대하는 하녀처럼 항상적인 것, 필연적인 것이었지. 아무튼 삶이란 일련의 필연성이야. 아무튼 어느 날 어머니가 돌아가셨고, 그전에 아버지가 돌아가셨고, 그렇게 난 혼자가 되었으니까."

•

지금 그리고 그때. 미시즈 스위트는 그렇게 중얼거렸다. 그녀의 사랑스러운 미스터 스위트가 그 작은 가슴에 품은 그녀를 향한 분노와 증오와 순전한 경멸을 의식하지 않은 채, 지금과 그때, 그것이 정지된 장면들의 연속처럼 나타나는 것을 바라보며 창가에 서 있었다. 그저 그녀의 마음속에서만 벌어지는 일이었지만. 그녀 앞에 펼쳐진 그린산과 앤서니산, 호수, 강, 계곡, 마치 영원할 듯 고요하고, 알려진 어느 존재와도 조응하지 않는 힘으로 창조된 그것들은 미시즈 스위트의 오십이 년 내면생활을 이루는 고통스러운 풍경으로부터의 도피처였다. 지금까지 카리브해와 대서양의 사나운 물결이 맨 먼저 떠오르지 않은 아침, 앞선 수십억 아침의 흔적이라고는 없이 순전히 새롭고 순전히 참신한 아침은 맞은 적이 없었다. 눈을 뜨기도 전에 그 풍경이 떠올랐고 그 풍경을 둘러싼 생각으로 눈이 뜨였다. 그녀의 눈. 미스터 스위트가 들여다보면서, 꿰뚫을 수 없는 컴컴한 눈이라고 할 그 눈. 그는 꿰뚫을 수 없다는 그 말을 처음에는 기쁜 마음으로 했다. 자신이 아직 알지 못하는 어떤 것을, 자신을 옭아매는 모든 속박에서 자신을 자유롭게, 자유롭게, 자유롭게 풀어줄 뭔가를 미시즈 스위트의 눈 속에서 발견하리라 생각했기 때문이다. 그런데 그 눈이 아무것도 주지 않았기에 그는 그녀의 검은 눈을 저주했다. 아무튼 그 자신의 눈은 푸른색이었으며 미시즈 스위트는 그의 그 특성에는 무관심했다. 하지만 미시즈 스위트의 눈은 다른 사람에게는 전혀 꿰뚫을 수 없는 눈이 아니었고, 그녀를 만나본 사람들은 하나같이 차라리 그런 눈이었으면 좋겠다고 했다. 왜냐하면 그 눈 뒤로 격류와 격변과 살인과 배신의 장면이 있었으니까. 생전 들어본 적도, 상상해본 적도 없는 지구상의 여러 장소로 수많은 무리의 사람들이 걸어서, 육로로, 해로로 실려가고, 살인자와 살해된 자, 배신자와 배신당한 자, 격류의 원천과 격변을 선동하는 장면이 온통 뒤섞이고, 진실을, 진짜 진실과 가치판단을 구별하다보면, 혹은 잘못된 행위의 수용, 그것을 그냥 받아들이고, 부당한 대우를 받았으면서도 가만히 있

다보면 얼마나 진이 빠지는지 종국에는 캘리포니아 임페리얼협
곡의 임페리얼사구를 이루는 물질, 혹은 이제, 이제 막 바부다섬
이 된 솟아오른 땅덩어리를 둘러싼 분홍빛 해변, 혹은 뉴저지 몬
트클레어의 어느 집 잔디밭을 이루는 물질처럼 아무것도 아닌
존재가 되어버린다. 하지만 그녀의 그 눈은 그녀의 영혼을 가리
는 장막이 아니었고, 그렇게 실질적이고, 그렇게 생생하고, 삶
이라 불리는 것으로 그렇게 가득찬 이에게는 장막이 필요 없었
다. 그녀는 그녀의 영혼이고 그녀의 영혼이 그녀 자신이었으니
까. 그녀의 어린 시절과 젊은 시절과 중년 시절, 그녀의 전부가
온전했고 완전했다. 그녀의 전부가, 그녀의 모든 부분이 임페리
얼사구나 솟아오른 땅덩어리의 해변이나 뉴저지의 잔디밭에서
벗어나 있지 않았다. 그렇지 않았는데, 그렇지 않았는데, 그럼에
도 앞서 찾아온 아침들을 알지 못하는 듯한 아침마다 눈을 뜰 때
면, 그녀의 지금과 그녀의 그때가 인간적 관점에서 비춰져 그녀
는 자신을 다정하게, 동정어린 눈으로, 사랑스럽게 바라보았다.
그래, 사랑스럽게, 그런데 몸을 돌리면 그 옆에 미스터 스위트가
보였다. 머리가 빠지기 시작해 매일 한 가닥씩 영영 사라져가고,
두피에는 비듬이 얇은 층으로 뒤덮여 남아 있는 곧은 머리카락
에 들러붙어 있고, 입에서는 전날 밤 즐긴 저녁식사가 적당히 소
화된 듯한 냄새가 풍기지만, 그녀에게는 그의 실망이 보이지 않

았다. 올버니 교향악단, 『사중주 네 편』*, 〈가면 속의 아리아〉**. 미시즈 스위트의 눈에는 주방 옆에 있는 작은 방의 미시즈 스위트가 아주 잘 보였다. 그곳에서 그녀는 그때, 지금, 다시 그때, 어떤 시제에서든 생기를 찾았고, 그녀는 주방 옆쪽의 작은 방에 있었고, 도널드가 만들어준 책상에 앉아 종이뭉치 위에 두 손을 얹고 있었다.

●

포인츠의 모라비아교회 미션스쿨에 있는 양 겸허하게 앉은 자세의 그녀, 도널드가 만들어준 책상에 앉아 넬슨의 서인도제도 읽기 교재를 앞에 놓고 종이뭉치 위에 두 손을 얹은 그녀를 흘끗 보기만 해도, 절망한 미스터 스위트에게서 한숨이 비어져나왔다. 실상 책상에 앉아 백지 더미를 놓고 심사숙고하는 그런 자세의 진정한 상속자는 바로 자신이라는 점은 온 세상이 아는 것이었기에, 그는 울분이 치밀어 셜리 잭슨 하우스의 차고 위에 자리한 작업실로 올라가 피아노 앞에 앉았다. 그것은 도널드가

---

* T. S. 엘리엇의 시집.
** 벨기에 영화감독 제라르 코르비오의 1988년 영화.

만든 것이 아니었다. 도널드는 취미로 목공을 하는 사람이라 미시즈 스위트에게 그 책상을 만들어준 것도 그런 마음에서, 세속적 가치를 따지지 않는 사랑의 마음에서였다. 미스터 스위트의 피아노는 스타인웨이에서 제작한 것이었다. 미스터 스위트가 건반 하나를 눌렀지만 아무도, 차고에 있는 누구도 듣지 못했다. 차고에는 아무도 없어서 아무도 그 소리를 듣지 못했지만, 망할 가족의 옷을 돌리는 세탁기 소리가 그의 귀에 들렸다. 가족이라는 그 단일체에 그는 자신을 포함시키지 않았다. 아이들 옷, 아내의 정원 일 작업복, 아내의 속옷, 미시즈 스위트가 종이 냅킨을 못 쓰게 했기 때문에 식탁용 리넨, 침대보와 베갯잇, 욕실 매트, 행주, 수건, 빨아야 할 온갖 종류의 것들. 그는 프랑스 파리와 매사추세츠 케임브리지에서 학교 다닐 때를 빼고는 뭔가를 빨아야 한다는 생각을 해본 적이 없었다. 빨래는 늘 알아서 되어 있었으므로 빨래가 건반 치는 일에 끼어든 적이 없었다. 그런데 지금은, 그때와는 너무 달랐다. 그때는 몸부림이었는데 지금은 몸부림이 그의 죽음으로 귀결될 것이었다. 오롯이 혼자가 될 방으로 걸어들어가 도널드가 만들어준 책상에 앉을 수 있는 저 여자에게서 벗어나 혼자가 될 수 있다면 얼마나 행복할까, 그는 생각했다. 그 방에서 자기 어린 시절을 생각하겠지. 그 상처에서 비롯한 고통은 결국 그 위에 바르는 연고가 되었고, 그 상처에서 그녀는 세상을 만들어냈으며, 자신의 참상에서 만들어낸 그 세상은 흥미로움이 가득하고 매력적이기까지 했다. 저 여자에게서 멀어질 수 있다면, 지금 내 아내인 저 여자, 하지만 처음 만났던 그때는 그저 빼빼 마른 소녀였지. 전지가위를 기다리는 삐져나온 나무의 삐져나온 나뭇가지 혹은 잡초처럼, 진정 아름답고 가치 있는 것을 방해하기 때문에 두 번 생각할 것 없이 치워버려도 되는 존재. 아, 그래, 저 여자에게서 벗어난다면 얼마나 행복할까. 그는 그렇게 미시즈 스위트를 떠올리며 혼잣말을 했다. 그들이 사는 집을 수리했던 남자, 죽어서 관 속에 누워, 막 옷가게에서 사온 사냥복을 입고, 마치 금방이라도 일어나 앉아 미스터 스위트에게는 탐탁지 않을 어떤 말, 하지만 미시즈 스위트는 아주 흥미롭고 놀랍다고 할 어떤 말을 꺼낼 것처럼 보이는 호메로스를 보며 그의 죽음에서 한없이 경이로움을 끌어낼 수 있는 여자. 정말 놀라워, 라는 말을 즐겨 했는데, 대단치도 않은 걸 보면서 그랬다. 가령 무지개라든가. 인류가 존재하는 어떤 시대에서든, 세상 어떤 곳의 어느 문화에서든 사람들이 미심쩍게 바라볼 아이가 그린 것처럼 세 개의 무지개가 연달아 동시에 떴을 때, 마치 그런 일이 처음으로 일어났다는 듯이, 정말 놀라워, 그렇게 말하지. 그렇게 말할 거야. 차고 위 작업실에서 미스터 스위트는 그렇게 혼잣말을 했다. 그 자신이 머물러야 하기에, 그가 내는 소리가 아닌 다른 소리는 절대 들리지 말아야 하기에 그 차고에는 차를 넣을 수 없었다. 그럼에도 그의 귀에는 세탁기와 건조기와 정신없는 집안일에서 기인하는 성가신 소리가 들려왔다. 미스터 펨브로크가 잔디 깎는 소리, 그린 오일에서 나온 난방유 기사가 기름 탱크에 기름 채우는 소리, 블루 플레임 가스에서도 사람이 와서 연료를 채우고 있고, CVPS*에서 나온 사람은 계량기를 확인하고, 고작 오 년밖에 되지 않은 보일러가 고장이 났다. 어린 헤라클레스는 편도염을 앓고, 아름다운 페르세포네는 엄마인 미시즈 스위트를 미워하고, 미시즈 스위트는 이제 영화 〈바운티호의 반란〉에서 블라이 선장 역할을 했던 찰스 로턴과 똑 닮았고, 미스터 스위트의 여학생 하나가 미시즈 스위트의 정원에서 핌스 컵 칵테일 한 잔을 앞에 놓고 쇤베르크의 〈달에 홀린 피에로〉에 대한 그의 생각을 듣고 싶어하는데, 그 여학생은 정원을 무척 좋아하고 어쩌면 미스터 스위트는 그 여학생을 무척 좋아할 거라서 그렇다. 하지만 저 성가신 소리. 미스터 스위트가 그렇게 중얼거렸고, 바로 그때, 미시즈 스위트가 그를 위해 꼭 만들어야 한다고 고집했던 아름다운 작업실의 창문을 내다보았다. 아이들이 옆방

---

* 센트럴 버몬트 공공서비스 회사(Central Vermont Public Service Corp.)의 약자.

에 있을 수도 있으니까, 그리고 아이들이 옆방에 있는 동안 K마트에서 사온 재료를 가지고 상상에서 나왔지만 어떤 익숙한 존재를 빼닮은 존재의 구조와 비슷하게 어떤 생물을 만들려 할 수도 있으니까. 게다가 아이들은, 아름다운 페르세포네와 어린 헤라클레스는, 아름답고 어린 그 아이들은 아주 시끄럽고, 너무 시끄러운데, 더 시끄러워지기만 할 테고, 미스터 스위트는 아이들이 더 시끄러워지길 바랄 뿐이었다. 더 시끄러운 것이 아니라면 무엇이든 견딜 수 없고 그마저 죽여버릴 것이기 때문에. 그렇다, 미스터 스위트는 무척 슬펐다. 뉴잉글랜드의 작은 마을에서, 평생 가을만 되면 사슴 사냥을 나가던 남자가 사슴 한 마리를 잡아 트럭 짐칸에 실으려다가 죽어버린 그런 곳에서 사는 걸 아주 좋아하는 여자와 결혼을 해서 자식까지 낳았으니. 그 모든 사실로 인해, 잠자리에 들기 직전의 아이들에게, 자기들의 공포의 근원을 제대로 알지 못하는 그런 아이들에게 별생각 없이 읽어주는 동화 속의 무엇처럼 그 여자를 끔찍하게 여기게 되었다. 그림 형제! 아, 살려줘!『집 나간 아기 토끼』!『해럴드와 보라색 크레용』!『잘 자요, 달님』!『못된 쥐 두 마리 이야기』!『글로스터의 재봉사』!『피터 래빗 이야기』!『괴물들이 사는 나라』! 그렇다, 미스터 스위트는 무척 슬펐다. 별의별 것을 다 알아도 그는 알지 못하는, 미스터 스위트가 될 그는 알지 못하는 여자와 결혼을 해서 자식까지 낳았으니. 하지만 남자가 아니라 까마득한 시대의 설치류, 포유류가 처음 등장한 중생대에서 온 설치류처럼 돌아다니는 이런 남자 같은 인물을 누군들 알 수 있겠는가.

그때, 차고 위 그 방에서, 옷을 깨끗이 빨아주는 커다란 흰색 금속 상자에서 울리는 지긋지긋한 소리에도 불구하고, 미스터 스위트는 녹턴을 작곡했다. 그가 사랑하는 것은 녹턴뿐이었고, 그는 이 곡에 〈이 결혼은 끝장이야〉라는 제목을 붙인 뒤 온갖 방식의 분노를 집어넣었는데, 그 분노는 모두 참되고 정당했다. 저기 창문 밖을 보라고. 저기 바깥에서 어린 헤라클레스가, 그때는 작았던 아이가 맥도날드에서 해피밀을 사면 끼워주는 선물인 숫기 없는 미르미돈* 수집품을 늘어놓고 있는데, 음식에는 관심이 없고 그저 트로이전쟁 영웅의 추종자들을 본떠 만든 작은 플라스틱 용사들을 모으기만을 원했다. 이제는 그것들을 이렇게 늘어놓았다가 저렇게 늘어놓았고, 상상의 폭풍우로 그것들을 덮쳐 상상의 바다인 잔디밭 여기저기 던졌고, 물에 빠져 죽은 숫기 없는 미르미돈들은 곧 미스터 펨브로크가 깎아야 할 풀잎에 걸린 다리를 허공으로 뻗고 있지 않나. 미스터 스위트는 이 전투와 익사의 장면들에 음악을 입혀 〈이 결혼은 끝장이야〉

---

* 그리스신화에서 제우스가 개미를 이용해 만들어낸 용사들. 트로이전쟁에 동원되었다.

라는 녹턴을 만들었다. 때로는 〈이 결혼은 이미 오래전에 끝장났어〉로 제목을 바꾸기도 했다. 아, 얼마나 울부짖고 이를 갈고 가슴을 쳤나. 얼마나 눈물을 쏟았는지 거센 물살의 강물을 이루었고, 배 한 척을 지어 그 강물을 따라 대양으로 나갈 수도 있었을 것이다. 그 강에서 거쳐온 물길을 되돌아보면 이름을 붙일 수도 있을 거라고, 어느 날 미시즈 스위트는 생각했다. 이 결혼은 끝장이야, 이 결혼은 이미 오래전에 끝장났어, 그 말을 처음 들었던 어느 날에 말이다. 친구들과 사랑하는 사람들이 둘러앉아 있던 어느 겨울밤, 강당에서 녹턴으로 연주되던 것을 처음 들었던 그때는 아닌 어느 겨울밤, 그때 그녀는 어린 헤라클레스에게 아빠의 음악을 들려주고 싶어서, 아빠가 엄마를 사랑한다고 생각하기를 바라서, 아주 많은 것을 아주 많이 바라서 아이의 손을 꼭 쥐고 그곳에 있었다. 처음 그 녹턴을 들었던 그때, 빨간불에 걸려 광장에 서 있던 댄이, 쿠퍼 앞, 포르셰 옆에 선 댄이 낡은 볼보의 가속페달을 밟는 것을 볼 수 있었는데, 포르셰 운전자는 볼보의 소음에 기분이 나빠 빨간불이 초록불로 바뀌자 쌩하니 앞으로 나갔고 댄과 어린 헤라클레스는 그대로 남아 그를 비웃었다. 그들은 포르셰 운전자가 누군지 몰랐고, 그 운전자가 자신들을 아는지 궁금하지도 않았고, 그저 웃고 또 웃었다.

하지만 그건 다 차치하고서, 나름의 그때를 지니고 나름의 지금을 지닌 그 모든 것에도 불구하고, 차고 위 작업실에서 피아노 의자에 앉은 미스터 스위트는 빨래하는 기계에서 나는 쿵쿵, 윙윙, 쏴아쏴아 소리를 들으며 스타인웨이라는 회사에서 제작한 악기의 희고 검은 건반을 내려다보며 앉아 있었다. 아주 오래전 시대에 살았던 아주 오랜 조상을 닮은 손가락을 쭉 펴서 건반에 얹고, 더 많은 녹턴을, 더 많은 녹턴을, 그러고도 더 많이 작곡했다. 그의 삶은 그가 원한 대로 되지 않았고, 그가 상상한 대로 되지도 않았다. 자신이 군주 같은 인물, 도어맨의 시중을 받을 만한 인물일 것이라고, 가난하지만 위대하고 도어맨의 시중을 받을 만한 인물일 것이라고, 발레와 비트겐슈타인과 오페라를 사랑해서 서글프지만 도어맨의 시중을 받을 만할 거라고, 어찌됐든 꼭 도어맨은 있어야 한다는 정도 말고 특별히 상상한 건 없었지만 말이다. 하지만 지금, 창밖을 내다보니 바로 저 바깥에서 어린 헤라클레스가 아빠, 아빠, 부르고 있었다. 어린 헤라클레스는 이제 골프를 치면서 자신이 우승자가 되어 우스꽝스러운 특정한 빛깔의 녹색 재킷을 입는 상상을, 어떤 종류건 우승자가 되는 상상을 했는데, 미스터 스위트는 남자아이가 즐겨 하는 건 다 혐오했기에, 아이를 매사추세츠 스프링필드의 야구 명예의 전당에 데려가는 일은 절대 없을 것이었다. 하지만 드미트리 쇼스타코비치의 생가가 매사추세츠 스프링필드에 있다면 거기엔 데리고 갈 것이었다. 그는 그 아이가, 어린 헤라클레스가 죽어버리고 다른 아들이 생겼으면 했다. 극장에서 가만히 앉아 만화영화를 볼 수 있는 아이, 애더럴*이나 다른 약을 먹지 않아도 가만히 있을 수 있는 아이가 대신 내 아들이었으면, 그래서 아빠! 아빠! 하고 부르는 누군가가 가만히 있어도 생기 있는 아이였으면 하고 바랐다. 하지만 그때는, 수년이 흐른 지금은, 지금은, 지금은, 어린 헤라클레스는, 어떤 노래나 어떤 책, 어떤 스펀지케이크 요리법, 당신의 배우자가 분명 우회전을 할 줄 알았는데 좌회전을 하는 바람에 아기에게 먹이던 음식이 당신 옷 앞자락에 떨어져 생긴 얼룩을 제거하는 방법의 제목이 된 그 단어들로 자신의 어린 시절을 이루는 잔해를 돌아보라는 요청을 받았을 때, 〈이 결혼은 끝장이야〉나 간혹 〈결혼은 끝장이야〉로 알려진 어떤 것, 또 간혹 대중가요가 되었을 때는 〈남편이 아내를 버렸지〉가 되기도 했던 그 단어들에 대해 "당신의 삶이 그렇게 엉망이었지만, 어린 헤라클레스, 지금 보면 어떤가요. 지금 백미러로 보면 사방에 온갖 물건이 흩어져 있어 분명 사고처럼 보이겠죠." 이런 질문을 받았을 때, 어린 헤라클레스는 주저하지 않고 이렇게 대답했다. "그렇죠, 하지만 거울에 비친 대

---

* ADHD와 기면증 치료에 사용되는 향정신성의약품.

상은 보기보다 가까이 있어요."

그래서 끝장난 결혼은 그때도 지금도 쉼없이 시끄럽고 끔찍한 단일체로 자라났다. 팔은 서쪽의 태코닉산맥 꼭대기에 닿고 다리는 동쪽의 한대수림을 거침없이 뒤섞으며, 그 사이에 놓인 허드슨, 배튼킬, 월룸색, 후식, 메토위 따위의 여러 물길 위를 맴돌면서 차고 위 방안에 앉아 녹턴을 쓰고 또 고치는 미스터 스위트의 시야에 잔디 위에서 춤추는 그 단일체의 모습이 들어왔다. 끝장난 결혼이 스위트네가 사는 그 마을의 천진하게 드러난 빈 공간마다 들어찼다. 연체 고지서를 넘겨주기에 앞서 우체국장이 미시즈 스위트를 연민과 경멸이 섞인 표정으로 바라보는 우체국에도 또 시골 가게에도 가득했다. 미시즈 스위트가 가게 안으로 들어가기만 하면 다들 하던 말을 뚝 끊고 그녀를 연민과 경멸이 섞인 표정으로 바라보았는데, 어쩌면 그녀에게 건네줄 연체 고지서를 아무도 가지고 있지 않아 유감일 수도 있고, 어쩌면 그녀에게 건네줄 연체 고지서를 아무도 가지고 있지 않아 다행일 수도 있고, 미시즈 스위트는 미시즈 벌리가 만든 치즈와 요거트를 샀다.

〈이 결혼은 끝장이야〉나 〈결혼은 이미 오래전에 끝장났어〉라는 녹턴, 혹은 〈남편이 아내를 버렸지〉라는 대중가요는 미스터 스위트에게 크나큰 기쁨을 안겨서, 그는 살면서 처음으로 성취감을 느꼈다. 살아야 할 삶을 다 살았고, 평생 시달렸던 고통이 그때 멈추었다. 정말이지 고통이 심했는데 말이다. 어릴 적 뉴욕시 센트럴파크 안에 특별한 방식으로 조림한 녹지 건너편 아파트에 살 때의 왕자다운 삶이 그의 전 존재를 압도했고 그는 자신의 트위드재킷 주머니 속으로 손을 쑥 넣었다. 매디슨 애비뉴와 이스트 46번 스트리트의 양복점인 J. 프레스의 상표가 붙어 있는 재킷이었다. 주머니 속에서 그는 종이쪽지 하나를 찾았다. 메모였고, 그는 그것을 처음 보는 양 놀라워하면서 읽었고 동시에 익숙하게 읽었다. 지금 막 생애의 어떤 시점에 있더라도, 어린아이, 청소년, 이십대, 삼십대, 중년, 노년, 심장이 멈추기 전의 말기 환자건, 그 어떤 모습으로건 스스로에게 말하는 그런 익숙함으로, 그래! 지금 말해봐, 그때 말해봐, 그 쪽지에는 아무것도 적혀 있지 않았고 그 쪽지에는 이 말이 적혀 있었다. 삶은 이렇게 사는 것이다. 그리고 네 아버지라고 서명되어 있었다.

이제 손에 연필을 쥐고서 미시즈 스위트는 앞에 놓인 종이에 이렇게 적기 시작했다.

"엄마가 나를 무척 사랑했던 건 사실이다. 얼마나 사랑했던지 난 사랑이 세상에서 유일한 감정이고 세상에 존재하는 유일한 것이라고 생각했다. 그때 난 사랑만을 알았고 일곱 살 때까지도 아기였다. 사랑이 참되고 안정적인 기준이면서도, 그 자체는 지구의 중심에서 솟아난 어떤 성분이나 물질보다 더 다양하고 불안정하다는 사실을 알 수 없었다. 엄마는 나를 사랑했고, 난 나도 엄마를 사랑해야 한다는 것을 몰랐다. 내게 베푼 사랑을 돌려주지 않았다고 엄마가 화를 내리라는 생각은 전혀 하지 못했다. 엄마 생각은 하지 않고 엄마가 내게 베푼 사랑을 받았고 그냥 내 맘대로 사는 게 내 권리라고 보았다. 그때 내가 엄마에게 사랑을 되돌려주지 않아 엄마는 화가 났고, 그다음에는 엄마처럼 되지 않겠다는 생각으로 엄마에게 전혀 사랑을 보이지 않자 엄마는 더욱 화를 냈다. 난 나 자신이 되어야 한다는 생각을 가졌고, 내가 자아를 가진다는 사실에, 엄마가 절대 알 수 없는 독립된 존재가 내 안에 있다는 사실에 엄마는 화를 냈다. 엄마는 내게 글을 가르쳤고, 내가 자연스럽게 거기에 빠지자 무척 기뻐했다. 엄마는 글을 읽는 것이 기후와도 같아서 아무나 다 적응하는 것은 아니라고 보았기 때문이다. 난 엄마가 읽기를 가르치기 전에도 글을 쓸 줄 알았지만 엄마는 그 사실을 몰랐다. 엄마 자신이 글을 쓰고 있었다는 것도, 내가 일단 글을 읽게 되면 엄마에 관한 글을 쓰게 되리라는 사실도 몰랐다. 엄마는 내가 죽어버렸으면 했지만, 죽어서 영원 속으로 사라지는 것이 아니라, 내가 어느 날 저물녘에 죽고 아침에 나를 새로 낳기를 바랐다. 앤티가 세인트존스 공립도서관의 작은 방에서 엄마는 지구의 생성과 인간 소화기관의 작용, 몇몇 알려진 질병의 원인, 몇몇 유럽 클래식 작곡가의 삶, 저온살균의 의미를 다룬 책을 보여주었다. 내가 ABC에서 줄줄이 이어져 Z로 끝나는 그 순서대로 알파벳을 배웠는지는 기억나지 않는다. 그 글자들이 모여 단어를 이루고 그 단어들이 폴짝 뛰어 내 눈에 들어오고, 그러면 그 글자들이 내 눈에서 입으로 가고, 꿰뚫을 수 없는 내 컴컴한 눈과 질서라는 폭정이 시행되기 전 혼돈의 형태였던 내 입술 사이가 바로 내가 나 자신을, 내 진정한 자아를 찾은 장소였고 그곳에서부터 내가 글을 썼다는 사실만 알 뿐이다. 하지만 난 읽기도 전에 글을 쓸 줄 알았다. 왜냐하면 내가 쓸 것들은 모두 내가 읽는 법을 알기 이전에, 그것을 단어로 바꾸어 종이에 쓰기 이전에 존재했고, 세상 모든 것은 내가 그것을 뭐라고 말할지 깨닫기 이전에도 존재했고, 어떻게 이해해야 할지 깨닫기 이전에도 존재했기 때문인데, 그것을 더 면밀히 바라보고 있자니, 내가 아직 읽을 수 없는 것이 내 앞에 너무 많아서 도대체 어떻게 써야 할지 정말 모르겠다. 엄마가 날 그렇게 오롯이 사랑했던 그때 난 왜 엄마를 사랑하지 않았는지 쓸 수가 없다. 당시 엄마에 대한 내 감정에 어떤 이름을 붙여야 할지 찾을 수가 없다. 난 나를 향한 엄마의 사랑과 엄마의 자아가 하나라고 보았고, 그 하나가 내 것, 오로지 나만의 것이라고 보았다. 게다가 내가 나의 것의 일부이고 나와 나의 것이 떨어질 수 없다고 보았고, 그래서 나는 엄마를 사랑하는 일을 알지 못했고, 나를 향한 엄마의 분노는 우리 둘 다에게 불가해한 것이었다. 엄마가 내게 읽기를 가르쳤고, 엄마와 나는 처음에는 함께 읽었고, 그다음에는 따로 읽었지만 서로 갈등하지는 않았다. 하지만 지금 보니, 그때 글을 썼던 건 나뿐이었다. 엄마에게 읽기를 배운 후 난 엄마의 일상을 마구 뒤흔들었다. 난 엄마에게 책을 더 달라고 했고 엄마는 내게 더이상 줄 것이 없었다. 그래서 다섯 살이 되어야 들어갈 수 있는 학교에 날 보내버렸다. 난 세 살 반의 나이에도 이미 동년배보다 키가 컸기 때문에, 엄마는 누가 나이를 물으면 다섯 살이라고 대답해야 한다는 걸 꼭 명심하라고 내게 신신당부했고, 다섯 살이라는 말을 반복하게 했다. 그래서 선생님이 몇 살이냐고 물었을 때 난 다섯 살이라고 했고 선생님은 내 말을 믿었다. 어쩌면 글을 읽을 줄 알게 되면 내 상황이 달라질 수도 있다는 생각에 익숙해지고, 거짓은 견고하고 어둑하지만 진실은 불안정할 수 있다는 사실을 알게 된 것이 그때였는지도 모른다. 그때 세 살 반은 지금이었고 그때 나의 다섯 살 자아는 지금의 나 안에 곧 있게 될 테니, 내가 세 살 반이었을 때 다섯 살이라고 말하는 것은 거짓말이 아니었으니까. 그 여선생님의 이름은 태너였고 몸집이 거대했다. 워낙 거구라서 몸을 빨리 돌릴 수 없었기 때문에 우리는 돌아가며 선생님의 엉덩이를 꼬집고는, 누구 짓인가 싶어 선생님이 돌아보면 딴청을 피웠다. 그러면 선생님은 그렇게 무례하고 못되게 구는 아이가 누구인지 절대 알아낼 수 없었다. 내가 나의 두 자아를, 꿰뚫어봄으로써만 통합되는 그때와 지금을 완벽하게 발전시킨 것이 바로 태너 선생님 앞에서였다. 그 일은 이렇게 벌어졌다. 태너 선생님이 간단한 단어와 그림이 실린 교재로 읽기를 가르치고 있었다. 하지만 이미 읽을 줄 알았던 나는 교재 속에서 내가 봐서는 안되는 것들을 꿰뚫어보았다. 교재에 나온 이야기는 농부인 한 남자에 관한 것이었다. 그의 이름은 미스터 조이고 그에겐 미스터 댄이라는 이름의 개와 미스 팁스라는 이름의 고양이와 이름이 없는 암소가 한 마리 있었다. 암소는 그냥 암소라고 불렸다. 암탉도 한 마리 있었는데 이름이 엄마닭이었고 그 닭에겐 병아리 열두 마리가 있었다. 열한 마리는 흔한 황금색이었는데, 다른 병아리들보다 몸집도 크고 털도 검은색인 나머지 한 마리는 이름이 있어서 퍼시라고 했다. 퍼시는 항상 미스 팁스와 미스터 댄의 먹이를 뺏어 먹으려 하다가 그들의 화를 돋우었기 때문에 엄마닭은 퍼시 걱정이 태산이었다. 퍼시가 농장 울타리 꼭대기의 가로대까지 날아오르려 하면 엄마닭의 근심은 말할 수 없이 커졌다. 해보고 또 해봐도 실패를 거듭하다가 어느 날 성공했다. 잠깐 성공했을 뿐이라 바로 떨어져 한쪽 날개와 한쪽 다리가 부러지고 말았다. 그러자 미스터 조가 말했다. '병아리 퍼시가 떨어졌구먼.' 난 그때 그 문장이 마음에 들었고 지금도 그런데, 그때는 그것이 무슨 뜻인지 알아낼 수가 없었다. 그저 내 마음속에 간직해두었고, 그것은 거기 안착한 뒤 나의 상상력이 될 배아로 자라났다. 이후 삼 년 반이 지나 다시 퍼시를 만났는데, 이번엔 다른 모습이었다. 수업시간에 나쁜 행실을 보였다는 이유로 존 밀턴의 『실낙원』 1권과 2권을 베껴쓰는 벌을 받았는데, 나는 루시퍼에게 홀딱 반해버렸다. 한 발은 까맣게 타버린 지구 위에 얹고 다른 한 발은 높이 쳐들고, 승자처럼 한 손에는 칼을 든 채 양팔을 한껏 뻗은 모습, 머리칼 대신 금방이라도 공격할 태세로 팔팔하게 살아 있는 뱀이 머리에 빽빽하게 들어찬 그가 의기양양하게 서 있는 삽화의 모습이 특히 그랬다. 그때 난 퍼시를 떠올렸고 이제는 퍼시를 안다."

2

그때의 미스터 스위트를 본다. 반바지에 반팔 셔츠를 입고 마당의 푸른 잔디를 가로질러 통통 뛰어가는 아주 어린 소년. 남자아이들이 하는 식으로 부모님 친구들에게 설탕 넣은 레몬수를 팔고, 의자에 앉아 재즈를 듣고, 파인애플즙을 넣어 조린 복숭아를 먹고, 존재와 비존재에 대해 권위적으로 말하고, 맨해튼이라는 섬을 가로지르고, 그 당시에는 셜리 잭슨이 살던 그 집을 전혀 보지 못했던 소년. 빠져나오지 못하는 푸가를 머릿속에 담은 채 그 자신이 살게 될 집, 어린 헤라클레스를 죽이고 또 죽여도 그 아이가 거듭 살아나게 될 집을. 미스터 스위트를 본다. 반바지와 반팔 셔츠가 맨체스터의 브룩스 브라더스 아울렛에서 미시즈 스위트가 구입한 갈색 코듀로이 정장으로 바뀐, 지금은 자신의 그때를 볼 수 없는 그를. 미스터 스위트가 되기 전, 중생대에 번성했던 짧은 털의 작은 포유류와는 무관한 그때의 미스터 스위트, 단편소설을 썼고 아이들을 키웠던 여자가 한때 살았던 오래된 집에서 소파에 누운 모습이 종종 눈에 띄던 미스터 스위트. 그 여자의 전기에 기록된 바로는, 그녀의 남편은 그녀를 배신했고, 그녀에게 자신이 벌레만도 못한 존재인 양 행동했다고 한다.

오래전 지금인 그때, 눈을 감는 미스터 스위트가 있다. 그는 고대 악기인 하프를 끼고 앉아, 그 커다란 삼각형 물건을 어떻게든 작은 가슴에, 남자다운 척하는 가슴팍에 안정되게 놓으려기를 쓴다. 여기서 기어들어가는 소리로 높은 음을 뜯고, 저기서 길게 늘어지는 음을 내려 애를 쓴다. 중간은 거트현, 아래쪽은 와이어현. 플랫과 샤프, 장조와 단조, 화성 체계, 이중 선율, 다성음악, 모노디* 가수, 플레인송**의 멜리스마***, 대위법 형식, 알레그로, 협주곡, 아직 녹턴은 아니고—아직 그건 아니고 그저 발라드, 아, 그래, 아, 그래, 숭배하고 또 숭배하며 고대 악

---

* 단선율과 악기 반주가 특징인 독창곡.
** 목소리만으로 노래하는 성가.
*** 성악곡에서 가사의 한 음절에 많은 음표를 달아 장식적으로 선율을 구성하는 기법.

기인 하프 앞에 앉은, 그 성스러움에 자신은 점점 더 보잘것없어지는 미스터 스위트에게 그 모두가 밀려들었다. 아직 미스터 스위트가 아닌 그는 무척 어렸지만, 그 자신조차 그때 지금을 볼 수 있으므로 그는 언제나 미스터 스위트였다.

아, 하지만 이것은 모노디 가수의 목소리이고, 미스터 스위트는 고대 악기를 끼고 무대 위에 혼자 있다. 단상도 한쪽으로 치워져 있고, 강당에는 의자가 가득 놓여 있지만 청중은 하나도 없다. 어린 미스터 스위트는 그것이 마음에 든다. 그때 그는 어리지만 몸집은 다 자라서, 지금처럼 늙지도 않았고 두더지처럼 조그마하지도 않다. 환희와 사랑과 세속적인 활력을 한껏 쏟아부으며 그 고대 악기를 연주한다. 얼마나 활력이 넘치는지 고대 악기의 줄이 끊어져버리고, 그래서 지금, 바로 지금, 지금 이 순간, 그 악기에서는 아무런 음악도 나오지 않는다. 하지만 그때는, 그때는, 의자는 가득하지만 청중이라고는 하나도 없는 강당에서, 거트현과 와이어현이 묶인 고대 악기의 줄을 잡아 뜯으며 미스터 스위트는 노래를 연주한다. 아직 이론가는 아니고 노래만 연주할 뿐이라, 누구나 부를 수 있을 정도로 간단한 화성과 선율이 가득한 완전한 노래. 미스터 스위트가 머리를 잘라버린 직후의 어린 헤라클레스라도 부를 수 있었을 노래. 미스터 스위트는 그때 고대 악기로 연주한 음악 전부에 〈헤라클레스의 참수〉라는 제목을 붙였고, 지금 고대 악기로 연주하는 음악에 붙인 제목은 〈헤라클레스의 달콤한 밤〉이다. 각 모음곡이나 소나타가 끝날 때마다, 어린 미스터 스위트는 모든 것을 온갖 방식으로 연주했는데, 각각을 구별할 청중이라고는 없었으므로 그때는 어느 것이나 다 매한가지였다. 의자들은 무심하고, 귀가 먹먹할 정도의 정적이 흘렀다. 박수갈채인 건 맞지만 어쨌든 정적이었다. 그때 빈 의자들에게 미스터 스위트는 불멸의 존재였지만, 머릿속에서 온갖 것이 쿵쿵 울리고 있는 소년이기도 했다. 쿵쿵거리는 수많은 음표가 알려진 모든 형식으로 배열되었으나 아직 알려지지 않은 형식으로 배열되는 일은 없었다.

아, 이것이 위층에서 양말을 꿰매는 가련한 여자, 사랑스러운 미시즈 스위트의 귀에 들어온 말이었다. 아, 그것이 모노디 가수인 그녀의 가련한 남편, 사랑스러운 미스터 스위트의 목소리였다. 어린 헤라클레스가 퍼팅을 하고 공을 집어넣어 득점을 할 때마다 퍽퍽 소리가 들렸지만 언더파인지 오버파인지 미시즈 스위트는 확실히 알 수 없었다. 내장이 든 몸통에서 떨어져 나온 아이의 머리가 미스터 스위트의 청춘의 연주회가 열리는 강당의 빈 의자마다 자리를 잡았다. 그게 아니야, 그게 아니라고, 어린 미스터 스위트가 외치며 의자들을 다시 빈 의자로 돌려놓았다. 하프의 거트현과 와이어현이 끊어졌고, 그는 몸을 숙여 악기를 다시 멀쩡하게 만들었다. 정말 오래된 고대 악기였으니. 그때 그는 셜리 잭슨 하우스를 알지 못했다. 자신이 그런 집에 살리라고는 그때는—그의 청춘이 그의 지금이었다—상상도 하지 못했다. 그렇게 커다란 집, 사용한 적도 전혀 없고 상상으로도 절대 채울 수 없는 빈 공간이 잔뜩 있는, 어린 헤라클레스가 크고 작은 공을 온갖 크기의 구멍에 때려넣는 끝없는 과업을 수행하는 그런 집에서. 나이를 먹는 게 아니라 젊음으로 자라나는, 젊음 속에서 자라나 더욱 완벽하게 젊어지는 어린 헤라클레스, 수행해야 할 과업이 많고, 그것을 점점 더 완벽하게 수행하는, 처음에는 서툴러 도통 제대로 하지 못했지만, 점점 나아져 어떤 크기의 공이라도 가로, 세로, 깊이가 다른 어떤 구멍에든 집어넣을 수 있게 되었다. 탁 소리는 어린 헤라클레스의 손이 재빠르게 공을 때려 공기를 가르는 소리였다. 퍽 소리는 그의 머리가 몸통에서 잘려나가는 소리였다. 아, 그것은 모노디 가수인 미스터 스위트의 입에서 나온 소리였다. 어린 헤라클레스가 마룻바닥에 떨어진 자기 머리를 집어, 어깨에서 보일까 말까 하게 솟은 목 위에 올려놓는 것을, 오로지 그 일을 하기 위해 태어나기라도 한 양 아주 능숙하게 어깨 바로 위 그 자리에 머리를 올려놓는 것을 본 미스터 스위트의 입에서 나온.

어린 헤라클레스의 과업은 아주 많았다. 정말 많았다. 설거지를 하고, 그릇을 정리하고, 마구간 청소를 하고, 말을 산책시키고, 지붕을 고치고, 소젖을 짜고, 통상적인 방식대로 엄마의 자궁에서 나오고, 괴물을 죽이고, 강을 건너고, 다시 돌아오고, 산을 오르고, 반대편으로 내려가고, 언덕 꼭대기에 성을 짓고, 죄 없는 사람을 지하 감옥에 가두고, 다들 방심하는 새에 마을을 쑥대밭으로 만들고, 덫으로 암여우를 잡아 껍질을 벗기고, 채소와 고기를 먹고, 아버지를 죽이고, 아버지를 죽이지 않고, 아버지를 죽이고 싶지만 죽이지 않고, 자기 머리를 단단히 어깨 위에 붙이고, 밤새도록 목숨을 부지하며 새벽을 기다리고, 홍채(어머니의 정원에 자라는 꽃이 아니라 그의 눈에 있는 홍채*)에 도끼를 들이대고, 태양을 붙잡고, 달을 쫓아내고, 매 순간 살갗은 그렇게도 차가운데 등은 불타오르고, 홀로 길을 건너고, 신발 끈을 묶고, 여자아이에게 입을 맞추고, 자기 침대에서 잠을 자고. 아, 이런, 아빠, 수많은 여정 가운데 하나를 끝낸 뒤 목이 타들어가는 갈증에 물 한 잔을 마시러 부엌 싱크대로 달려가며 어린 헤라클레스가 말했다, 미안, 미안해요. 어린 헤라클레스는 그때 미스터 스위트와 충돌해서 된통 머리를 박는 바람에 귀와 콧구멍과 눈에서 별빛이 쏟아져나왔다. 미스터 스위트는 혼

---

* 붓꽃과 홍채는 영어로 둘 다 'iris'다.

수상태에 빠져 수년이 지나서야 깨어났는데, 깨어나자마자 어린 헤라클레스의 머리를 다시 잘라냈다. 하지만 타고난 삶의 본능이 한 번도, 절대로 그를 떠나는 법이 없는 행운을 지닌 어린 헤라클레스는 자기 머리를 집어 제자리에 얹었다. 다시 얹은 그머리는 지금까지 그대로 어깨 바로 위쪽에 솟아 있다.

오, 하는 소리는 셜리 잭슨 하우스 차고 위의 작업실에 누운 미스터 스위트의 입술, 일종의 감옥인 입술 사이를 난폭하게 탈출한 거친 한숨이었다. 그는 거기 갈색 소파에 누워 있었다, 죽은듯이 가만히, 하지만 죽은 것은 아니었고, 그저 지금, 지금 이 순간 맹렬하게, 아주 정력적으로 뜨개질을 하는 저 아내와 함께 살아 있는 것이 지긋지긋할 뿐이었다. 그렇게 열을 올리며 뜨개질을 하느라 그녀의 심장은 점점 더 빨리 뛰었고 그러고도 더 빨리 뛰었다. 아, 얼마나 위험할 만큼 빠르게 뛰는지 심장이 그렇게 뛰다가는 죽을 수도 있었지만, 미시즈 스위트는 <u>그ㅇㅇㅇ ㅇㄹㅇㅇㅇㄱㅇㅇㅇ</u>, 그런 소리만 냈는데, 그것은 동시에 목까지 차오른 피와 산소가 결합하며 나는 소리였다. 맙소사, 아, 젠장. 미시즈 스위트가 말했다. 이 단어들이 그녀의 머릿속에서 획획 날아다니는 소리에 얼마나 놀랐는지. 그건 그녀가 평소에 하는 말이 아니었고, 그건 어린 헤라클레스가 하는 말이었기 때문이다. 어린 헤라클레스는 주변에 듣는 사람이 없다 싶으면 그런 식으로 말했다. 하지만 그 말(맙소사, 아, 젠장)이 튀어나온 건 이런 이유에서였다. 아이들—그러니까 어린 헤라클레스와 아름다운 페르세포네—이 통학 버스 시간에 맞추어 일어나려 하질 않고, 가전을 수리할 남자가 약속한 시간에 나타나지를 않고, 해가 쨍쨍해야 할 날씨에 비가 오고, 과일이 나무에 달린 채 썩어가고, 미스터 스위트는 차고 위 작업실에서 미스터 스위트의 모습으로 나타나는 것이 아니라, 보석함을 본뜬 모브색 벨벳으로 감싼 관 속에 누운 채 차고 위 작업실에서 나타날 것이라서, 미스터 스위트는 죽었을 거라서였다. 이 가운데 마지막 일—미스터 스위트가 죽는 일—이 생기면, 만약 미스터 스위트가 죽으면 미시즈 스위트에겐 어떤 일이 벌어질까, 그녀는 어떻게 되는 걸까? 미시즈 스위트는 뜨개질과 양말 수선을 잘했지만, 그걸 하는 이유는 그런 일을 하는 동안에는 자신이 알고 이해하고 상상하는 세상을, 매일 그녀의 존재를 통해 그녀에게 다가오는 세상을 상세히 그려보고 해부한 다음 조사해볼 수 있었기 때문이다.

그날 하루종일, 그날 밤새도록, 시간이라 불리는 그것이 내부에서 붕괴했을 때 미시즈 스위트는 양말을 손보면서 그런 식으로 시간을 구분했고, 그런 식으로 아직 마음속에 들어오지 않은 것들을 찾아냈다. 뜨개질로 양말을 수선하면서, 구멍을 기우면서, 때로는 평범한 바늘땀으로, 때로는 빨간색과 녹색을 써서 크리스마스트리와 산타클로스 모양으로 구멍을 메우고, 결국 다시 다 풀어서 뿔이 여섯 개인 별과 푸른색과 흰색의 두루마리 성서로 구멍을 메우면서. 미스터 스위트는 그걸 지독히 싫어했다. 뿔이 여섯 개인 별과 푸른색과 흰색의 두루마리 성서를 얼마나 싫어했는지, 그게 눈에 보이기만 하면 자신은 임종 때 가톨릭교도가 되겠다고 맹세했다. 그게 무슨 뜻이든 간에, 라고 미시즈 스위트는 생각했다. 미시즈 스위트는 미스터 스위트를 무척 사랑해서 그가 얼토당토않은 말을 해도 늘 우습다고 생각했기 때문이다. 임종 때 가톨릭교도라니, 그게 무엇이든, 무슨 뜻이든. 하지만 미시즈 스위트는 미스터 스위트를 맹목적으로 사랑했던 것은 아니다.

그런데 어느 날, 정확히 말하자면 지금, 마치 날벼락같이 미스터 스위트가 그녀에게 말하길, 당신은 나와 어린 헤라클레스와 아름다운 페르세포네와 아직 당신과 나 사이에서 태어나지 않은 다른 아이들에게 끔찍한 말을 했다고 했다. 그 말에 미시즈 스위트는 자신이 다정하거나 상냥하지 않은 말을 할 수 있는 그런 미시즈 스위트라고 믿고 싶지 않아서 울고 또 울었고, 말이 없어졌다. 미시즈 스위트는 이즈음 간혹 자기 본연의 모습이 될 수 있었는데, 미스터 스위트는 아내의 두툼한 검은색 펠트코트를 보며, 그러니까 타고난 피부를 보며, 그녀가 죽어버렸으면 하고 바랐지만 그녀는 팔팔하게 살아 있었다. 양말의 구멍을 제대로 기우면서, 때로는 그가 좋아하지 않는 무늬로, 지독히 싫어하는 무늬로 기우면서. 아주 팔팔하게 살아서, 양말을 수선한 후에는 마치 어떤 종류의 부담이나 짐이라고는 전혀, 한 번도 진 적이 없다는 듯이 어깨와 등을 꼿꼿하게 세우고 계단을 오르내렸다.

당신은 내게 너무 끔찍한 말을 했어, 셜리 잭슨이 살았던 바로 그 집의 현관을 걸어들어오는 미시즈 스위트에게 미스터 스위트가 말했다. 남편의 이 말이 미시즈 스위트에게는 생소하기만 했다. 지금 그녀는 유대교 회당에서 돌아와 스위트다운 지혜를 남편과 나누려던 참이었기 때문이다. 랍비가 미시즈 스위트에게 성경의 해석을 알려주었다. 고대 이집트 문명을 세우는 데 사용했던, 노예들이 만든 벽돌마다 그 안에 아기가 들어 있다는 것이 계시를 통해 드러났다고 랍비가 말했다. 벽돌마다 다 자란 아기가 들어 있었고 아기가 큰 소리로 울었다고. 벽돌마다 들어 있는 온전한 아기, 죽은 것도 아니고 산 것도 아닌 상태로 웅크린 아기, 미시즈 스위트는 작업실에서 한 층 더 올라간 위층에서 양말을 기우며 곰곰이 생각했다. 양말을 기울 때 그녀는 바늘땀마다 그 안에 무엇이 갇혀 있을지 생각하지 않았다. 각각의 바늘땀 자체는 작은 존재지만 모여서 전체를 이룰 테니. 임종 때 가톨릭교도가 될 거라고 미스터 스위트가 말했고, 그 말이 얼마나 증오로 가득했는지 모른다고 미시즈 스위트는 그때 생각했다. 하지만 그것이 고대의 벽돌 안에 든 아기를 향해서인지 사제를 향해서인지는 알 수 없었다. 임종 때 가톨릭교도가 될 거야. 세상이 불가해한 방식으로 계속 돌아갈 때, 세상 속 그녀 자신의 자리를 이해하려고 애쓰거나(이건 미시즈 스위트일 것이다), 그 자신의 자리를 이해하려고 애쓰는(이건 미스터 스위트일 것이다), 어린 헤라클레스는 아직 아니고(아직 어리니까), 아름다운 페르세포네도 아직은 아니고(아직 어리니까), 그런 인간들에게는 불가해한 방식으로 돌아갈 때, 미시즈 스위트는 그 말을 마음속에서 거듭 굴려보았다.

미스터 스위트는 랍비를 증오하지 않고 가톨릭도 증오하지 않는다고 미시즈 스위트는 혼자 생각했다. 미스터 스위트는 랍비도 증오하지 않고 가톨릭도 증오하지 않아, 날 증오할 뿐이지, 하고 생각한 것은 아니다. 가슴 바로 아래까지 떨어져 있던 턱이 곧 원래 자리로 올라갔다. 그러니까 그녀의 나이에는 쇄골이 있는 그 높이로 말이다. 미스터 스위트와 그의 역정과 그걸로 법석을 떠는 일은 너무 피곤해, 미시즈 스위트는 생각했다. 하지만 그러다가 다시, 이젠 아무도 그러지 않아, 메그와 롭—

그냥 예를 들자면—도 그렇고 그 누구도 상대의 역정과 변화무쌍한 기분과 변덕스러운 감정을 피곤해하지 않아. 어린 헤라클레스가 엄마에게, 그러니까 미시즈 스위트에게 밥을 해달라고, 아침이나 저녁을 해달라거나 중간에 간식을 만들어달라고 하면 그녀는 기분이 상해서 둘은 말다툼을 했고, 그 결과 엄청난 고요가, 심지어 침묵이 내려앉았고, 그 고요와 침묵은 수많은 말로 가득차 있었다.

아직 명예와 영광이라는 개념을 모르는 어린 헤라클레스의 말을 들어보라. 아빠, 볼링 치러 갈래요? 하지만 미스터 스위트의 눈에는 볼링장이 훤히 보였다. 그곳에는 적정량보다 더 많이 먹으면서 그게 무슨 명예로운 훈장이라도 되는 양 여기는 사람들이 있었다. 목청 높여 떠들고, 불치병도 아닌 병에 걸려 죽을 사람들. 절대 자연사하지 않을 사람들. 하지만 자연사가 뭐란 말인가, 죽음은 모두 자연적인걸. 하지만 이윽고 감정과 냄새와 누군가 그것을 기억하는 방식과 무엇이든 뭔가가 느껴지는 방식, 그리고 소리들과 누군가가 소리와 시간과 심지어 공간 사이의 관계를 경험하는 방식으로 포화 상태가 된 한 무리의 사건이 닥칠걸—오, 오! 오, 오, 미스터 스위트가 말했다. 그래야만 하나, 그래야만 하나. 그는 볼링장의 사람들, 볼링공을 정확하게 굴리고 거기서 만족을 얻는 사람들, 무심하게 공을 던지고 역시 똑같은 만족을 얻는 사람들이 다 보였고, 그는 그들이 지독히 싫었다. 그들 중 누구도 아다지오와 B 플랫과 교향곡과 부기우기 따위를 알지 못했고, 그저 나무 공으로 볼링 레인의 나무 핀을 넘어뜨리는 즐거움만 알았으니까. 아빠, 볼링 치러 갈래요? 어린 헤라클레스가 미스터 스위트에게 물었고 미스터 스위트는, 그래, 널 굴려서 아예 이 세상에서 없애주지, 라고 말했다. 하지만 어린 헤라클레스는 깡충거리며 두 사람이 타고 갈 낡은 폭스바겐 래빗 쪽으로 가느라 아빠의 그 말을 듣지 못했다. 두 사람이 볼링장에 들어서기 직전, 미스터 스위트는 넘어져 오른손 새끼손가락 뼈가 부러졌고, 그래서 잠깐 동안 19세기 중반의 독일인이 작곡한 선율을 피아노포르테로 연주할 수가 없었고, 미시즈 스위트는 가만히 서 있었다. 그녀는 어린 헤라클레스와 남편인 미스터 스위트 두 사람 다 무척 사랑했다. 미스터 스위트는 차려입은 갈색 코듀로이 정장이 몸을 얼마나 꽉 끌어안고 있는지 초기의 포유류 같았다.

미시즈 스위트는 어린 헤라클레스의 엄마였고 그것은 매일 지구가 자전하는 일처럼 자연스럽고 확실했다. 미시즈 스위트는 어린 헤라클레스를 사랑했고, 무척이나 사랑해서 그의 모든 욕구에 특별히 신경을 썼고, 수많은 재미난 변덕을 다 받아주었다. 시청 차고에 세워놓은 눈 치우는 기계—제설기—를 보고 싶다고, 거대한 날로 눈을 저멀리 날리지 않고 가만히 서 있는 기계를 보고 싶다고 하는 것처럼. 눈으로 뒤덮인 길게 뻗은 길을 제설기가 뚫고 지나가며 길을 내는 것을 어린 헤라클레스가 얼마나 좋아하며 바라보았는지. 중장비로 높은 건물을 조립해 올리는 것을 보는 일도 좋아했는데, 중장비들이 얼마나 요란스러웠는지 미시즈 스위트가 아들에게 아주아주 사랑한다고 말할 때 아들은 그 말을 듣지 못했다. 아들이 따뜻하게 덥힌 옷만 좋아해서 미시즈 스위트는 환한 햇볕에 옷을 덥히거나, 그게 아니면 건조기에 넣어 덥혔다. 어린 헤라클레스는 옷을 입었을 때 따뜻해야 좋아했고 그래서 미시즈 스위트는 그렇게 만들었다. 그런데 미시즈 스위트에게는 어린 헤라클레스가 자연스러웠지만 그 반대는 아니었다. 어린 헤라클레스는 미시즈 스위트를 경멸했는데, 그것이 딱 맞는 일이었다. 약자는 강자에게 절대 경외심을 보여서는 안 되니까.

아들이 살아갈 삶을 떠올리며 그녀는 걱정스러워 안절부절못하고 속이 탔다. 골프공이건 농구공이건 야구공이건 축구공이건, 장난스럽게 냅다 공중으로 날려버린 공을 잡으려고 마당을 벗어나면 어떡하지? 셜리 잭슨 하우스의 마당에는 경계가 있었다. 그 경계란 겨울, 봄, 여름, 가을, 즉 계절이었다. 하지만 어떤 계절이건, 날씨가 어떻건, 어린 헤라클레스는 공을 가지고

놀았고, 미시즈 스위트는 양말을 꿰매고 기웠고, 미스터 스위트
는 어두컴컴한 작업실 소파에 누워 있었다.

어린 헤라클레스가 이제 허리를 굽혀, 미시즈 스위트가 맥도
날드에서 사준 해피밀에 딸려온 선물인 숫기 없는 미르미돈을
집어올린다. 숫기 없는 미르미돈, 파란색과 녹색과 빨간색 플라
스틱으로 된 자그마한 인형들은 수줍었다. 방패를 가슴에 딱 붙
이고 창을 높이 쳐들어, 언제라도 상대를 쳐서 고통을 안길, 상
상의 죽음을 안길 준비가 되어 있었다. 네 살, 다섯 살, 여섯 살
때 어린 헤라클레스는 자기 방 바로 바깥의 계단 싸움터에 인형
을 서로 마주보게 늘어놓곤 했다. 그러면 그 플라스틱 인형들은
상상의 산물을, 용감한 상상의 산물을 부수고 또 부쉈고, 그러
고 나서 전투로 진이 빠져 쉬곤 했다. 그러면 아무것도 모른 채
방심한 미스터 스위트가 널브러진 인형들을 밟았고, 간혹 그러
다가 계단 아래로 굴러 거의 목이 부러질 뻔하기도 했다. 아, 망
할. 그는 그렇게 내뱉고는 재빨리 주위를 둘러보았다. 무슨 기
계장치의 조종이라도 받는 양 여기저기 눈길을 쏘아댔다. 망할
자식, 쓸모없는 자식. 하지만 엄마는 어린 헤라클레스를 사랑했
기에, 자신이 불행할 때도 아들을 맥도날드로 데려가 해피밀을
사주었다. 불행하면서도 불행하다는 걸 몰랐는데, 행복이란 어
린 헤라클레스와 그의 아빠와 자신의 딸인 아름다운 페르세포

네, 그리고 플라스틱으로 만들었건 아니건 숫기 없는 미르미돈과 셜리 잭슨 하우스에서 등장하는 다른 모든 것의 영역이었기 때문이다. 그때 어린 헤라클레스가 허리를 숙여 숫기 없는 미르미돈을 집어들면, 그때가 지금과 같고, 가끔씩은 그때가 지금이 된다.

어떤 때는 숫기 없는 미르미돈이 적군과 전투를 벌여 승리를 거둘 태세로 열을 지어 대형을 갖추고 있기도 했다. 적군은 어린 헤라클레스에게도 보이지 않고 숫기 없는 미르미돈에게도 보이지 않아 만사는 이런 식으로, 지금, 그때, 한결같은 부담이자 기쁨인 지금이나 그때나 어린 헤라클레스의 마음에 드는 식으로 이루어졌다. 또 어떤 때는 숫기 없는 미르미돈이 뿔뿔이 흩어져 어린 헤라클레스가 혼자 자는 침실 바닥 여기저기 굴러다녔다. 빨랫감을 넣어둔 바구니 속에 있다가 세탁기에 들어가려는 순간 미시즈 스위트에게 구출되기도 했다. 미스터 스위트가 어느 화창한 아침에 침대에서 일어나 걸어내려가는 계단에 놓여 있어, 미스터 스위트가 그걸 밟고 미끄러져 척추를 다치기도 했다. 척추는 나았지만 미스터 스위트는 아니었다. 어린 헤라클레스는 늘 그러듯이, 미안 아빠, 라고 말했는데, 미안하다고 말하는 건 그에게는 산소만큼이나 흔한 일이었다. 그는 미안 아빠, 속으로 풀죽어 들어가고, 어린 헤라클레스가 강렬한 감정을 지닌 모든 것에게 지금이었던, 궁극적으로는 그때가 되겠지만 지금이었던 모든 것 속으로 풀죽어 들어가는데, 강렬한 그 감정은 지금이 아니라 그때 다루어지게 될 것이다. 결코 지금이 아니라.

하지만 수많은 숫기 없는 미르미돈이, 해피밀을 사려고 수없이 맥도날드를 들락거린 결과물인 미르미돈이 열을 지어 상상의 적과 전투를 벌였고 당연하게도 승리했다. 당연히 거듭 승리했고, 상상의 전장은 피로 뒤덮이고, 순전한 피가 너무 그득해 모두가 피를 뒤집어썼다. 그렇게 어린 헤라클레스는 생각했다. 그렇게 혼잣말을 했고, 또한 상상했다. 숫기 없는 미르미돈이 지배하리라, 그는 또 이렇게도 말하고 상상했다. 그러곤 잠이 들었다. 일어나, 일어나라고. 그의 누나가 외쳤다. 그에겐 누나가 있었고, 누나는 곱슬머리였다. 일어나. 그의 누나가 소리쳤다. 네 침대에, 네 바로 옆에 머리 아홉 달린 뱀이 있잖아. 그러자 아주 어린 헤라클레스는 공중제비를 넘으며 침대에서 튀어나와 머리 아홉 달린 뱀을 쏘아보았고 각각의 머리에 혀를 비죽 내밀었다. 별로 힘들이지도 않고 머리를 잘라버린 후 아홉 개 모두 어깨 너머로 던졌고, 그것들은 막 청소한 미시즈 스위트의 주방 바닥으로 떨어졌다. 오, 맙소사. 그녀가 혼잣말을 했다. 쟤는 항상 뭔 짓을 한다니까, 이게 웬 난리야. 그러곤 머리

아홉 개를 집어들어 봉투에 넣고, 바닥을 깨끗이 닦고, 미스터 스위트에게 여기로 와서 쓰레기를 좀 버려달라고 했다.

하지만 미스터 스위트는 차고 위의 작업실에 있었다. 그는 항상 그곳에 있기를 좋아했는데, 그곳이 장례식장은 아니었고, 단지 지금까지 누려보지 못한 자신의 삶을 애도하며 장례를 치르고 있었다. 미시즈 스위트가 부르는 소리가 이 애도를 방해했는데, 그녀는 그렇게 방해하는 게 일상이었다. 그의 삶이든 죽음이든, 그녀는 언제나 방해했다. 그때, 지금, 작업실은 어두컴컴했지만 완전히 캄캄하지는 않아서, 모든 것이 그림자이기는 해도 또렷하게 분간되었다. 미스터 스위트는 그것이, 그림자인 모든 것이 얼마나 좋았는지. 그러나 미시즈 스위트의 목소리가 있었다. 목소리의 그림자는 아니었다, 미시즈 스위트에게 그런 일은 능력 밖이었으니까. 속삭이는 것, 눈길 한 번으로 가슴속 깊은 감정을 전달하는 것도 못했고, 혹은 그저 숨을 뚝 멈춰버리는 것도 못했다. 그냥 멈춰, 멈춰, 멈춰, 지금 당장. 그녀는 목청껏 미스터 스위트를 부를 것이고, 그 목소리는 포고를 외치는 관원의 목소리보다 더 컸다. 당장이라도 닥칠 재난의 경고보다 더 시끄러웠고, 그녀는 너무 시끄러웠고, 미시즈 스위트는 너무 시끄러웠다. 미스터 스위트, 쓰레기 좀 내다놓을래요? 짜악, 짜악, 플란넬 슬리퍼 안에 포근히 들어앉은 발을 질질 끄는 미스터 스위트의 발소리가 들렸고, 그의 분노가 얼마나 엄청났는지 이미 죽은, 머리 아홉 달린 뱀을 살려낼 수도 있을 정도였다. 여하튼 엄청난 분노가 치밀어 그의 가슴이 쪼개지며 심장이 산산 조각났는데, 양말 수선에 이력이 난 미시즈 스위트는 그 기술을 동원해 곧 미스터 스위트를 원래대로 돌려놓았고, 꿰매 붙인 가슴속 그의 심장은 온전해졌다.

저 얼간이 꼬마 녀석 때문에 또 죽을 뻔했잖아, 미스터 스위트가 혼잣말을 했다. 한 번으로 끝내지 않고 한번 더 했고, 그러자 얼마 전 그때가 떠올랐다. 그가 계단을 내려가는데 어린 헤라클레스가 아래쪽에서 올라오고 있었고, 중간에서 마주친 두 사람이 어쩌다보니 부딪혔고, 휘청하는 몸을 가누려던 어린 헤라클레스가 어쩌다보니 미스터 스위트의 고환을 움켜쥐었다가 휙 팽개쳤는데, 얼마나 세게 내팽개쳤던지 저멀리 대서양에, 그러니까 수백 마일 너머, 그때였고 지금인 그곳에 떨어졌다. 그때 고환이 대양에 빠졌지만 태풍이나 해일이나 허리케인이나 화산 폭발이나 믿을 수 없는 규모의 갑작스러운 산사태나 어떤 주목할 만한 일도 일어나지 않았다. 그저 떨어져서, 조용히 대양의 가장 깊은 곳으로 가라앉아 영영 그 소식을 들을 수 없었다.

오, 그 가족에, 셜리 잭슨 하우스에 살던 스위트네 가족에 내려앉은 정적이라니. 계단 꼭대기에서 한참을 꼼짝 않고 있던 가여운 어린 헤라클레스에게, 애지중지하는 텃밭의 기름진 흙 속에 심은 콩 한 알처럼 몸을 동그랗게 말고 침대에서 잠이 든 그의 누나에게 내려앉은 정적. 미스터 스위트가 리라 줄에 얹었던 손가락을 뗐다. 양말을 수선하다가, 꿰매다가, 짜깁기 바늘을 손에 든 채, 양말 발꿈치 쪽으로 막 집어넣으려던 뜨개바늘을 손에 든 채, 뜨고 있던 것을 막 완성하려던 참에 그대로 얼어붙은 미시즈 스위트에게 내려앉은 정적. 미시즈 스위트는 정신을 차리고 눈앞에 펼쳐진 것들을 살펴본 후 몇 번이고 수선한 수많은 양말을 뒤적거려 한 켤레를 빼낸 다음, 사랑하는 미스터 스위트를 위해 그 기관을 새로 지어주었다. 원래 그에게 있었던, 아들인 어린 헤라클레스로 인해 어쩌다가 없어져버린 고환과 똑같이 생긴 것을 만들려 했고, 성공했다. 고환을 잃어버려 어떻게 해야 할지 모른 채 미스터 스위트가 달콤한 절망의 잠에 빠졌을 때, 미시즈 스위트는 수선한 양말을, 뒤꿈치 모양이 미스터 스위트의 고환이었던 액체와 고체가 들어찬 연약한 주머니를 닮은 양말을 그 자리에 꿰매 붙였다.

그때쯤, 아, 그래 그때쯤, 아름답고 사랑스러운 미시즈 스위트의 아름다운 갈색 손은 불행한 흰색이 되고, 앙상해지고 말라비틀어졌다. 몸의 다른 부분은 여전히 아름다운 갈색이었다. 환하게 윤이 나는 갈색, 그녀만의 독특한 갈색, 다른 어떤 미시즈 스위트도 그런 식의 갈색일 수는 없었다. 얼마나 윤이 나고, 얼마나 반짝이고, 얼마나 빛이 나는지, 때로는 귀 끝에 부딪히는 빛이 무슨 의미가 있는 것처럼, 거대한 변화가 시작되어야 한다는 신호인 것처럼, 마치 비밀스러운 소통의 형식처럼 보였다. 혹은 주방 싱크대 바로 위쪽 창문으로 잠깐 들어오는 아침햇살이 아침 커피를 끓이려고 그 앞에 서서 물을 받는 미시즈 스위트의 평평한 코의 평평한 끝부분에 잠깐 내려앉으면, 그때 그 빛이 얼마나 번쩍이는지 금방이라도 닥칠 대재앙의 경고로 보일 수도 있었다. 하지만 미시즈 스위트는 앙상하고 말라비틀어진 손의 불행한 흰색에 전혀 관심이 없었고, 그것은 끊임없이 수선해야 하는 낡은 양말들과 잘 섞여들었다. 그래서 미시즈 스위트는 그때에서 지금으로, 다시 그때로 움직였다.

그때, 난데없이, 미스터 스위트의 분노가 폭발한 때가 있었다. 어린 헤라클레스가 일 년에 0.5피트씩 자라고, 지금 당장 그만두지 않으면 곧 미스터 스위트보다 커지리라는 피할 수 없는 사실에 직면해야 했기 때문이다. 미스터 스위트는 차고 위의 해가 들지 않는 작업실에서 얼마나 분노로 치를 떨었는지 모른다. 그런 감정을, 외로움과 고립감과 고독과 영원한 상실을 기념하기 위해 미스터 스위트는 백 대의 리라로 구성된 오케스트라를 위한 푸가를 작곡했다. "자," 백 쪽에 달하는 악보를 통째로 미시즈 스위트에게 건네며 그가 말했다. "정말 독창적이지, 지금까지 그 누구도 한 적이 없는 것 아닌가." 그리고 미시즈 스위트는, 그렇게나 사랑스럽고 상냥한 그녀는, 굳이 누가 말해주지 않아도 자신이 음악을 전혀 알지 못한다는 사실을 잘 알았고, 그래서 셜리 잭슨 하우스 근방에서 리라를 전문적으로 연주하는 음악가 백 명을 어디서 어떻게 구해야 하나, 그런 생각을 했다. 리라! 도널드가 만들어준 책상에 앉아 있는데 메뚜기 한 마리가 어쩌다 그녀의 안식처를 찾아들어왔고, 그녀는 메뚜기를 보자마자 그것이 거북이였으면 하고 바랐지만, 그런 일은 없었다. 메뚜기가 뒷다리를 비벼댔고, 그 쌔액 소리에 그녀는 움찔했다. 쌔액!

미스터 스위트의 푸가 악보는 어마어마한 분량이었고, 너무 무거워서 미시즈 스위트는 그 무게에 몸이 휘었다. 뭘 해야 하지? 뭘 어떻게 해야 하지? 미시즈 스위트는 주변 마을과 촌락을 이잡듯이 뒤졌다. 교회와 유대교 회당과 노숙자 쉼터를 들여다보고, 세대주와 집 없는 방랑자들에게 조언을 구했고, 마침내 수년이 지나 리라를 전문적으로 연주하는 백 명의 뛰어난 음악가를 모았다. 그들이 모였고, 셜리 잭슨이 한때 살았던 그 집에서 얼마 떨어지지 않은 작은 초록 공터에서 한 무리를 이루었다. 그러나 그때 미스터 스위트는 감기에 걸려 어깨가 굳고 목이 발갛게 붓고 일어설 수도 없었으며 광장공포증까지 찾아왔다.

숫기 없는 미르미돈은 옆으로 나란히 늘어서 있었고, 노란색 플라스틱 머리칼이 녹색 플라스틱 옷자락과 같은 방향으로 몸통에서 멀찍이 펄럭여서, 재빠른 동작으로 한없이 움직이는 인상을 주었다. 그 건너편에는 거북이 등껍질을 입고 숫기 없는 미르미돈을 덮칠 태세로 칼을 들고 있는 플라스틱 인간 부대가 있었다. 어린 헤라클레스는 거북이 등껍질을 입고 칼을 든 그 플라스틱 인간 부대도 해피밀의 사은품으로 얻었는데, 역시 음식은 먹지 않고 딸려온 것들만 좋아했다. 숫기 없는 미르미돈, 거북이 등껍질을 입거나 때로 어깨에 망토를 두른 인간, 날개 달린 말, 인간의 발이 달린 새 따위를. 숫기 없는 미르미돈이 이제 거북이 등껍질을 입은 인간을 공격했고, 뼈와 등껍질과 다른 신체 부위와 뒤섞여 피가 사방으로 튀고, 그 모든 상상의 고통에서 나온 상상의 고함과 울부짖음 가운데 푸가를 다시 고치고 다시 쓰는 미스터 스위트의 소리가 있었다. 아름다운 선율이 쓰라린 선율이 되고, 쓰라린 선율은 그 강도를 더해갔다. 저만치 아래, 피와 뼈와 다른 신체 부위를 내려다보며 선(어린 헤라클레스는 이제 아주 커졌기 때문에) 어린 헤라클레스는 한 발은 공중에서 완벽하게 구부려 중심을 잡고 다른 한 발의 앞꿈치를 대고 빙빙 돌면서 큰 소리로 요란하게 웃었다. 그 웃음소리가 물결치며 골짜기를 건너고 그 골짜기에서 솟아오른 산자락에 부딪힌 뒤 어린 헤라클레스와 그의 집인 오래된 셜리 잭슨 하우스 쪽으로 되돌아왔다. 하지만 그의 먼 조상이 묻혀 있는 유대인 묘지와 골프장과 파워스 마켓과 페이퍼밀 다리를 살짝 스치고 왔다.

헤라클레스, 헤라클레스, 미시즈 스위트가 혼잣소리로 불렀다. 아무도 듣지 못했겠지만, 그녀에게 그때 그 이름을 부른 소리는 마치 다른 모든 감각은 들어오지 못하게 막아놓은 작은 방에 혼자 있는 듯이 헤라클레스, 그 이름만이 그때 그 시간과 지금 그 공간을 가득 채웠다. 종종 아들의 이름만으로도 그녀는 그런 강렬한 감각에 휩싸였고, 그의 이름이, 그래서 그 자신이 모든 것을, 시간이나 공간, 공간이나 시간을, 그 어느 쪽이든 다 차지하고 다 채워버렸다. 그때 그의 이름은 미시즈 스위트 이마의 옅은 주름을 깊어지게 했지만, 현미경으로나 보일 정도로 살짝 깊어졌다. 그리고 미스터 스위트는 그 요란하고 커다란 웃음소리를 들으며 그의 아들에게 결함 있는 우주 캡슐을 타고 은하계 끝까지 무사히 가기를 바랐다. 그런 일이 생겼을 때 어린 헤라클레스의 얼굴에 떠오를 표정이 얼마나 보고 싶었는지.

하지만 그때, 미시즈 스위트는 백 대의 리라와 그것을 연주할

백 명의 음악가를 생각했고 악기와 음악가를 만들며 자신의 의
무를 수행해나갔다. 집중력이 흐트러지는 법이 없었고, 의심할
바 없이 헌신적이었으며, 그녀의 사랑에는 한이 없었다. 사랑스
러운 미시즈 스위트는 미스터 스위트를 얼마나 사랑했는지, 그
래서 푸가, 협주곡, 합창곡, 모음곡, 변주곡 할 것 없이 그가 작
곡한 것도 다 얼마나 사랑했는지. 하지만 백만 대의 리라와 그
것을 연주할 음악가라니! 미시즈 스위트는 곧장 일에 착수했
다. 면화와 사탕수수와 쪽풀을 셀 수 없이 많은 밭에 심고 소금
광산에 수많은 가족을 보냈다. 미시즈 스위트는 생산품을 환금
작물로, 제품으로, 인간 노동력으로 시장에 내다팔아 기괴할 만
큼의 이득을 남겼고 그 이득으로 리라를 만들고 그것을 연주할
사람들을 만들고, 그러고 나서 콘서트홀을 지었다. 얼마나 어마
어마하게 큰 콘서트홀인지 그곳을 전부 경험하려면 순례자의
광신이 필요했다. 미시즈 스위트가 리라와 그것을 연주할 사람
들을, 미스터 스위트의 정교하고 복잡하고 독특하고 지각변동
을 일으킬 푸가가 마침내 연주될 거대한 콘서트홀에 모아들인
그날, 미스터 스위트는 양 발꿈치의 힘줄에 염증이 생겼다. 정
말이었다. 양 발꿈치에 염증이 생겨 너무 아픈데다, 사랑스러운
미시즈 스위트가 자신의 불가능한 요구를 가능케 한 것을 보고
얼마나 울화가 치밀었는지. 미시즈 스위트가 이루어낸, 너무나

마법 같은 이 분위기에서 미스터 스위트는 점점 자라났는데, 사랑이 아니라, 감사가 아니라, 원한과 증오로 자라났다.

난 학자로서의 삶을 살지 못했어. 그에게 미시즈 스위트가 던진 모욕들, 특히 콘서트홀과 백 명의 음악가와 관련된 최근의 모욕으로 여전히 속이 쓰린 미스터 스위트가 말했다. 차고에서 나올 때 차고 문을 닫으라거나, 설거지를 하고, 싱크대를 닦고, 개수대를 청소하고, 쓰레기를 내다버리라고 하는데, 내가 학자로서의 삶을 살지 못한 것이 사실이긴 하지만 그렇다고 그런 일을 할 사람도 아니라고, 그런 일은 할 수가 없다고, 미스터 스위트가 말했다.

그리고 미스터 스위트는 차고 위 작업실 의자에 누웠다. 다리 끝이 커다란 고양이 발 모양인 의자였다. 닫힌 창문으로 뭔가 요란하게 깨지는 소리와 포효가 들려왔다. 어린 헤라클레스가 자랑스러워하는 우리 속 사자들을 풀어놓은 것이었다. 증오가 전류처럼 순식간에 미스터 스위트의 온몸을 훑고 지나갔지만 그를 다 태워버릴 정도는 아니어서, 그는 편안히 앉아 위를 올려다보았다. 머리 위로는 진청색으로 칠해진 반구형 천장이 있었다. 눈을 깜박이지 않고 너무 오래 바라보면 천장이 무한으로 멀어져갔다. 침침한 빛이 여기저기 나타나다가 오리온자리, 큰곰자리, 작은곰자리, 북두칠성, 소북두칠성, 아르크투

루스의 호, 큰개자리와 작은개자리, 카스토르와 폴룩스로 시작해서 온갖 별자리가 환하게 빛나며 밤의 가장자리, 저 바깥으로 한없이 팽창해나갔다. 편안히 의자에 누워 있으니 산더미 같은 생각과 감정이 그 사랑스러운 남자를 쫓아왔다. 열두 살이 되었을 때 어머니가 사준 플란넬 슬리퍼는 그가 아끼는 것인데 밑창에 구멍이 나기 시작했다. 수선을 할 수도 없었고, 그런 종류의 슬리퍼는 이제 만들지 않으므로 똑같은 것으로 바꿀 수도 없었다. 미스터 스위트는 중년이 된 지금도 여전히 그 슬리퍼를 신을 수 있었다. 열두 살 이후 자란 키가 0.5인치도 될까 말까 했으니까. 세상은 냉정해서 그의 가련한 영혼에 무심했다. 머리 위 창공은, 비록 차고 위 작업실의 진청색 천장일 뿐일지라도, 광대했고 매끈하면서도 찰랑거리며 팽창해나갔다. 천국과 안식처도 담고, 몸속의 주동맥처럼 벌떡거리지만 그만큼의 중요성이나 책임은 없는, 일상의 경험이 자리잡을 수 없는 우주를 담고. 아직 그렇게 캄캄하지는 않은 밤의 얇은 가장자리가 진청색 공간을 둘러싸고 있었다. 밤의 얇은 가장자리가 완강한 암흑에 굴복하겠지만 미스터 스위트는 그때 이것을, 그에게 아주 가깝지만은 않은 밤의 얇은 가장자리를 붙들었다. 밤의 얇은 가장자리는 은유야, 그것을 넌지시 암시하는 교향곡을 써야겠어, 밤의 얇은 가장자리는 은유지, 미스터 스위트가 혼잣말을 했다. 정말 자신에게만 하는 말이었다. 그사이 마치 의식에 영향을 주는 약물의 영향을 받은 듯이 혹은 스스로 그렇게 보려고 애쓴 듯이, 진청색 천장의 고정된 한 지점이 미스터 스위트의 마음속에서 점점 팽창했다. 미스터 스위트가 등을 대고 누워 위를 보니 우주였다. 미스터 스위트나 다른 사람에게는 그렇게 보였다. 여기서 다른 사람이란 미시즈 스위트와 어린 헤라클레스와 윤기 나는 곱슬머리를 가진 헤라클레스의 누나를 뜻했다. 밤의 얇은 가장자리가 계속 바깥쪽으로 팽창해 그의 바로 위까지 내려오더니 그를 통째로 삼켜버렸고, 그는 그 안에서 잠을 자고, 자고, 자고, 또 잤다!

숫기 없는 미르미돈 부대가 잔디 위, 미시즈 스위트의 화단 위 여기저기 흩어져 있었다. 얼굴을 아래로 하고 엎어진 것도 있고 얼굴을 위로 하고 나자빠진 것도 있었다. 어린 헤라클레스는 솔송나무에서 떨어진 나뭇가지, 그러니까 죽은 나뭇가지를 오른손에 들고 우뚝 서 있었다. 우우! 이야! 악! 이익! 이런 소리들이 연이어 튀어나왔다. 어떤 때는 분에 찬 소리였고, 어떤 때는 아니었다. 그가 몸을 숙여 숫기 없는 미르미돈 부대를 정렬했다. 몇이 모자랐다. 그것들 가운데 몇은 미시즈 스위트의 히비스커스 뿌리 안에 엉켜 있었고, 뿌리가 그것들을 둘둘 말며 자라나 꽁꽁 동여매면 결국 죽고 말 것이었다. 하지만 사랑스럽고 귀여운 어린 헤라클레스는 그 사실을 몰랐다. 어떻게 알겠는가, 미시즈 스위트가 엄마였고, 그 엄마는 미스터 스위트의 아내였고, 미스터 스위트가 아빠였고, 어린 헤라클레스는 미스터 스위트의 아들이었으니. 미스터 스위트의 사랑스러운 아들은 숫기 없는 미르미돈 부대를 내려다보았다. 모두 그의 발치에 널브러져 있었고, 일부는 '로드 볼티모어'와 '앤 어런들'과 '레이디 볼티모어'의 뿌리에 엉켜 있었는데, 전부 미시즈 스위트의 화단에서 자라는 히비스커스의 종류였다. 개미들이 제 할일을 하면서 숫기 없는 미르미돈 위를 기어다녔다. 미시즈 스위트의 화단에 핀 히비스커스꽃, 꽃가루 가득한 그 꽃 속을 벌들이 들락날락했고 벌새 한 마리도 그랬다. 그리고 어린 헤라클레스는 숫기 없는 미르미돈을 모아 커다란 검은색 상자 안에 넣었고, 한참 동안 그대로 두었다. 한참 동안.

3

어느 날 어슬녘에 어린 헤라클레스가 태어났고, 그때 튜더왕조의 젊은 왕자처럼 훤칠해 보였던 미스터 스위트는 아들을 보면서 미소를 짓고 뺨에 입을 맞췄다. 그러곤 탯줄을 잘랐다. 신생아인 아들을 바라보았는데 아기를 품에 꼭 안기가 두려웠다. 품에서 놓쳐 아기가 바닥에 떨어지는 것을 보고 싶은 더없이 강렬한 열망이, 몸은 멀쩡하지만 머리가 깨져, 셜리 잭슨 하우스에서 그리 멀지 않은 시내 병원의 분만실 바닥 사방에 아이의 뇌가 흩뿌려지는 걸 보고 싶은 강렬한 열망이 있었기 때문이다. 다리를 쫙 벌린 채로, 어린 헤라클레스가 자궁에서 나왔을 때의 자세 그대로 누운 미시즈 스위트는, 어린 헤라클레스는 바로 그녀의 자궁에서 튀어나왔고 미스터 스위트의 아들을 세상으로 밀어내느라 하도 기를 써서 온몸이 덜덜 떨리는 미시즈 스위트는 그들을, 나이든 남편과 신생아 아들을 바라보았고, 기진맥진해 잠이 들었다. '지금으로서는 나의 유일한 아들인 어린 헤라클레스에게 물려줄 수 있도록, 유산을 남길 수 있도록 내 왕국을 어떻게 안전하게 지키지?' 미스터 스위트가 혼자 생각한 것은 그것이 전혀 아니었다, 전혀 아니올시다. 그는 어린 헤라클레스를 너무 미워했다. 막 태어난 신생아, 황달이 있어서 피부색이 노랗고, 동그랗게 뜬 눈이 마치 아직 만사를 이해할 수 없을지라도 다 볼 수는 있을 듯했던 어린 헤라클레스를. 그런 눈은, 그런 눈으로는, 절대 제대로 볼 수가 없고 베토벤의 협주곡과 모차르트와 바흐를 이해할 수 없을 거라고 미스터 스위트는 혼잣말을 했다. 게다가 어쨌든 어린 헤라클레스는 손이 너무 커서 앞으로도 서투를 것이 뻔했다. 그런 손으로는 리라를 잡는다 해도 절대 편안히 잡을 수 없고, 피아노 건반에 가만히 얹거나 플루트를 들고 입에 댈 수도, 아니 어떤 악기도 입에 대거나 가만히 쓰다듬을 수 없을 것이기 때문이었다. 마치 투창과 방패를 쥐고 자기보다 몇 배나 큰 것들을 갈기갈기 찢어발길 것처럼 손가락이 큼지막했다. 아들을 품에 안은 미스터 스위트는 그렇게 생각했다. 그의 손은, 그의 손가락은 섬세했고, 공중으로 떠올라 백지 위를 자유로이 떠다니다가 차례대로 내려앉아 무척 아름다운 곡조를, 특히 휘파람으로 불면 정말 아름다운 곡조를 만들어낼 음표처럼 보였다. 하지만 미스터 스위트는 어린 헤라클레스를 집어던지거나 바닥으로 떨어뜨리지 않았고, 그래서 그들의 이야기는 계속되었다. 혀에 익숙한 맛으로 감도는 원한, 여러 시대에 익숙한, 아들을 사랑하지 않았던 여러 시대의 아버지들에게 익숙한 맛으로 감도는 원한이 미스터 스위트에게 남은 채로.

•

그러나 그는 어린 헤라클레스의 탯줄을, 모든 인간을 어머니와 연결해주는 생명줄인 탯줄을 잘랐다. 그것은 언제나 명예롭고 다정한 일이다. 신생아 헤라클레스에게는 황달이 있어서 아이 엄마는 불안했다. 엄마는 아기를 보자마자 사랑하게 되었기 때문이다. 엄마는 아이의 눈을 사랑했다. 얼마나 커다란지, 이해하지 못하는 것도 전부 볼 수 있을 듯한 그 눈을 사랑했다. 아이의 과거는 아이의 미래였고, 아이는 이해하지는 못할지라도 볼 수는 있었다. 여하튼 그녀는 어린 아들을 사랑했고, 실오라기 하나 걸치지 않고 병원 요람에 누워 있는 아기를, 위에서 비추는 불빛에 노란 피부가 더 노랗게 보여 거의 금잔화처럼 보이는 아기를 보고 마음이 안 좋았다. 금잔화처럼 보인다는 생각이 들었고, 아기를 품에 안자, 젖이 가득한 커다란 유방으로 끌어안자 더 걱정이 되었다. 얼마나 꼭 끌어안았는지 아기가 녹아 사라질 것 같았지만, 실제로 녹아 사라지지는 않았다. 오히려 잘 자라서 종국에는 황달도 사라졌다. 어린 헤라클레스의 자그마한 몸 안에서 피가 돌 때 그녀의 혈액형이 미스터 스위트의 혈액형과 충돌을 일으켜 생긴 황달이었기 때문이다. 이 증상은 이레 동안 지속되었고, 여드레째 되는 날 병원에서 퇴원해 부모인 미스터 스위트와 미시즈 스위트와 함께 그들이 사는 셜리 잭슨 하우스로 갈 수 있었다. 9월의 어느 날이 아니라 다른 달, 6월의 어느 날이어서 작약이 활짝 피어 있었다. 하얀 꽃잎마다 무작위로 단 하나의 빨간색 줄이 그어진 특별한 종류의 작약이었다. 그리고 붓꽃과 매발톱꽃과 스탠리 퍼페추얼이라는 이름의 장미도 있었다.

집 바깥에는 커다랗고 오래된 은색 단풍나무가 한 그루 있었다. 셜리 잭슨 하우스 같은 집이라면 있음직한 그 단풍나무 여기저기에는 수차례 벼락을 맞아 생긴 오랜 상처가 있었다. 밖에는 오래된 사과나무도 한 그루 있었다. 심한 병충해로 거의 꽃을 피워내지 못했고, 따라서 열매를 맺는 법도 없었다. 배나무도 한 그루 있었는데, 열매는 열렸지만 쓸쓸해서 도저히 먹을 수 없는 배였다. 잔디는 푸르렀고 이제 막 무성하게 자라기 시작해, 곧 첫 잔디 깎기를 해야 할 참이었다. 아아아아! 그것은 집안에서 들려온 소리였다. 강렬한 만족감을 내비치는 한숨소리로, 미시즈 스위트에게서 나온 것이었다. 그녀는 아들을 내려다보고 있었다. 등을 받쳐 옆으로 뉜 아이의 자그마한 한쪽 팔이 자그마한 볼 아래 깔려 있고, 자그마한 다른 쪽 팔은 구부러져 턱 아래에 놓여 있고, 피부는 건강한 아기의 피부색이었다. 아기는 눈을 감고 있었다.

•

아, 사랑스럽고 사랑스러운 아기야. 미시즈 스위트는 그렇게 생각하며 요람에 누운 아들을 내려다보았다. 그녀가 손수 만든 침대보 위에 누운 아기는 그녀가 『제대로 뜨개질하는 방법』이라는 책에서 본 대로 직접 뜬 수많은 자그마한 배내옷 가운데 하나를 입고 있었다. 그 책은 그녀가 가족과 함께 사는 마을, 특히 이제 어린 헤라클레스가 더해져 가족과 행복한 삶을 누리는 마을에서 그리 멀지 않은 시내에 있는 노스서 서점에서 샀다. 요람에 누운 아들의 가슴이, 이제 막 뛰기 시작한 어린 심장, 어린 삶이, 눈에 보일 듯 말 듯 들썩였다. 이 아이는 어떤 운명을 타고났을까. 엄마는 생각했다. 삶은 어떤 잔인한 뜻밖의 일을 준비했을까, 어떤 부당한 과업이 기다리고 있을까, 어떤 고된 임무를 이겨내야 할까. 그래, 이겨낼 거야. 혼자 책을 보고 뜨개질을 배우고, 책을 보고 프랑스 여러 지역의 음식 조리법을 배우고, 책을 보고 화단 가꾸는 법을 배운 경이로운 엄마가 생각했다. 존재하는 법도 배웠는데, 그건 책에서가 아니라 본능적으로 배운 것이었다. 그리고 그녀는 어린 아들을, 그 아기를, 첫째 아이가 아니지만 첫째 아이인 것처럼 사랑했다. 첫째 아이도 어린 헤라클레스를 사랑한 것과 똑같은 방식으로 사랑했다. 첫째는 딸인 아름다운 페르세포네였는데, 미스터 스위트는 아내가 아름다운 페르세포네 가까이 오지 못하게 했다. 그의 생각에 미시즈 스위트는 딴 세상의 존재, 배에 실려 들어온 물품—사람도 포함해서—의 세상에 속하는 존재였기 때문이다. 미스터 스위트는 딸을 작업실에서 독차지했다. 그에게 딸은 대단한 영감을 불러일으키는 존재라서, 딸을 자신의 리라 가까이 두는 일이 무척 중요했기 때문이다. 그는 딸이 부를 찬가와 그 목소리에 어울리는 다른 음악을, 딸을 위한 음악을 지었고, 아름다운 페르세포네는 그 노래들을 꽤나 멋지게 불렀다. 무대에 설 수도 있을 정도였지만, 미스터 스위트는 자신 말고 그 누구도 그 노래를 듣지 못하게 했다. 누군가 우연히 노래를 들으면, 딸의 목소리가 아름답다는 생각을 못하게 하려고 애썼다. 혹시라도 셜리 잭슨 하우스의 차고 위 공간에서 멀리 떨어진 곳으로 딸을 데려가버릴까봐. 그러면 미스터 스위트는 혼자가 될 테고, 그러면 죽어버릴 텐데, 그는 죽는 게 두려웠다, 이미 죽어 있었음에도.

그러나…… 미시즈 스위트는 어린 헤라클레스를 정말 사랑했고 아기를 영원히 내려다보는 일이 '단 하나의 욕망들' 중 하나였다. 아기는 정말 아름다웠는데 다른 무엇과 비교해서 그런 게 아니었다. 정말 아름다웠고 혼자만으로도 가장 아름다웠다. 두 눈 바로 위로 굵은 머리칼이 자라서 사자처럼 보였다. 하지만 눈은 둥글고 커서(미시즈 스위트가 아기를 내려다보는 지금은 자느라 감겨 있었다) 올빼미처럼 보였다. 하지만 또 코는 아주 평퍼짐해서 상상의 곰, 아이를 달래주는 인형인 테디베어처럼 보였다. 입은, 오, 입은 태양의 입처럼 널찍했다. 누구나 아는 지평선 위로 솟아올라 잠시 동안, 여기서 잠시는 하루를 뜻한다, 잠시 동안 하늘 이쪽에서 저쪽으로 움직이는 바로 그 태양. 그리고 태양이 지평선에서 떠올라 창공을 가르는 그 사건을 바라보는 일이 바로 살아 있음의 정의定義였다. 귀는 엄청나게 커서 귓바퀴가 독특한 생태계에서 찾아볼 수 있는 특이한 종류의 꽃을 닮았고, 위성안테나 접시처럼, 다른 인간들에게는 흔치 않은 방식으로 정보를 받아들이는 장치처럼 보이기도 했다. 아들을 내려다보며 선 미시즈 스위트는 아기의 형태에, 그 여린 모습에 찬탄을 금치 못했고, 그 눈부신 외양의 뛰어난 면모가 눈에 들어와 울음을 터뜨렸다. 주체할 수 없을 만큼 눈물이 쏟아져서 곧장 눈물을 거두어 바깥으로 들고 나가야 했다. 눈물은 연못을 이루었고, 그 안에서 개구리와 송어 따위가 살면서 알을 낳을 것이었다. 아, 그녀는 혼잣말을 했다. 아, 아이의 아름다움 속에 빠져 죽을 것 같아, 어떤 불멸의 존재의 힘처럼 압도적이야. 그녀의 어머니가 매일 학교를 가기 위해 건너야 했던 도미니카 마하우트의 강처럼, 셜리 잭슨 하우스에서는 안에서든 밖에서든 어디서나 잘 보이는 산, 때로는 새순을 달고 초록으로 찬란하게 빛나고 때로는 단풍이 들어 눈부신 황금빛인 나무로 뒤덮인 산처럼, 그녀의 첫번째 위대한 사랑이었던, 영원한, 말할 수 없이 조화로운, 아름다운 페르세포네에게 읽어주곤 했던 『잘 자요, 달님』이라는 책에 묘사된 달처럼.

●

전화벨이 울렸다. 미시즈 스위트의 전 존재가 흔들렸다. 몸은 물론이고 마음의 평정까지. 누구지? 수금원, 버라이즌이라는 통신사, 뭔가 다른 이름의 케이블 TV 회사, 음식을 만들고 스위트네 식구가 그런 걸 원한다면 목욕물을 끓이는 에너지를 공급하는 천연가스 회사인 블루 플레임, 난방유, 자동차 할부 대금을 독촉하는 화난 목소리, 굴뚝 청소하는 폴, 마당 청소하는 미스터 펨브로크, 부엌으로 물이 새는 화장실 두 곳의 배관을 고쳤던 헤이든 부자, 어린 헤라클레스의 출생을 축하하려는 스위트 가족의 친구, 미스터 스위트에게 특별한 감정이 있는, 뜨겁고 육체적인 정사는 아니고 그저 미시즈 스위트를 싫어하고 미스터 스위트를 더 좋아하는 어떤 친구, 미시즈 스위트를 아주 높은 곳에서 던져버려, 죽지는 않고 절름발이가 된다면 좋은 일이라고 보는 어떤 친구.

전화벨이 울렸다. 아, 뭐지? 누구지? 미시즈 스위트는 생각했다. 그러자 미스터 스위트가 말했다. 내가 받지. 샤프, 플랫음과 뒤섞인 그 소리를 그 역시 들었던 것이다. 전화기 쪽으로 가던 그의 눈에 작은 요람 안에 누운 어린 헤라클레스가 들어왔다. 그 곁에 선 엄마는 아이의 미래를 상상하고, 또한 그의 미래를 새겨두느라 여념이 없었다. 아이의 운명은 어머니의 기억 속에 있으니! 영웅 아들은 요람 안, 미시즈 스위트가 손수 만든 침대보 위에서 자고 있었다. 그는 암울한 겨울밤들을 기억할 수 있었다. 그가 작곡한 푸가와 다른 음울한 곡들을 들어야 할 그녀가 뜨개질을 하고, 또 뜨개질을 하고, 담요를 짓고, 침대보와 기저귀를 짓고, 배내옷 따위를 뜨던 밤을. 그것은 대단히 불손한 일이었다, 왜냐하면 사물의 창작이 인간의 창조보다 우월하니까, 라고 미스터 스위트는 속으로 생각했다! 저 아이와 그 엄마는 아이들이 부를 만한 노래의 제목이 될 거라고 미스터 스위트는 생각했고, 그것을 머릿속에 잘 넣어두었다. 아들을 우러르는, 앞으로 아들이 세상에서 이룰 위대함, 그 승리를 상상하는 미시즈 스위트. 아들은 까마득히 먼 농구대에 농구공을 던져 넣고, 까마득히 먼 구멍 속으로 골프공을 쳐 넣고, 야구공을 야구장 밖으로 날려버린다. 야구장 자체가 지구에서 열일곱번째로 큰 섬만큼 큰데 말이다. 미시즈 스위트는 아들의 미래를 상상했고 미스터 스위트에게 그것은 쓰디쓴 이미지였다. 작은 요람에서 자고 있는 아들 앞에서, 이미 그녀 자신에게는 영웅이나 다름없는 어린 아들을 엄마가 우러르는 이 장면을 보며, 미스터 스위트는 미시즈 스위트를 얼마나 미워했는지. 그리고 그에게는 생소한, 생소한 현실인 어린 헤라클레스에 대한 미움도 얼마나 더해갔는지. 하지만 이 미움은 새로운 형태의 불편함이라고 미스터 스위트는 혼자 생각했다. 어쨌거나 미스터 스위트는 어린 아들을 미워했고, 어디선가 뱀 한 가족이 나타나 아이를 잡아먹었으면 했다! 하지만 그럴 리가 없었다, 그때도 그렇지만 언제라도. 그래서 미스터 스위트는, 그의 정서적 불안을 묘사하기엔 너무 순한 표현이나마 써보자면, 자신의 미움과 혼란, 자신이 요리를 할 수만 있다면 미시즈 스위트에게 먹이고 싶은 수많은 요리를 둘러싼 생각을 부루퉁하게 지워버리고 있었다. 이름도 없는 갓난아기로 만든 수플레, 이름 없는 신생아 조림, 레몬과 타임을 얹은 어린 헤라클레스 등심 따위. 그녀라면 게걸스럽게 먹어치우겠지, 먹는 거라면 사족을 못 쓰니까. 불어나는 허리, 굵어지는 팔뚝, 눈꺼풀과 귓바퀴를 보면 알 수 있지 않나. 부유한 집 거실에 놓인 의자 다리, 사랑을 듬뿍 받는 가축들을 묘사한 의자 다리처럼 생긴 발목을 보면. 아, 미스터 스위트는 미시즈 스위트를 얼마나 미워했는지. 그녀는 먹을거리처럼 생겼지만, 나중에는 먹는다는 생각조차 끔찍해졌다. 너무 잘먹어 퉁퉁한 몸이 몬태나나 버몬트나 그런 비슷한 곳의 언덕배기에 죽어 널브러진 모습이 보이기도 했다. 그러니까 금방이라도 땅으로 떨어져 은유가 되려는 나뭇잎이 금색이나 노란색이나 빨간색으로 물드는 곳에. 은유란 창작자의 진정한 영역이다. 그런데 바로 그때, 마치 현재 존재하는 것처럼 선명하게, 지금눈에 보이기라도 하듯이, 미시즈 스위트에게 오랜 친구 맷의 기억이 떠올랐다. 그는 특별한 치즈와 특별한 햄과 특별한 요구르트, 마르첼라 하잔이나 폴라 펙이나 엘리자베스 데이비드가 쓴 요리책의 훌륭한 요리를 만들기 위해 필요한 모든 특별한 재료를 팔던 식료품점의 매니저였다. 댄인가 짐인가, 그때의 미시즈 스위트는 맷과 함께 살았던 사람의 정확한 이름을 떠올릴 수는 없었지만, 맷이 날씨에 대해, 대기에 대해 아주 멋진 이야기를 했다는 기억만 났다. 그때 그리고 지금도, 우리 모두가 자연스럽게 몸담고 살게 될 날씨와 대기에 대해. 맷은 미시즈 스위트에게 옥수수빵을 만드는 수많은 요리법을 알려주었다. 하나는 가족이 버지니아의 노예 출신이었던 요리사 에드나 루이스의 것이었고, 또하나는 니카 헤이즐턴의 옥수수빵 요리법이었는데, 맷이 얼마나 변형했는지 미시즈 스위트는 원래 요리법에 관심이 사라졌다. 맷을 향한 그녀의 사랑은 그녀가 미스터 스위트나 어린 헤라클레스를 사랑하는 방식과는 달랐기 때문이다. 하지만 맷에 대한 그녀의 사랑은 예외였고, 미시즈 스위트는 친구를 사랑했다. 하지만 사랑을, 따로, 그 자체만으로, 이해할 수 있을까? 신뢰까지 할 수 있을까?

그러나 전화벨이 울렸고 미스터 스위트가 전화를 받았다. 어떤 공공서비스 회사—현재 알려진 세상에 존재하는 많은 회사 중 하나—에서 걸려온 것이었다. 스위트네 집을 몸담을 수 있는 그럭저럭 편안한 장소로 유지하기 위해 꼭 필요한 요소를 제공하는 회사에서. 미스터 스위트는 상대를 안심시키는 대답을 했다. 당시 스위트네가 요금을 지불할 수 없는 상황이라는 사실이 전연 드러나지 않는 방식으로 연체를 설명했고, 그것도 대단히 확신에 찬 목소리로 설명했는데, 어쨌든 그의 말을 상대방이 믿었고, 이 확신에 찬 거짓으로 인해 그는 살인을 저지르고도 발각되지 않은 심정이 되었다. 미시즈 스위트나 어린 헤라클레스의 살인은 아니었다. 그는 그들을 죽어버리고 싶었지만, 그건 살인은 아닐 테니까.

어린 아들과 관련해서 각자의 위치에서 매우 다른 시각을 지닌 채, 미스터 스위트와 미시즈 스위트의 그 순간은 그렇게 지나갔다. 미시즈 스위트가 사랑스러운 목적으로 지은 자그마한 배내옷을 입고, 신생아를 그 영향에서 보호해야 할 자연 요소를 막는 방패인 배내옷을 입고 아들이 요람에 누워 있던 때 말이다. 하지만 미스터 스위트는 무척 짜증이 났다. 고지서라든지 그런 일상적인 문제 탓에 그의 생각으로는 세상이, 그러니까 일상이 진행되어야 마땅한 방식이 방해받았기 때문이다. 예를 들어 당신이나, 아니면 그 누구라도 스위치를 올리면 천장에 달린 것이든 탁자에 놓인 것이든 전깃불이 들어온다. 커피 끓일 뜨거운 물이 필요할 때는(그는 인스턴트커피인 맥스웰 하우스를 좋아했다) 레인지를 켜기만 하면 불꽃이 타오르며 물이 뜨거워져서 원하는 음료를 즐길 수 있고, 그는 하루를 그렇게 시작했다.

부모님에게 전화를 하고 싶을 때는, 당시 그의 부모는 이미 무덤 속에 누워 있었지만, 수화기를 집어들고 다이얼을 돌렸다. 그 모든 비용을 누가 대야 하는지, 살아가는 비용을 누가 대야 하는지, 그런 문제가 미시즈 스위트에게는 무척 걱정스러웠는데 미스터 스위트는 왜 그녀를 알지 못했을까. 그녀가 정말 어떤 사람인지를, 그녀가 바이러스라는 사실을, 여름에도 자리에 눕게 만드는 한기라는 사실을 알지 못했을까.

저 여자를 증오해. 미스터 스위트는 생각했다. 그러나 뉴욕시 피프스 애비뉴와 매디슨 애비뉴 사이의 57번 스트리트에 있는 로라 애슐리에서 산 치렁치렁한 흰색 나이트가운을 입은 그녀가 그를 향해 거대한 파도처럼 밀려왔다. 이 옷값이면 멀리 사는 일가친척에게 전화를 하느라 쓴 한 달 치 전화비는 될 것이다. 아니면 에이즈로 죽어가는 사람을 몇 주 동안 살릴 수 있는 하루 치 약값이나, 미스터 스위트가 음악이라고 부르는 뒤죽박죽 복잡한 음표를 그대로 옮길 수 있는 필경사에게 줄 돈이나. 이집트에서 자라는 면화로 짠 아주 얇은 천으로 만든 그 나이트가운, 그것을 만들었고 이후 계단에서 굴러 세상을 뜬 사람*의 상상 속에서는 그렇게 낭만적이었던 그 나이트가운은 쉽게 올

---

* 영국의 의상 디자이너 로라 애슐리는 계단에서 넘어져 사망했다.

가미가 될 수도 있었지만, 어떻게 해야 미시즈 스위트가 그 안으로 목을 집어넣게 할 수 있을까? 미스터 스위트가 방안으로 들어와 아기 헤라클레스를 내려다보고는 아내에게 입맞춤을 했다. 그때 지금을 보라, 지금 그때를 보라, 무엇이라도, 특히 현재를 볼 수 있다는 건 늘 재앙과 참사, 또한 기쁨과 행복의 위대한 세상 속에 존재한다는 것이었지만 기쁨과 행복은 역사에 기록되지 않는다. 그저 개인의 기억 속으로 밀쳐졌고 여전히 그렇다. 그녀는 아기 요람에 누운 아들을 다시 바라보았고, 이러한 생각들과 그에 수반된 감정들이 특정한 순서 없이 동시에 그녀를 압도했다. 외음절개, 어린 헤라클레스의 안전한 분만을 담당했던 의사(이름이 바버라였다)가 어쩔 수 없이 그녀의 몸에 만든 상처로 인해 통증이 무척 심했다. 한 번도 상상해본 적 없는 고통, 하지만 아이의 누나를 출산할 때도 질에 똑같은 칼자국을 냈으니 기억은 남아 있을 것이다. 이런 종류의 통증, 이 특별한 종류의 통증, 다른 존재가 내 몸속에서 편안히 살다가 얼마 후 힘겹게 세상 밖으로 나오는 과정에서 내 몸을 찢고, 그래서 그 누구보다 그 존재를 더 사랑하게 되는 이런 통증, 이토록 심한 통증, 때로 이 통증엔 질감도 있다. 거칠고, 요동치고, 예리하고, 찌르고, 간헐적이다가 이내 무뎌지며 냉랭하고 지속적인.

커튼이 드리워져 있었지만 미시즈 스위트는 커튼 너머로 옐로 하우스 안의 불빛을 볼 수 있었다. 다른 색조라고는 없이 샛노랗게 칠해진 집이었다. 미시즈 스위트가 적도와 전혀 가깝지 않은 곳인 핀란드와 에스토니아에서 언젠가 본 적 있는 샛노랑. 옐로 하우스에는 한 가족이 살았다. 엄마와 아빠와 여섯 아이였고, 여섯 아이 모두 놀랍도록 삶에 잘 적응해 얼마나 행동이 바르고 예의 있고 상냥했는지(딸 넷에 아들 둘이었는데, 아들들이 그냥 호기심에 햄스터를 물에 빠뜨리거나, 어떻게 되나 보려고 수염을 자른 고양이를 숲에 버려뒀다는 이야기는 전혀 들어본 적이 없었다) 미시즈 스위트는 자기 가족―미스터 스위트와 아름다운 페르세포네와 어린 헤라클레스―도 옐로 하우스에 사는 가족, 성이 블루였던, 벤저민 블루 부부와 아이들 같았으면 하는 바람이었다. 미시즈 스위트는 열세 살이 될 때까지 매일 밤 자다가 오줌을 쌌고 그래서 지금까지도, 이 지금까지도 잠드는 게 두려웠다. 그래서 밤마다 잠을 자려고 머릿속으로 양을 세고 그래도 안 되어 레스토릴*을 삼키는 거였다. 매년 핼러윈이 되면 미스터 블루는 다리와 겨드랑이 털을 밀고 아주 매력적인 여자로 분장했다. 스타킹을 신고 진동이 푹 파인 민소매 드레스를 입을 거라 털이 보일 수 있어서였다. 그리고 굽이 엄

---

* 불면증 치료에 사용되는 향정신성의약품.

청 높은 구두를 신었는데, 얼마나 높은지 미시즈 스위트는 그걸 보고 깔깔 웃었다. 그런 모양의 신발은 오락용이라고, 여자들이 신더라도 그걸 보고 다들 웃게 만들려 할 때나 신는다고 생각했기 때문이다. 대놓고 웃기려는 건 아니고, 그렇다고 그들 몰래 속으로 웃게 하려는 것도 아니고, 전적으로 그런 건 아니고, 그저 혼잣말처럼, 여기 웃긴 거 있어, 그런 식으로. 하지만 미스터 블루는 매년 핼러윈이 되면 드레스를 입고 아름다운 가발을 쓰고 귀걸이와 팔찌와 가짜 진주를 차고 스타킹(때로 그물 스타킹을 신기도 했고, 속이 다 비치는 얇은 살색 스타킹일 때도 있고 아닐 때도 있었다)을 신었다. 그리고 미시즈 스위트는 그를 보면 이따금, 오랫동안 해마다 벌어진 일인데, 이때 오랫동안이란 오 년을 뜻했고, 그 시간이 미시즈 스위트에게는 영원과도 같았는데, 그를 보면 이따금, 혼자 이런 생각을 했다. 어떻게 저러지? 부인이 뭐라 생각하겠어? 아이들은, 딸 넷에 아들 둘, 여섯이나 되는 아이들은 저런 아빠를 보는 게 좋을까? 셜리 잭슨 하우스의 존재로 한정되고 규정되는 우리의 작은 세계에서는 정말이지 특이하게, 아름다운 여자들이 꾸민 것보다 더 아름다운 여자의 모습을 하고 우리 모두 거기에서 즐거움, 즐거움, 또 즐거움 외에 다른 건 아무것도 찾지 말라고 하는 게? 매년 미스터 블루와 미스터 스위트가 아이들을 데리고 사탕을 받으러 다니는 일을 끝내면, 미시즈 스위트는 미스터 블루와 식탁에 앉아 작은 유리잔으로 캐벌리어 럼을 마시곤 했다.

매일 아침은 전날 밤의 다음날 아침이다. 그리고 전날 밤은 지금이면서 동시에 그때이고, 전날 밤 이후의 아침도 그렇다. 어린 헤라클레스가 온 세상을 다 깨울 것처럼 요란하게 울어 미시즈 스위트는 자신의 가슴에 달린 주머니로 아이에게 젖을 주어야 했고, 그러면 아이는 삼 년이나 칠 년이나 십 년 동안 비 한 방울 내리지 않은 땅처럼 젖을 빨았다.

그리고 어린 헤라클레스의 출생과 유아기 내내 미스터 스위트는 아름다운 나이트가운을 입은 아내를 모른 체하고, 아기의 희미한 울음소리가 들리건 말건 잠이 들었다. 지나가던 사람이 들으면 누구든 그 울음이 사생결단으로 덤비는 한 무리 남자들의 목구멍에서 나오는 줄 알겠지만, 그는 평화롭게, 만족스럽게, 수면을 연구한 과학자라면 이상적이고 완벽한 수면, 다들 모범으로 삼아야 할 수면이라고 인정할 그런 수면을 즐겼다. 그렇게 수면의 세계에서 오롯이 만족하며, 의식 있는 모든 존재가 하나의 승리인 세계, 각자가 상상하는 모습이 곧 각자의 모습이 되는 세계를 꿈꾸면서 밤새도록 잠을 잤다. 육체적으로나 정서적으로나 정신적으로나 모든 문제에 조화로움이 존재하는 세계였다. 그런 세계에서 미시즈 스위트는 남편을 시간의 종말까지 사랑했고 시간은 끝나지 않을 것이었다. 그녀의 곁에 그의 몸이 있었다. 어디선가 구입한 흰 면 침대보와 담요와 이불 아래 묻힌 튜더왕조의 어린 왕자만한 몸. 그런 것들로 겹겹이 덮인 모양새가 마치 살아서 숨 쉬는 성스러운 유물이나 석관 같았다. 셜리 잭슨 하우스와 그 너머에 사는 그녀의 세상에서, 블루네 세상이나 엘웰네 세상이나 제닝네 세상에서도 사라진 그런 물건. 정신이 불안정한 아들이 여기저기서 오줌을 한가득 모아다가 자기 집 개를 익사시킨 제닝네나, 집에 잔디 깎는 일꾼들이 있는 펨브로크네나, 월룸색강 근처의 집에 사는 아틀라스네나, 그 존재만으로도 미시즈 스위트의 삶이 기쁨으로 차올라 그녀가 사랑하지 않을 수 없는 울밍턴네나, 사냥철마다 사냥을 나가 쏘아 잡은 사슴을 들고 돌아와서는 동네 사람들의 찬탄을 받으려고 가죽을 벗겨 헛간 문에 걸어 전시하는 조지프네의 세상에서는 사라진. 그리고 이 사슴 사냥 장면이 지금 그리고 그때의 호메로스를 받아들였다. 게다가 신문을 파는 두 노파도 있었고, 말로는 신문팔이라고 했지만 오토바이만 전적으로 다루는 여러 제목의 잡지도 팔았는데, 누구라도 보기만 하면 섹스가 하고 싶어질 자세를 한 나체의 여자들 삽화가 기사마다 들어 있었다. 다른 사람들, 행복과 절망을 경험한 가족들도 있었지만, 바로 그때, 그저 그때뿐이었다. 새벽녘, 미시즈 스위트는 잠에서 깨어 침대를 나와 주변을 둘러보았지만 사실 그 무엇도 제대로 보지 못했다. 자신이 남편 곁에 누워 있었던 침대, 이제 막 떠오르며 감당하기 힘든 빛을 쏟아부을 태양이라면 모를까. 신생아 헤라클레스에게서 배고픔이나 다른 깊고 본질적인 욕구에서 나오는 울음은 들리지 않았고, 새가 지저귀고, 박쥐는 어디가 되었든 낮 동안 몸을 숨기는 은신처로 돌아가고 있었다. 미시즈 스위트는 미지의, 그래서 실체가 없는 공기 사이로 우아하게 날아다니는 박쥐가 무서웠다. 스위트네와 그 지인들, 또는 그들이 의존하는 사람들이 사는 세상을 구성하는 승객들, 그들을 어딘가로 실어나르는 차의 엔진소리가 아주 요란스럽게 들리더니 무척이나 정교한 관악기에서 나온 소리처럼 날아가버렸다. 바닥에 똑바로 세워놓고 연주자가 견고한 의자에 앉아야만 하는 그런 악기 말이다. 미시즈 스위트는 커피를 끓이고 싶었지만, 그 맛있는 음료의 핵심 성분이 젖을 통해 신생아에게 들어가면 신생아의 발달에 해를 입힐 수 있다는 경고가 있었으므로, 그녀는 아무리 뽑아도 없어지지 않는 민트밭에서 따온 생 민트잎으로 차를 끓였다. 미스터 스위트와 함께 K마트에서 구입한 깨지기 쉬운 전기포트로 끓인 물에 잎을 담가두었다가 적당한 시간이 흐른 후 마셨다.

아, 얼마나 멋진 아침이었는지. 아기 헤라클레스가 배고파서,

축축해진 기저귀가 불편해서, 그냥 세상에 나와 신생아로 사는 일이 짜증스러워서 울어대기 전에 미시즈 스위트가 먼저 잠에서 깬 아침은 그때가 처음이었다. 정당한 자와 그렇지 않은 자를 가리지 않고, 아름다운 자와 추한 자를 가리지 않고 모두를 비추는 햇살에 순수한 이슬이 증발했다. 태양, 이슬, 마을 소방서 바로 옆의 작은 폭포. 그 폭포 소리는 사실 진짜 폭포 소리를 녹음해 틀어놓은 것이었다. 처음으로 꽃잎을 펼치는 꽃의 엷은 향기. 아, 멋진 아침! 사색을 하고, 과거를 떠올릴 시간. 지금 그때를 보는 방법. 2월 중순의 겨울 오후였고, 미시즈 스위트는 아직 미시즈 스위트가 아니었다. 그때 막 미스터 스위트와 결혼한 참이었지만, 그녀는 아직 젊었고 아직 미시즈 스위트와는 다른 인성을 지니고 있었다. 기이한 옷을 입고 있었다. 대평원이라고 불리는 지역에 살던 주부들 사이에서 수년 전 유행했고 그들이 우편으로 패턴을 주문해 직접 지어 입은 옷이었다. 미시즈 스위트는 이니드나 해리엇 러브라는 가게에서 그런 옷을 구하곤 했다. 오래전에 유행했던 낡은 옷을 파는 상점이었다. 램프나 의자, 책상, 그녀의 타자기, 물컵과 커피잔, 무쇠 냄비, 두꺼운 흰색 법랑 상판이 얹힌 탁자와 다른 많은 것도 팔았다. 모두 얼마 전까지 살아 있던 누군가가 사용한 유용한 물건이었다. 앞서 두 번이고 세 번이고 미지의 손을 수없이 거친 물건들—

그렇다, 미시즈 스위트가 그녀의 그때 지니고 살았던 모든 것은 그녀 이전의 그때를 지니고 있었다. 이제 그녀는 미소를 지을 때 혼자 몰래 짓지 않고, 길쭉하고 두툼한 입술이 귀에 걸리도록 활짝 웃었다. 그것은 기쁨의 정의, 또는 행복의 이미지, 또는 맘껏 즐기는 어떤 인물을 보는 것과 같았다. 그리고 이른아침—그때, 지금—미시즈 스위트 앞에 예상치 못하게 모습을 드러낸 겨울날 오후로 인해 그녀는 어느 빈 건물의 콘크리트 벽을 비추던 햇살의 색을 기억해냈다. 햇살을 본 것은 그녀의 중고 책상, 중고 의자에 앉아 중고 타자기를 앞에 두고 그때—지금을 볼 수 있는 그때는 늘 존재하니까—를 보려고 애쓰던 중이었는데, 햇살은 준보석(자수정)처럼, 아직 수확하지 않은 라벤더(L. 오피시날리스) 들판처럼 옅은 모브색(그녀는 모브색이 옅은 보라색이라고 생각했지만)이었다…… 그리고 그 당시, 그때, 미시즈 스위트는 달콤한 슬픔 안에서 용해되었다. 빈 건물 벽을 비추던 그 햇살을 묘사할 어떤 비유도 찾아내지 못해서였다. 책상에 앉아 자신의 어린 시절에 관한 단편소설을 썼는데, 다 해야 세 쪽밖에 되지 않았다. 그 당시에는 딱 그만큼의 시공간에 해당하는 어린 시절의 기억만을 감당할 수 있었기 때문이다.

하지만 그날 아침은 그저 그날의 시작이었고, 그녀의 삶이 잘 굴러가게(덜 힘들게는 아니고) 해주는 많은 사람이 각자의 목적지를 향해 쌩쌩 지나가는 것을 바라보고 나자, 그때의 순간을 지금(미스터 스위트와 막 결혼해 뉴욕 허드슨 스트리트 284번지에서 살던 젊은 시절, 그와 사랑에 빠져 있었고, 그가 이해하는 이론들이 참 많았기에, 그녀의 지금을 이룬 이론들을 워낙 잘 이해했기에 그가 아는 모든 것을 사랑했던 시절의 기억) 경험하고 난 후였다. 그리고 그때 사랑스러운, 째지는, 화들짝 놀라게 하는, 거슬리는 어린 헤라클레스의 울음소리가 귀에 와닿았다. 구불거리는 움직임이 아니라 신이 집어던진 벼락처럼. 그러곤 미스터 스위트가 와서 아침으로 체르노빌 토스트(그는 탄 토스트를 좋아했다)와 통조림 복숭아를 넣은 치리오스 시리얼과 무지방 우유를 넣은 맥스웰 하우스 인스턴트커피를 만들어줄 수 있느냐고 물었다. 아기가, 라고 미시즈 스위트가 미스터 스위트에게 말했다. 아기? 미스터 스위트가 그렇게 묻더니 아, 그렇지, 불쌍한 헤라클레스, 간밤에 그애 꿈을 꾸었어, 라고 했다. 미시즈 스위트는 셜리 잭슨 하우스 위층으로 후다닥 뛰어올라가 어린 헤라클레스가 요람에 누워 있는 방을 찾아들어갔고, 아기를 들어올려 젖이 넘쳐나는 가슴에 안았다. 아기는 동화에서나 볼 법한 맹렬함으로, 아직 알려지지 않은 어떤 위대한 문명의 미래가 이 행위에 달려 있다는 듯이 젖을 빨았다. 그때와 지금이 존재하는 것을 안다는 듯이, 그때가 비롯할 수 있는 지금, 인간의 이해를 완전히 넘어서는 그 시간이 존재한다는 것을 안다는 듯이 빨았다. 미시즈 스위트는 진이 빠지고 기진맥진하고 고갈되었지만, 내려다보이는 어린 헤라클레스가 얼마나 사랑스러웠는지 모른다. 그리고 아이는 자신의 삶이 그녀에게 달려 있다는 것을 몰랐다.

4

어린 헤라클레스 만세. 미시즈 스위트는 그렇게 혼잣말을 하고는 귀한 아들(자신에겐 정말로 귀한 아들이었으니까)의 귀에 대고 한번 더 속삭였다. 그리고 아기를 안아 들고 입을 맞춘 후 공중으로 던져 올렸다가 다시 단단히 붙들고는 위로 치켜든 채 아기의 눈을 가만히 들여다보았고, 두 사람은 서로를 보고 웃었다. 그때 미시즈 스위트는 아이의 눈 속에 그녀 자신의 자아가 반영된 것을 보았다. 내 몸집은 거의 평균 크기 정원 창고만 하다고, 미시즈 스위트는 생각했다. 미스터 스위트는 그녀가 선장 역할을 한 찰스 로턴을 닮았다고 했지만 말이다. 묘목을 잔뜩 싣고 남태평양을 항해하던 그 배에서는 선원들이 폭동을 일으켰다. 미시즈 스위트는 그 영화를 아주 잘 알았다. 폭동이 일어난 그때 배에 실려 있던 화물이 그녀의 어렸을 적 주식인 빵나무였기 때문이다. 앞선 수세대 동안 아이들의 주식이었고 아이들은 누구나 그 음식을 지독히 싫어했다. 그녀는 어렸을 때 삐삐 마른 몸이었고, 아빠가 없었기에 그녀의 엄마는 걱정이 많았다. 소의 생간을 먹이면 어린 미시즈 스위트가 튼튼해지리라 믿은 엄마는 축산물시장에서 친해진 정육점 주인에게서 생간을 구했다. 늙은 포르투갈 남자가 만든 강판으로 당근을 갈았다. 강판 같은 것을 만들던 그 남자는 컵이나 냄비, 요강 따위의 오래된 가정용 주석 제품의 납땜도 했다. 엄마는 당근을 갈아 즙을 짜서, 아직은 미시즈 스위트가 아니던 어린 여자아이에게 먹였다. 그래서 어린 헤라클레스가 태어난 후 미스터 스위트가 그녀의 몸매를 보며 그 끔찍한 배의 선장과 비슷하다고 했을 때, 미시즈 스위트는 울음이 터질 뻔했다. 하지만 그때 미스터 스위트는 그 말을 하고 껄껄 웃었다. 그는 자신이 한 이야기가 세상에 지금껏 나온 어떤 우스갯소리보다 더 우습다고 생각할 때가 많았는데, 그때나 지금이나, 사실은 그렇지 않았다.

그러나 그때는, 지금이 그때가 될 것이고 그때는 바로 이 순간이므로 당시엔 지금 당장이었던 그때, 미시즈 스위트는 그런 것들에는 별로 개의치 않았다. 그녀는 어린 헤라클레스를 끌어안고 이마에 입을 맞췄다. 그다음엔 뺨과 입과 눈(아이는 엄마의 입이 다가오자 눈을 감았다)과 귀에, 그다음엔 통통하고 작은 턱과 목에, 그다음엔 가슴에 입을 맞췄다. 그다음엔 배에 얼굴을 묻고 입으로 방귀 소리나 돼지 먹따는 소리, 혹은 재미를 위해 부른 광대가 아이들을 겁주려고 웃어젖히는 소리 같은 소리를 냈다. 어린 헤라클레스는 그런 입맞춤과 소리 모두를 사랑했고, 특히 엄마의 냄새를 사랑했다. 아이에게 있어 엄마는 어떠한 선장도 닮지 않았고 그런 냄새도 나지 않았으니까. 아이는 위쪽에서 맴도는 엄마의 얼굴을 사랑했다. 검은 눈동자, 아직 발명되지 않은 밤처럼 캄캄하고, 빛에 의미를 부여하기를 기다리는 듯이 시커멓고, 빛 자체를 영원히 사라지게 만들 만큼 검은 눈동자. 물속에 사는 포유류의 코를 닮은 코, 둥근 빵처럼 불룩한 뺨, 그리고 마치 함께 미지의 지리적 팽창을 막기라도 하는 듯 넙데데한 입과 입술. 어린 헤라클레스 앞에 나타난 미시즈 스위트의 얼굴이 그러했다. 아직 걸음마는 못하고, 베개나 쿠션이나 때로 엄마의 커다란 몸으로 받치지 않아도 혼자 앉아 있기는 했던, 아직 아기였던 헤라클레스 위를 맴돌던 엄마의 얼굴이 그러했다. 때로 그녀가 아이를 위로 쳐들면 아이가 엄마 위를 맴돌았다. 그리고 아이는 엄마를 미시즈 스위트라고 불렀다. 먹을 수 있는 음식처럼 달콤해 보였으니까. 그다음엔, 의식하지는 못했지만 자신이 한때 당시 유일한 양식이자 유일한 영양분이었던 그녀의 젖을 먹었다는 사실을 알게 되면서 엄마라고 불렀다.

어린 헤라클레스는 기어다니는 단계를 지났다. 기는 것도 무척 서툴렀고, 앉은 자세에서 몸을 일으키는 것도 서툴렀지만 많은 시도 끝에 어느 날 해냈다. 그리고 얼마 지나지 않아 혼자 방을 가로질러 걸어갈 수 있게 되었다. 그 당시, 그때, 그가 걷는 방식은 익히 알려진 방식이 아니라 방안에 서 있다가 이쪽에서 저쪽까지 몸을 던지는 식이었고, 출발한 곳의 반대편에 성공적으로 다다르면 좋아서 까르르 웃음을 터뜨리고 손뼉을 쳤다. 자신이 해낸 일이 그렇게 자랑스러웠던 것이다. 미시즈 스위트도 함께 기뻐했다. 아들을 그렇게나 사랑하는데 안 그럴 수가 있겠나! 어느 날 미스터 스위트가 이 행동을 보았고, 나중에 미시즈 스위트에게 어린 헤라클레스를 데리고 전문의를 찾아가야 하는 것 아니냐고 물었다. 몸을 던지며 방을 가로지르는 모습이 비정상으로 보인다고 했다. 미시즈 스위트는, 흐으으으음! 하고는 손톱을 바투 물어뜯었다. 그린스 오일에서 날아온 엄청난 난방비와 센트럴 버몬트 공공서비스에서 청구한 전기료는 어떻게 내려고. 어떻게 살아가야 하는 거지? 미시즈 스위트는 그렇게 자문하고는 천상을 올려다보았다. 그러면 간혹 그녀의 이름이 적힌 큰 금액의 수표가 맑고 푸른 하늘에서 뚝 떨어졌다. 또 간혹 집배원이 봉인된 봉투를 잔뜩 가져다주면 봉투에는 미시즈 스위트의 이름이 적혀 있고, 그 안에 틀림없이 찰스 로턴을 닮은 존재에게 보내는 수표가 들어 있었다. 미스터 스위트도 하늘을 올려다보곤 했고, 진짜 푸르름 속에서 흰 봉투들이 나타나 땅에 떨어지는 것이 보이기도 했는데, 어느 봉투나 다 미시즈 스위트의 이름이 적혀 있었다. 미스터 스위트는 집배원이 스위트네 우편물을 우편함에 집어넣으려고 할 때 우편물을 가로채기도 했지만, 모두 미시즈 스위트의 우편물이었고, 그 가운데에는 미시즈 스위트에게 보내는 수표도 있었다. 자, 전부 당신 거야. 우편물을 식탁에 집어던지며, 제대로 떨어지건 말건, 순서가 엉망이 되건 말건 상관하지 않는 미스터 스위트가 말했다. 이렇게 혼잣말도 하곤 했다. "하여튼 밉상이라니까." 하지만 미시즈 스위트는 미스터 스위트의 혼잣말을 들은 적이 없었다. 그가 하는 혼잣말은 수없이 많았고, 그런 말은 그만이, 오직 그만이 들을 수 있었다.

●

어린 헤라클레스는 곧 제대로 걸을 수 있게 되었다. 한 발을 다른 발 바로 옆이 아니라 앞쪽으로 내디뎌서 두 발로 균형을 잡았고, 그렇게 내디딜 때마다 얼마나 깔깔거리고 기쁘게 환호성을 질렀는지! 거리낌없이 이 방 저 방 다니면서 기분이 좋아져 "해냈어, 내가 해냈어" 이렇게 외쳤다. 성취감에 취한 이 외침이 미시즈 스위트로서는 연구 대상이었다. "해냈어, 내가 해냈어", 그게 무슨 뜻이란 말인가. 그리고 어린 헤라클레스의 의기양양함, 주방과 식사실과 거실의 경계를 마구 넘나들고, 바깥으로 나가는 문까지, 알 수 없는 목적지를 향해 차들이 오가는 길이 있고 그 운전자들은 이따금 등장하는 어린 헤라클레스의 존재에 주의를 기울이지 않는 바깥으로 나가는 문까지도 넘나드는 어린 헤라클레스의 의기양양함은 미시즈 스위트에게는 수수께끼였다. 하지만 미스터 스위트는 한 살도 안 된 아기가 영웅처럼 기를 쓰며 이 방 저 방 쏘다니면서 탄탄한 몸으로 가구를 창밖으로 밀쳐버리고, 커튼을 뜯어내어 휴짓조각처럼 갈기갈기 찢어버리고, 그저 재미삼아 소화가 덜 된 채소를 하얀 소파 위에 죄다 토해놓을 때 생겨나는 피해를 바라보았다. 그러면서 생각했다. 이게 무슨 난리야! 이 아이는 무슨 문제가 있는 거야! 도대체 어디서 이런 게 나왔어! 그 아이, 어린 헤라클레스는 앞마당을 경계로 번잡한 거리와 분리된 셜리 잭슨 하우스의 방에 가둬두지 않으면 죽을 수도 있었고, 미스터 스위트는 그런 일을 바라지 않았다. 어린 헤라클레스가 아주 신이 나서 돌아다니다가 사랑하는 엄마, 그 사랑 가득한 미시즈 스위트가 눈치채지 못한 사이 멋진 시골 도로로 나갔다가 술 취한 운전자나 십대가 모는 차에 치여 죽는 것을 바라지 않았다. 그래서 미스터 스위트는 스위트네에게 알맞은 가격의 온갖 유용한 물건을 파는 백화점인 에임스에 가서 안전 덮개 세트와 너비 조절이 되는 안전문을 잔뜩 샀다. 안전문을 양 문기둥 사이에 끼워두면 아이가 방에서 나갈 수 없었다. 주방과 화장실과 다른 적절한 장소마다 위험한 물건을 넣어둔 수납장을 잠글 자물쇠도 샀다. 아주 복잡해서 어른만 겨우 열 수 있는 자물쇠였다. 하지만 저기 어린 헤라클레스를 보라지! 두툼하고 영 볼품없이 생긴 손가락이 얼마나 영리한지, 자칫 삼킬 수도 있는 독성 용액이 든 수납장을 열 줄도 아는 것이다. 게다가 아이가 얼마나 힘이 넘치는지, 정신없이 달려가다가 안전문에 몸을 박으면 안전문이 무너져버렸다. 미스터 스위트는 절망해 아이에게서, 자기가 어린 헤라클레스의 아비이니 자기 자식인 그 아이에게서 도망쳐버렸다. 그들이 죽어버리거나 아니면 영원히 잠잠해졌으면 하고 바랐다. 어린 헤라클레스와 아내인 미시즈 스위트가 딱히 죽지는 않아도 잠잠해졌으면 했다. 그저 거대한 손이 나타나 엄마와 그 자식을 잡아가버렸으면. 엄마라는 사람은 아이가 안전문을 부수는 걸 보며 그렇게 좋아했으니 말이다. 찬장과 문, 그 밖에 어린 헤라클레스의 목숨을 위태롭게 할 수도 있는 모든 것에 채웠던 자물쇠를, 어린아이들이 열지 못하는 자물쇠를 아이가 영리한 손가락으로 여는 걸 보고 얼마나 좋아했던지. 사랑스러운 미시즈 스위트를 보며 그는 그때나 지금이나 얼마나 믿을 수가 없었는지—여하튼 예전에는 사랑스러웠으니까. 어린 헤라클레스도 없고, 지금 아이 엄마의 눈에 띄지 않도록 그가 주머니 속에 조심스레 감춰둔, 페르세포네라는 이름의 딸도 없이 허드슨 스트리트 284번지에서 단둘이 살았을 때는 분명 그녀를 사랑했을 테니까. 이 아이, 아니 아이도 아니고 이 방 저 방 비틀거리며 쏘다니고, 이 방에서 저 방으로 가지 못하게 막아놓은 안전문을 부수고, 마시면 죽을 수도 있는 독성 세제 따위를 넣어둔 수납장을 여는 아기에 불과한 그 자식에게 완전히 빠져 있는 모습을 보면 지금이나 그때나 믿을 수가 없었다. 하지만 어린 헤라클레스는 독성 세제를 한 번도 마시지 않았고, 전문직에 종사하며 높은 연봉을 받아 조심성 없는 아들에게 차를 선물할 능력이 되는 그런 부모에게서 졸업 선물로 받은 흑연으로 만든 스포츠카를 몰고 어떤 십대 소년이 아무 생각 없이 집 앞을 내달리는 그 순간에 번잡한 도로로 뛰어든 일도 없었다. 그리고 아이의 어미, 사랑스러운 미시즈 스위트는 그때나 지금이나 상상할 수 없을 만큼 아이를 사랑했다.

●

　오, 다시 오, 지금이자 그때인 그 당시 미스터 스위트는 내내 교향곡을 작곡하고 있었다. 서로 다르고 서로 충돌하기까지 하는 여러 양식의 소리를 하나로 모으는 곡이었다. 중세시대 중반에 수도원과 수녀원에서 생활하던 사람들이 불렀던 가락. 수도원이라는 곳에서는 성관계가 금지되었지만 그럼에도 불구하고 그런 일이 벌어지긴 했다. 자신들의 의사와 관계없이 뉴올리언스나 앨라배마의 한 마을이나 미시시피강에 접한 어떤 마을로 보내진 노예의 후손들이 피아노로 연주하던 리프*(단어인지 발상인지, 미시즈 스위트는 잘 이해하지 못한 리프)의 잔재. 모차르트와 바흐와 베토벤(미시즈 스위트는 그렇게 이해했지만, 그녀의 이해에 오해가 없진 않았다)에서 따온 코다를 반복한 후 소리와 선율과 감정이 한꺼번에 재앙에 이르며 곡 전체가 종결되고, 그러면 청중은 자리에서 일어나 박수를 치며 환호할 것이었다. 청중은 스위트 부부의 친구들로, 그들 역시 같은 곤경에 처해 있었기 때문이다. 그들만이, 서로의 무모한 기획을 쉼없이 응원하며, 다들 아는 세계를 새로운 방식으로 그려 보이려 애

---

* 반복적으로 연주되는 짧은 선율.

쓰고, 모든 주민을, 아니면 적어도 이웃에 사는 사람들(스위트네의 경우 뉴잉글랜드의 그 마을에 사는 사람들)만이라도 만사—특히 예술—가 끝없이 유동하고 그러한 유동성이 삶의 본질이며 이런 방식의 삶은 형언할 수 없는 것, 신성한 것과 접촉하는 일이라고 설득하고 싶었다. 미스터 스위트는 어린 헤라클레스가 태어나기 전부터, 미시즈 스위트의 뱃속에 어린 헤라클레스가 있을 때도 이 교향곡 작업을 했다. 그녀에게는 개인적으로 커다란 희생을 감수해야 했던 때였는데, 무척 고통스러웠기 때문이다. 엄마 뱃속에서 어린 헤라클레스는 종종 아주 편안하게 단잠을 잤고, 그럴 때면 엄마의 다리로 이어지는 좌골신경을 압박했다. 그리고 미스터 스위트는 그때, 지금, 또한 그때 그의 지금이 되었던 시간으로 향하면서, 대조적이고 상충되는 선율 따위로 교향곡을 짓느라 여념이 없어서, 어린 헤라클레스를 밴 미시즈 스위트의 불편함은 전혀 대수롭지 않았고, 그가 작곡한 곡들은 그때도 지금도 세상의 관심을 끌지 못했다.

●

미시즈 스위트는 남편의 창작물을 얼마나 사랑했는지! 그가 피아노로 그녀에게 그 곡들을 연주해주었을 때, 그녀는 그 걸

작들을 작곡한 당시의 미스터 스위트가 이해하는 방식으로 이해하지는 못했다. 사실 그렇다. 저능한 인물(상대성이론을 이해하지 못하는 사람은 누구나 저능일 테고, 미시즈 스위트도 그 안에 들었다)은 파악할 수가 없었지만, 친구들―미스터 스위트가 태어나기도 전부터 있었던 그의 친구들의 세상―에게는 충격적일 만큼 대단했고, 미시즈 스위트는 미스터 스위트를 너무나 사랑했기 때문에 자신을 그의 그때에서 없어서는 안 될 일부로 만들었고, 그것을 자기 자신의 지금에도 짜넣었다. 진땀 빼며 지은 부기우기 푸가는 그녀에게 칼립소*, 스틸 밴드나 아이언 밴드**, 어떤 섬의 수도, 반드시 성당이 있어야 할 수도의 대로 한복판에서 무심한 한 남자를 두고 두 여자가 싸우는 소리와 유사해졌다. 어떻게 미스터 스위트가 그녀의 일부가 되었는지! 깊이 사랑하는 다른 이의 모든 부위가 당신의 자아와 단단히 얽히는 그런 식으로. 심장과 심장이, 입술과 입술이, 손가락과 발가락이, 상대의 지금과 상대의 그때가 당신의 것과―그렇게 해서 아이가 생기는 것이다! 그리고 그때, 바로 그때, 미시즈 스위트는 울었다. 후회스러워서가 아니라, 제대로 이해하지 못

---

* 카리브해의 트리니다드섬에서 시작된 경쾌한 민속음악.
** 스틸 밴드 또는 아이언 밴드는 철로 만든 타악기를 사용하는 음악 그룹을 일컫는다. 주로 양철 드럼통을 재활용하며, 카리브해 지역에서 발달했다.

한 뭔가에서 비롯한 기쁨으로. 기쁨과 미스터 스위트를 향한 사랑으로 북받쳤다. 차고 위의 작은 방안에 홀로 앉아 리라로 음악을 작곡하는 데 만족하는, 그 음악을 듣고 싶은 사람이 아무도, 온 세상을 통틀어 아무도 없는, 심지어 이 놀라운 여인마저 듣고 싶어하지 않는 음악을 작곡하는 미스터 스위트를 향한 사랑으로. 그녀가 이해할 수 없는 것이 음악이었다. 그 음악을 식물계에서 그녀가 가장 좋아하는 구성원이 만들었더라도 그것이 결함이라고 여겼을 것이다. 완벽함과 사랑의 필수 요소인 결함. 그러나 그녀는 미스터 스위트를, 그녀가 누구보다 사랑하는 어린 헤라클레스와 그녀가 누구보다 사랑하는 아름다운 페르세포네의 아비인 미스터 스위트를 정말이지 사랑했다. 무無에서 뭔가를 깎아내어, 하나의 실체, 소리의 왕국―교향곡, 푸가, 특히 푸가―을 만드는 위대한 인물. 리본처럼 잘게 잘라낸 다성 조직, 격정적인 폭발, 그다음엔 조화로운 음조가 점점 팽창하다가 세련된 과정을 거쳐 다 함께 종결된다! 쾅! ……쾅! ……쾅! ……미시즈 스위트는 아무려나 다 좋았다. 이건 어린 헤라클레스가 열네 살인가 열다섯 살 되었을 때, 그리고 대학 갈 나이가 되었을 때 쓰게 될 말이었다. 아무려나 다 좋아. 이 말은 '좋아', 오로지 '좋아', 그저 '좋아!'라는 뜻이었다. 그리고 미스터 스위트의 푸가와 교향곡과 합창곡과 피아노연탄곡과 아무도 관심을 갖지 않을, 심지어 그 음악을 작곡한 미스터 스위트 자신도 관심이 없을 음악이 생각날 때면 미시즈 스위트의 마음속에 그 단어가 떠올랐다. 자기 자신으로 가득차 있고, 정확히 말하면 대단히 자신만만한 미스터 스위트였기에 의심이, 의심의 여지가 그 마음에 들어오는 일은 없었지만 말이다. 미시즈 스위트는 미스터 스위트가 아이였을 때, 튜더시대 크기의 아이였을 때 부모를 따라 완전한 오케스트라와 합창단이 요한 제바스티안 바흐, 아마데우스 모차르트, 세자르 프랑크의 음악을 연주하고 노래하는 것을 들으러 다녔던 일을 떠올리는 게 참 좋았다. 그녀는 로드 엑시큐터, 아틸라 더 훈, 마이티 스패로, 그리고 헬스 게이트라는 이름의 스틸 밴드가 활동한 칼립소의 시대에 자랐기 때문이다.

•

그렇게 미시즈 스위트는 남편과 두 아이를 사랑했다, 지금, 그때. 미스터 스위트가 늘 곁에 두고 미시즈 스위트가 보지 못하도록 자신의 음표 사이에 숨긴 딸과, 아주 빠르게 자라는 어린 헤라클레스를. 어린 헤라클레스는 우선 기저귀를 차지 않아도 될 만큼 자랐고, 그다음엔 요란하고 커다란 장비로 작업하는 사람들 모습에 울음을 터뜨려 달래는 일도 없어졌고, 눈보라를 뚫고 전진하는 제설차를 보고 흥분하는 일도 없어졌고, 너무 빨리 걷다가 균형을 잃는 일도 없어졌고, 단어를 잘못 발음하는 일도 더는 없었다. 이제 아기가 아니라 소년, 모든 지금이 그때가 되고 모든 지금이 앞으로 올 그때가 되면서 빠르게 성장하는 소년이었다. 그리고 그녀는 그들을 사랑했고, 그들을 사랑했고, 그 사랑이 산소 같다고, 없으면 살 수 없는 그런 것이라고 보았다.

그런데 지금, 미시즈 스위트와 미스터 스위트에 관련해서 그때가 한 일이 바로 이러했다. 그는 특히 그녀의 목소리에, 그 소리에 짜증이 치밀었다. 그녀는 고음으로 노래하는 소년처럼 노래하기를 좋아했는데, 그녀는 소년이 아니라 어른 여자였고, 목소리만 소년 같았다. 소프라노도 아니고 그의 아내일 따름이었다. 저녁 식탁에 올라오는 생선이나 소고기나 채소처럼, 아니면 공공요금 고지서를 배달하는 집배원처럼 흔해빠진. 미시즈 스위트는 노래를 부를 줄 몰랐다. 난데없이 노래를 불러대는 그 목소리가 듣기 좋다고, 다시 듣기를 바라게 되는 목소리라고 생각하는 사람은 없었다. 오로지 어린 헤라클레스만이 『잘 자요, 달님』이나 『해럴드와 보라색 크레용』이나 『침대에서 뛰면 안 돼』를 들고 노래하듯 책을 읽어주는 엄마의 목소리를 사랑했다. 그때, 그 아이, 어린 헤라클레스는 "아, 엄마, 또 읽어쥐요"라고 말했고, 엄마가 다시 읽어나가 결말에 다다를 즈음에는 코를 골고 있었다. 그 코고는 소리가 얼마나 요란하고 한 번도 들어본 적 없는 식인지, 그녀는 너무 웃겨 혼자 깔깔거렸지만, 누군가 보는 사람이 있으면 미소만 지었다. 하지만 그녀가 미스터 스위트의 마음에 들게 노래하지 못하는 것은 확실했다. 어렸을 때 부모가 공연장에 데리고 다니며 알토, 소프라노, 그 외의 다른 모든 형식까지, 여러 방식으로 부르는 숙련된 가수의 노래를 들었던 그 남자의 마음에 들게. 미시즈 스위트는 우유 짜는 여자처럼 노래를 했다. 가축과 자신이 함께 자기들 처지의 현실성 ―삶과 세상살이와 죽음과 저녁식사! ―에서 잠시나마 벗어날 수 있도록 가축을 앞에 두고 노래 부르는 여자 말이다. 그리고 미스터 스위트의 생각에, 그녀의 목소리와 거기 담긴 모든 것, 그것이 상기하는 모든 것, 그가 배워서 알고 이해하게 된 음악의 세계 속 모든 것을 따져봤을 때 그녀의 노래는 위반이었다. 교양과 문명의 세계로 이루어진 법정 앞에 세울 범죄와 다를 바 없었다. 그 세계가 무엇인지는 몰라도, 미시즈 스위트는 생각했다. 언제나 속으로만 하는 생각이었지만 그런 생각이 있었다. 어린 헤라클레스에게 책을 읽어주는 미시즈 스위트의 목소리를 들으면 그는 그녀를 죽이고 싶었다. 도끼(그는 어려서 아파트에 살았으므로 그런 건 본 적이 없지만)

를 들어 머리를 잘라버리고 몸통은 잘게, 까마귀가 신나게 삼킬 수 있을 정도로, 너무 커서 먹기 힘들겠다는 걱정이 들지 않을 만큼 잘게 잘라버리고 싶었다. 미시즈 스위트의 목소리, 그 목소리! 정말 역겨워…… 그 소리를 들으면 미스터 스위트는 종종 뱃속의 음식물을 다 게워내거나 아예 위장을 없애버리고 싶었다. 하지만 당연히 위장이 없으면 살 수가 없겠지. 사랑하는 모든 것과 모든 이를 향한 사랑이 담뿍 담긴 미시즈 스위트의 목소리가 미스터 스위트는 몹시 혐오스러웠다. 그는 그녀를 사랑하지 않았기 때문이다. 그 목소리를 들으면 그는 유리창을 못으로 긁는 소리가 떠올랐다. 또는 완벽한 달걀프라이를 접시에 덜어낼 때 쇠 주걱이 프라이팬 바닥을 긁는 소리가. 그리고 그녀는 그런 목소리로 "아름다움은 피상적일 뿐, 예, 예, 예"* 이런 노래를 불렀다.

•

하지만 지금, 미스터 스위트는 여전히 미시즈 스위트를 평가하고 있었으니까, 그녀의 목소리는 한 주가 시작되는 어느 날

---

* 흑인 남성 5인조 템테이션스가 1966년 발표한 곡.

불청객처럼 울리는 알람시계 같았다. 푸르른 산맥을 통과하는 평탄하고 긴 도로, 완만한 커브를 이루며 길게 이어지는 도로에 나타난 빨간 신호등. 그녀의 목소리는 유쾌한 일—하나 예를 들자면 미스터 스위트의 안녕이었다—은 죄다 가로막는 성가신 빨간 신호등이었다. 어린 헤라클레스가 세상에 나온 이후였던 바로 지금, 그의 아내였던 저 여자는 정말이지 짜증스러웠다. 가슴에는 젖이 가득한 주머니가 둘 달렸고, 새로운 인물, 어린 헤라클레스가 그 젖을 다 빨아먹었다. 그녀의 몸통은 매서운 폭풍우가 언덕배기와 계곡과 초원 따위에 커다랗고 긴 생채기를 내며 지나간 후 기이한 쌍둥이 둥치만 남은 오래된 고목—은단풍나무—같았다. 너부죽하고 퉁퉁한 발은 버켄스탁 샌들에나 맞았다. 머리는, 머리를 생각하니 다시 그녀의 목소리가 떠올랐다. 목소리란 머릿속 어딘가 있을 테니. 그 목소리가 떠올라 미스터 스위트는 그가 암기했거나 개인적으로 기억하는 수많은 오페라와 연극을 샅샅이 뒤져보았다. 여하튼 그에게 말을 걸거나 잠자리에 든 아이들에게 책을 읽어주는 그 여자의 목소리가 싫었다. 자기가 좋아한다는 노래조차 제대로 음을 맞춰 부르지 못했기에 정말 싫었다. 〈나의 이 늙은 마음〉*은 특히 그

---

* 흑인 남성 3인조 아이즐리 브라더스가 1966년 발표한 곡.

랬다. 그는 전혀 타당하지 않은 이유로 그녀의 목소리를 싫어했다. 암소의 부드러운 살을 고급스럽게 요리한 고기가 그녀의 턱 안쪽에 낀 소리를 싫어했다—그녀는 스테이크를 먹고 있었고, 그것은 그녀가 고기를 씹는 소리였다. 그는 그녀를 사랑했다. 오, 그럼, 그럼, 정말 그랬고, 또 그녀를 미워했다. 특히 그녀가 사소한 일, 불가피한 일을 하는 방식을. 예를 들어 한밤중에 오줌이 마려워 침대에서 일어나는 것이랄까.

그러나 그는 튜더시대 왕자의 위상을 지녔고, 온 세상이 자신의 관심을 충족시키기 위해 존재하는 듯이, 그의 관심이나 그에게 귀속되는 모든 이해관계에 좌우되는 듯이 세상을 바라볼 수 있는 능력을 지녔기에 그녀와 함께 지내는 것을 그렇게나 즐기곤 했다. 그럼, 그럼, 정신적 삶에서는 그녀를 사랑하곤 했다. 과일과 채소를 실제 옷이라도 되는 양 몸에 걸치고, 쌩쌩 달리는 차들이 자신의 아름다운 인체 형태를 뭉개진 것, 죽은 것, 순식간에 잊히는 어떤 것으로 만들기 전에 당연히 멈추리라 확신하며 도로로 걸어나가는 그녀의 방식을. 아주 단순한 것을 보고 신기해하는 방식도 그랬는데, 한번은 쥐덫을 놓아 마흔여섯 마리의 쥐를 잡아놓고는, 자신이 싫어하고 무서워하는 어떤 것이 그렇게 많이 존재할 수 있다는 사실을 믿지 못했다. 그녀가 그를 압도하는 방식을, 신체적으로는 아니고, 그저 그녀의 존재,

그녀의 현실이 그를 압도하는 방식을. 그녀는 먼 곳 출신이었고, 향신료를 넣은 음식을 무척 좋아했고, 어렸을 때 포도나 사과나 천도복숭아를 먹어본 적이 없었다. 그녀에게는 사랑이 넘치고, 넘치고, 또 넘쳤고, 그녀 자신의 진정한 자아를 구성하는 그 많은 것을 모두 열렬히 사랑하는 모습에 반해서 미스터 스위트는 그녀와 사랑에 빠졌다. 그녀의 어떤 면으로 인해 그가 자신의 견고한 존재를 재어보고 자신이 부족하다고 판단을 내리거나, 자신의 존재나 삶이나 어떤 것이든 그녀의 존재나 삶에 비해 부차적이라는 결정을 내리게 되지는 않았음에도. 하지만 미시즈 스위트는 그 사실을 몰랐다. 미스터 스위트의 상상력이, 그의 지금과 그의 그때가, 현재와 과거와 미래를 보는 그의 방식이 그녀를 바라보는 방식을 물들였다는 사실을 몰랐다.

다시 그녀가 여기 있다. 원래는 검은색인 머리, 주로 부두 일꾼의 손에 들려 있는 밧줄처럼 굵고 억센 머리. 얼마나 짧게 잘랐는지 부두 일꾼으로 착각할 수도 있었다. 머리칼 색은 부두 일꾼의 손에 들린 새 밧줄의 색—금발—이었다. 눈썹은 면도기로 밀고 그 자리에 다른 색으로 그려넣었다. 파란색에 끌리면 파란색으로, 녹색에 끌리면 녹색으로, 그때 금색에 끌리면 금색으로. 입술은 빨간색으로 칠했다. 지옥 아래층에서 이글이글 타는 불꽃의 색을 닮은. 볼에는 주황색을 문질러 발랐는데, 중국이 원산지지만 이제는 지금 스위트네가 사는 미국 북동부 여기 저기서도 제멋대로 마구 자라는 원추리, 헤모라칼리스 풀바*와 같은 주황색이었다. 그때 미시즈 스위트는 알지도 못했고, 그때 미스터 스위트의 의식 속에서는 혐오스러웠고, 지금 그에겐 악몽 같은 곳! 하지만 그때, 젊고 아무것도 모르던 그때의 미시즈 스위트가, 지금 이렇게 어여쁜 그녀가 그때 생각하기로는, 늙는다는 것은 늙은 사람들이 저지른 실수였다. 늙은 사람들이 하나같이 나가는 문을 잘못 골랐고, 제대로 고르기만 했다면 살이 쭈글쭈글 흉하게 주름지는 그런 일은 일어나지 않았을 거라고, 스물한 살이나 그쯤의 나이였을 때와 똑같이 싱싱한 젊음을 유지할 수 있을 거라고 보았다. 여기저기 삐걱거리지도, 이런저런 장기가 안 좋다고 불평하지도 않을 거라고. 오래도록 여기저기 계속 몰고 다니다보면 엔진 부품을 새로 갈아야 할 것이 많아지고, 그러다 소음기가 못 쓰게 되면 아예 바꿔버리면 되는 자동차를 두고 하듯이 말이다—뭐, 사람은 그런 식으로 그때는 유용했는데 지금은 안 그렇다든지, 그렇지는 않으니까, 사람은 차와 다르니까, 차는 자연스럽게 노화가 되지만 사람은 늙을지 말지의 선택에서 문을 잘못 고른 거니까! 미시즈 스위트가 젊었

---

* 원추리의 학명.

을 때 '말지'는 청산가리가 아니라 물을 마시는 일처럼 추정하고 말고 할 일이 아니었고, 그녀는 지금, 또 지금을 제대로 이해하지 못해서 그때는 성스러운 문법 세계의 아래쪽에 있었다. 그리고 튜더시대 크기의 왕자인 미스터 스위트를 만나기 전, 미시즈 스위트의 젊음은 성性을 만끽하는 축제였다. 남자와 여자가 완전히 양쪽으로 나뉘어, 동물―가축일 수도 있고 아닐 수도 있고―가죽으로 지은 옷을 입거나 벌거벗은 채 특별한 곳에서 울리는 음악소리, 혹은 그들의 머릿속에서 맴도는 음악소리에 맞춰 그저 빙빙 도는. 그녀의 젊음이 전부 감각, 감각, 또 감각의 거대한 대기였다. 그녀의 지금(지금이 다 그렇듯이, 결국 그때가 되고 말), 잘 감춰둔 아름다운 페르세포네와 어린 헤라클레스의 엄마이고, 그에 앞서 리라의 숙달된 연주자인 미스터 스위트의 아내인 그녀의 지금은 그때 그녀에게는 알려져 있지 않다. 그녀의 지금은 꼼꼼한 미스터 스위트, 비트겐슈타인과 아인슈타인과 그런 모든 인물을 이해한 (튜더시대 왕자 크기인) 남자다. 그런 모든 인물을!

하지만 그때. 그의 눈에 미시즈 스위트가 젊고 아름다웠던 그 시절에 그는 셔츠와 바지와 감청색 코듀로이 재킷을 입었고, 감청색 코듀로이 재킷 주머니에는 그의 아버지가 건넨 쪽지, 삶을 어떻게 살아가야 하는지 그에게 적어준 쪽지가 들어 있었다.

두 집 살림에 아내 둘, 소파 둘, 나이프 둘. 하지만 그는 아직 그런 삶을 찾지 못했다. 당시 방안에서 혼자 피아노를 쳤고, 청중은 몇 되지 않았다. 그때 어디를 보나 튜더시대 왕자였던 미스터 스위트는 앉아서 퍼디낸드 모턴과 오메르 시메온과 베이비 도즈*와 볼프강 모차르트의 음악을 연주했고, 부득이한 경우 그가 압도적으로 좋아하는 이고르 스트라빈스키의 음악을 연주하기도 했다. 미시즈 스위트의 마땅한 자격이 있던 그의 어머니는, 미시즈 스위트—잘 감춰둔 아름다운 페르세포네와 어린 헤라클레스의 엄마인 지금의 미시즈 스위트—만큼이나 순종적이면서도 제대로 알지 못하는 사람이었고, 아들의 연주에 감탄하며 가족과 지인들의 환호를 이끌었다. 그러면 다들 미스터 스위트 앞에서 허리를 숙이며 절을 했고, 넙죽 엎드려 머리를 조아리는 이도 있었다. 미스터 스위트는 그때 열 살이었고 이후로도 늘 그 순간의 지금—퍼디낸드 모턴의 음악을, 때로 무척 사랑하는 볼프강 아마데우스 모차르트의 음악을 연주하던 그 방—에 머물며 평생 열 살로 살 것이었다. 하지만 미시즈 스위트가 마치 어린 튜더시대 왕자처럼 행동하던 그 젊은이와 사랑에 빠졌을 때 그것을 어떻게 알았겠는가? 서른 살, 마흔 살, 쉰 살,

---

예순 살, 일흔 살, 므두셀라*의 나이가 되어서도 그가 그때의 세상, 열 살 때의 세상에 살리라는 것을 어떻게 알았겠는가?

그때이자 지금, 미시즈 스위트는 깊게 숨을 들이마시고 어둠 속으로 몸을 날렸다—어떤 지금, 어떤 그때(둘은 언제나 마찬가지다)에 산다는 것은 바로 그것, 발을 번갈아 내디디며 어둠 속으로 몸을 날리는 것이었으니까—그리고 발아래 비옥한 땅까지는 바라지 않더라도 아무거나 단단한 땅이 나타나기를 바랐다, 실제로든 비유적으로든. 젊은 시절 그녀는 아메리카 신대륙의 깊은 정글에서 발견한 꽃과 같았다. 검은 달리아나 갈색 금잔화나 바다색 백일홍처럼. 그녀가 젊었을 때, 세상은 그녀의 굴이 아니라서, 그녀가 진주가 될 아늑한 장소를 제공하며 그녀를 품어주지 않았다. 그녀가 젊었을 때, 어린 헤라클레스보다 어렸을 때, 그녀가 살아나갈 수 있었던 것은 죽음이 두려워서였다.

●

몸을 날리든지 마음을 다잡아. 미시즈 스위트가 어렸을 때 엄마는 그렇게 말하곤 했다. 미시즈 스위트는 뼈와 거죽뿐인, 키

---

* 성서에 등장하는 인물로, 구백 살 넘게 살았다고 전해진다.

만 껑충한 말라깽이 소녀라 몸집이 큰 여자아이들과 몸집이 아주 큰 남자아이들이 무서웠다. 너무 무서워서 거리에서 그 앞을 지나갈 수도 없었다. 그보다 앞서 암소를 무서워했을 때도, 딱히 이유는 없이 그저 암소이고 뿔이 달려서 무서웠는데, 그때도 땅에 단단히 박힌 쇠막대기에 묶인 암소들이 울타리 안에 모여 있는 목초지를 걸어가는 일은 도저히 할 수 없었다. 양발을 번갈아 내디디며 몸을 날려. 등과 어깨와 구부정해질 만한 부위는 모두 반듯이 펴고, 마음을 다잡고 앞으로 나가. 이렇게 하면 물리적인 장애물이든 상상 속 장애물이든, 모든 장애물이 완전히 패배해 굽실거리며 머리를 조아릴 거야. 몸을 날리고 마음을 다잡으면 언제나 역경을 이겨낼 수 있으니까. 미시즈 스위트의 엄마는 어린 미시즈 스위트에게 그렇게 말했다. 몸도 정신도 비리비리한 자식 탓에 엄마는 무척 괴롭고 창피했다. 그 아이―어린 미시즈 스위트―는 존재 안에 승자라는 상투어를 계속 주입할 필요가 있었다.

그러니까. 몸을 날리고, 마음을 다잡고, 성공적인 결과를 목표로 삼아라. 죽음이 실패보다 우월하다. 죽음은 때로 승리이기도 하니까. 미시즈 스위트는 어렸을 때 이 모든 것으로 이루어진 암모니아 용액 속에서 살았다. 이런 식으로 운전을 배우고, 미스터 스위트와의 삶이라는 냉혹한 현실(그때도 지금도 미스터 스위트는 그녀를 사랑한 적이 없었고, 그녀는 지금인 그때나 또 지금이나 그것을 받아들였다)을 사랑하는 법을 배웠다. 은행에서 대출을 받아 그들이 살았던 집, 셜리 잭슨 하우스를 샀다. 뉴잉글랜드 토종 꽃이 만발한 목초지와 폭포와 산과 농장이 보이는 멋진 집이었다. 농장에서는 동물들이 특히 맛있어하는 작물을 길렀고, 미스터 스위트와 미시즈 스위트, 그리고 두 사람의 자녀인 어린 헤라클레스와 감춰둔 아름다운 페르세포네의 친구들인 그 동물을 도축해서 그 동물과 친숙한 누군가가 먹었다. 저멀리로 미시즈 스위트는 땋아내린 긴 금발이 폭포수처럼 고요히 등으로 쏟아져내려 견갑골 바로 아래 안착한 아름다운 미시즈 벌리를 볼 수 있었다. 소와 염소의 젖을 짜서 그것으로 진귀한 치즈와 맛난 요구르트를 만드는 젊은 여자였는데, 미시즈 스위트가 그 치즈와 요구르트를 사면 가족들은 질색을 했다. 미스터 스위트는 미시즈 스위트의 모든 것을 미워했기 때문이다. 아시아 온대지방에서 구해온 씨앗으로 희귀종 꽃을 기른다거나 요리와 뜨개질에 열성을 보이는 걸 특히 증오했다. 특히 그 지긋지긋한 뜨개질에. 아, 엄마! 아, 엄마! 그건 어린 헤라클레스의 소리였다. 그리고 그녀의 사랑을 듬뿍 받는 어린 헤라클레스가 미시즈 스위트를 향해 보이는 사랑과 경멸과 무관심은, 동시에 아주 자연스러워 보였다. 마치 정당한 이유로 분노한 한 무리의 사람들, 혹은 그 요구와 기대가 다 충족된 후에도 여전히 행복을 찾는 한 무리의 사람들의 기분을 뜻밖에 바꿔놓을 상큼하고 시원한 산들바람처럼! 그 당시(그때, 지금, 그리고 다시 그때) 미시즈 스위트는 자신의 과거를 묻어두었다―기억으로 이루어진 시멘트 속에. 시멘트가 점점 부식되고 부서져 종국에는 감춰두었던 것이 드러나리라는 사실을 잘 알았음에도.

몸을 날리기, 마음을 다잡기. 바닥에 떨어진 미스터 스위트의 옷과 축축한 목욕 수건과 침대보와 아이들 옷을 거두며 미시즈 스위트가 한 것이 바로 그것이었다. 웨트 실에서 산 아름다운 페르세포네의 블라우스와 그녀는 발음도 할 줄 모르는 어느 상점에서 산 바지, 맨해튼으로 알려진 실제 장소와는 멀리 떨어진 도시에 자리하면서도 맨해튼이라는 이름을 붙인 상점에서 산 어린 헤라클레스의 티셔츠, 그리고 부유해 보이는 미국 가정에서 사용할 법한 모든 옷과 직물들. 미시즈 스위트는 그 모든 옷과 빨랫감을 세탁기(쉽게 지는 아이였던 그때의 그녀는 몰랐고, 지금에나 알게 된)로 빤 뒤 건조기에 넣어 말려서 수건 종류는 개어놓고, 다리미판을 꺼내 미스터 스위트의 셔츠와 바지를 모두 다렸다. 그녀는 그를 무척 사랑했고, 그를 처음 보는 사람들이 모두 그가 '사랑'이라는 이름의 상점 진열창에서 막 걸어 나온 것처럼 보이기를 바랐기 때문이다. 기품 있고 존경받을 만한 사람으로. 그 모든 일을 하고 나니 몸과 마음이 똑같이 피곤했다. 실제로 일하고 또 상상하느라. 두 아이와 미스터 스위트를 위해 깨끗한 옷을 마련해 그들이 맨해튼 중심가의 저택에 사는 것처럼 보이게 하는 일, 아니면 미스터 스위트가 진정한 자신으로 사는 법이라고는 전혀 모르는 아내이자 아이들의 엄마와 함께 뉴잉글랜드 마을에서 사는 것처럼 보이게 하는 일. 그러나 미스터 스위트와 사실혼 및 법률혼 관계인 미시즈 스위트에게 이 모든 것은 별개의 일이었다. 여기서 그녀는 몸을 날리고 마음을 다잡고 있는 거니까. 인간의 눈에는 보이지 않는 허공을 밟고 걸으면서 망각으로 떨어지거나 무엇이 되었건 망각을 가리기 위한 물질로 떨어지지 않고 다음 것으로, 그다음 것으로, 또 그다음 것으로 이어나갔고, 그렇게 각각의 것과 각각의 무를 정복해가며, 자기 방식대로 남편을 돌보고 아이들을 보살피며 계속해나갔고, 달(초승달, 반달, 보름달)이 구름의 장막에 싸여 있는지 올려다보며(어쨌든, 내일은 비가 오겠지만) 행복을 느꼈다, 그게 무엇이건, 그때와 지금!

5

　주방에 딸린 방의 문이 부서져라 홱 열리는 바람에 미시즈 스위트의 이 모든 상념이 뚝 끊겼다. 미시즈 스위트는 그것이 아들인 어린 헤라클레스라는 걸 바로 알았다.

　어린 헤라클레스는 그때나 지금이나, 다가올 그때나 늘 그럴 것이었다. 그의 누나인 아름다운 페르세포네가 그때나 지금이나, 다가올 그때에 늘 그럴 것처럼. 둘의 엄마인 미시즈 스위트는 그러리라고 보았다. 하지만 지금, 바로 이 지금, 어린 헤라클레스가 주방에 딸린 방의 문을 홱 열어젖혔다. 미시즈 스위트는 그 방에 자신의 진정한 자아를 숨겨두고 미스터 스위트에게도, 아름다운 페르세포네에게도, 어린 헤라클레스에게도, 그 누구에게도 내보인 적이 없었다. 그리고 그녀가 몰래 자신의 진정한 자아와 소통하고 있다는 사실을 그들이 알고 있고, 그들이 이것을 보면서 서로 다른 감정을, 어린 헤라클레스는 공감을, 아름다운 페르세포네는 단순한 증오를, 미스터 스위트는 살인적인 분노를 느낀다는 사실도 몰랐다. 하지만 지금, 바로 이 지금, 어린 헤라클레스는 엄마에게 이렇게 말했다. "엄마, 엄마, 뭐하는 거야? 집안을 다 뒤졌잖아. 정원에도 없고, 주방에도 없고, 침대에 누워서 엄마 말고는 아무도 관심 없을 책을 읽고 있던 것도 아니고. 어디 있었어? 태드, 테드, 팀, 톰, 텃이 놀러와도 돼? 같이 게임하고 싶은데 아빠가 엄마한테 물어보래. 우리가 엄청 시끄러울 거라고, 아빠는 트로이 오케스트라가 연주할 두 대의 피아노를 위한 협주곡을 끝내야 하는데, 우리는 도대체 조용할 줄을 모르니 엄청 소란을 피울 거라면서. 난 조용히 있는 법을 모른다고 아빠한테 맨날 얘기했는데, 어떻게 조용히 있는지, 어떻게 가만히 있는지, 뭘 어떻게 해야 할지 모른다고 말이야. 엄마, 엄마, 내 말 듣고 있는 거야? 듣고 있냐고? 나 좀 도와줘, 엄마, 뭔 말이라도 해봐, 왜 그러는지 말해보라고." 아, 그녀는 얼마나 아들을 사랑했는지. 아들이 뱃속에 들어앉아 한시도 가만있지 않았던 때가 떠올랐다. 밤새도록 뱃속에서 들썩거리더니 24인치나 되는 몸을 대각선으로 쭉 늘이며 기지개를 켜서 뱃거죽에 발바닥과 주먹의 윤곽이 드러났다. 그녀의 뱃살이 닳고 닳은 오래된 천조각이라도 되는 듯. 그러면 그녀는 아들이 산부인과 대기실 벽에 붙어 있는, 자궁 속 태아의 자세, 그림으로 그려진 골반 안에 완벽하게 들어맞는 태아의 자세로 돌아가게 만들 어떤 말을 해주고 싶었다. 그 태아는 숙주도 모르는 사이 자라나 아기가 되고, 숙주와 아기는 하나이지만 말로 표현할 수 없는 친밀감을 전혀 인정하지 않아서, 그 친밀감은 아직 발견하지 못한 미지의 섬이다. 하지만 어린 헤라클레스는 미시즈 스위트의 존재 속으로 그렇게 들어와 그녀의 뱃가죽을 울퉁불퉁하게 하고, 좌골신경을 누르며 들썩거리고, 자궁경관의 내벽을 찢어 놓아, 그녀는 며칠씩 자리에 누워 있어야 했고 아들의 얼굴을, 너부죽한 코를, 일그러진 바위에서 발견되는 어떤 광물의 색인 그 눈을, 자신을 닮아 밤이 낮과 뒤섞인 듯 떨어지지 않는 두툼한 입술을, 커다란 손과 발을, 곱슬거리는 굵은 머리칼을, 어깨 위에 묵직하게 얹힌 머리를 아예 보지 못하는 게 아닐까 걱정스러웠다. 그리고 아이는 태어날 때 황달을 겪었다. 엄마의 피와 아빠의 피가 아이의 몸속에서 싸움을 벌였고 아이가 태어날 때까지도 그 싸움이 끝나지 않았던 것이다. 아이는 며칠 동안 병원 요람에 누워 형광등 불빛을 쬐었고 미시즈 스위트는 그 곁을 지키며 모유를 먹였다. 여드레째 되는 날 퇴원하게 되었을 때 아이의 혈관 속에는 엄마의 피만 있었다. 그러나 미시즈 스위트는 하루하루를 살면서 그 생각을 한 적은 없었고, 오직 미스터 스위트와 아름다운 페르세포네와 어린 헤라클레스, 그들의 요구와 욕구와 요청과 그러면서도 누구 하나 그녀를 가엾게 여기지 않음, 그 모든 일의 견딜 수 없음에서 벗어나 주방에 딸린 작은 방에 있을 때만 그랬다. 하지만 그들이 왜 그녀를 가여워하겠는가? 보아하니 그녀는 미끄러지듯 돌아다니며, 복잡한 곡을 편곡하고 복제할 수 있는 소프트웨어를 운용할 수 있을 만큼 성능 좋은 컴퓨터를 구입할 돈을 마술처럼 구하거나, 바나나보트든 그와 비슷한 다른 배든, 어떻게 이곳에 왔는지 정확히 아는 사람이 없으니 뭔지는 모르겠지만, 여하튼 그런 것을 타고 도착한 여자와 방해꾼 아이들의 존재로부터 벗어나 미스터 스위트가 혼자 머무를 멋지고 아담한 오두막을 숲속에 지을 수 있는 듯했으니 말이다. 자신을 몹시 미워한 엄마가 가족을 부양할 돈을 벌어오라며 자신을 외국으로 보냈고, 자신에게는 아빠도 없었다는 말로 그녀의 이야기는 시작됐다. 아무도 그녀의 보호자라고 주장하지 않았으므로 그녀는 그저 화물을, 때로는 인간을, 때로는 인간이 아닌 상업적 성격의 사람을 싣고 오가는 배에 실려왔을 뿐이다. 그렇게 그녀는 이곳에 왔다. 아이들의 엄마인 이 여자, 미스터 스위트는 절대로 찾아가지 못할 머나먼 곳에서 온 여자. 미스터 스위트는 자기 그림자가 따라오리라는 걸 알면

길도 건너지 않을 것이었기에.

하지만 지금 미시즈 스위트는 귀여운 아들의 말을 경청하고 있었다. 남자아이만이 연주할 수 있거나 연주하고 싶어할 악기를 닮은 목소리. 숫기 없는 미르미돈 부대, 궁수와 칼잡이와 창병 대대를, 어린 헤라클레스가 마음 내키는 대로 부르듯 맥도날드나 미키 D나 황금 아치*의 해피밀 포장지에서 태어난 그 병사들을 소환할 수 있는 남자아이. 해피밀은 수없이 많았으니 숫기 없는 미르미돈도 수없이 많았다. 오로지 엄마에게만 들리는 목소리로, 엄마 귀에 정말 듣기 좋은 목소리로 어린 헤라클레스는 이렇게 말했다. 아빠는 정말 재수없어. 아무것도 모르면서 공 던지기는 질색하고 매사추세츠 스프링필드에 있는 농구 명예의 전당에도 안 데려가고, 난 거기가 어디인지도 모르는데 말이야. 쿠퍼스타운에 있는 야구 명예의 전당에도 안 데려가는데, 거기는 대충 어디인지 알아. 근데 방금 무슨 일이 있었는지 알아? 그 여학생들, 아빠한테, 오, 스위트 선생님, 이러면서 〈달에 홀린 피에로〉 〈룰루〉** 그리고 또다른 것도 있었지만 난 잘 모르겠고, 그런 걸 들먹이는 정말 귀여운 여학생들과 함께 있었던 걸

---

* '미키 D'와 '황금 아치' 모두 맥도날드의 별명이다.
** 알반 베르크가 작곡한 오페라.

내가 다 아는데, 그래 놓고 집에 들어와서는 나한테 이랬다고. 어린 헤라클레스야, 아름다운 내 아내는 지금 어디 있니? 엄마가 맨체스터의 브룩스 브라더스 아울렛에서 사다준 코듀로이 바지 매무새를 아빠가 시도 때도 없이 바로잡는다는 걸 내가 전혀 모르는 것처럼 말이야. 정말 멋진 바지인데 아빠한테는 너무 길어서 엄마가 줄여줘야 했고 그랬더니 다른 사람 바지를 입은 땅딸보처럼 보였잖아. 하지만 그게 아빠였어, 내 아빠. 아빠가 딴사람처럼 보였고, 난 아빠가 딴사람인 걸 알았을 뿐이고, 오직 딴사람이기만을 바랐어. 그런데 내 아름다운 아내를 보았니, 이렇게 물었을 때 난 못 봤다고, 하지만 엄마를 찾는 거라면 엄마는 정원에 있다고 대답했지. 그 말에 아빠가 웃을 줄 알았어. 엄마는 내 엄마라 아름답지 않잖아. 엄마는 아빠의 아내라 아름답지 않잖아. 재밌는 말이라 아빠가 웃을 줄 알았어. 그냥 그럴 줄 알았고, 아빠가 웃으면, 아빠가 뭘 하는지 내가 안다는 사실을 눈치채지 못하리라는 것을 알았지. 뭘 하는 건지 그땐 정말 몰랐어. 아빠, 아빠가 하는 일은 이거야, 날 미워하고, 아빠의 아내를 미워하고, 아빠의 아내가 아름답다고 생각하지 않고, 우리가 사는 이 집을 미워하고, 정원을 미워하고, 엄마가 하는 일이면 뭐든 다 미워하는 거. 이렇게 말할 순 없었어. 엄마가 돈을 주고 사람을 불러 수마일 떨어진 매사추세츠 고션의 채석장에서 트럭으로 돌을 실어다가 그걸로 집 주위에 거대한 돌담을 쌓는 그런 일 말이야. 그래서 곧바로 저녁식사 자리에서 무슨 돈으로 그 값을 지불할 거냐고 한바탕 말싸움이 벌어졌지. 하지만 그 돌은 4억 년 전 데본기 전기에 형성된 점판암이고, 지금은 녹슨 색과 금색, 푸른색, 검은색, 회색이 다 비치는 이 은유적인 돌은, 집을 빙 둘러싸서 집이 둥둥 떠 있는 듯이 보이게 할 돌은 고대의 바다 밑에 가라앉아 있던 모래와 진흙의 침전물에서 생겨난 거라고 엄마가 말하자 아빠 더이상 아무 말도 하지 않았잖아. 그냥 밥만 계속 먹었지. 엄마는 참치액젓을 곁들인 삶은 송아지고기와 다진 바질과 모차렐라치즈를 넣은 이탈리안 라이스와 샐러드를 만들었는데, 아빠는 그저 엄마를 미워했어, 뚱뚱해지고 있다면서. 엄마는 내게 마티니 만드는 법을 알려줬고 하루가 저물 때 정원에 앉아 있곤 했잖아. 웨인과 조가 준 수많은 꽃 사이에. 그 가운데 어떤 꽃은 자기네 정원에서는 정말 보기 좋았는데 엄마 정원에 심으니 흉하다고 그들이 말했지. 버몬트 리즈버러가 아닌 다른 장소에서는 어떻게 자라야 하는지 지시를 받지 못한 양 잡초처럼 아무데서나 자랐으니까. 엄마가 실망한 걸 보고 아빠는 기뻐했는데, 나도 그랬어. 나야말로 그랬지. 난 엄마가 그저 내 엄마이길 바랐으니까. 아빠가 엄마보다 젊은 여자와, 아빠의 진정한, 진정한 자아를 이해할 수 있게 해줬다고 느낀 여자와 걷잡을 수 없이 사랑에 빠져 엄마를 버린 직후에 어머니날 선물로 여섯 팩짜리 맨드라미를 사러 클리어브룩 농장에 가고 싶지는 않았으니까.

엄마는 오류일까? 만약 오류라면 난 어떻게 해야 하지? 학창 시절 내가 쓴 글씨가 마음에 들지 않으면 지워버리듯이 그렇게 지워버려야 하나? 엄마가 잘못이라면 고칠 수 있나? 엄마는 너무 심한 바람이 몰아치거나, 비가 억수같이 쏟아지거나, 몇 년이 지나도록 비 한 방울 내리지 않는 것과 같은 재해일까? 엄마는 재해인가? 맙소사. 그건 미시즈 스위트의 목소리였다. 공기를 갈기갈기 찢는 듯한 목소리─정말 그런 일이 가능하다면 말이다. 그녀는 미스터 펨브로크나 그의 일꾼이 막 잔디를 깎은 앞마당을 전력 질주했고, 이미 특출하게 길쭉한 팔을 트랜스포머라도 되는 양 쭉 뻗었다. 그 장난감은 아직 어린 헤라클레스의 일상에 속하지 않았다. 그녀는 아이가 쌩쌩 달리는 차 가까이 가지 못하도록 했다. 마운트앤서니유니언 고등학교 3학년인 남자아이가 모는 빨간색 닛산 스포츠카. 그 남자아이는 빠른 발을 높이 쳐주는 스포츠 팀의 일원으로, 그 엄마는 입거나 걸터앉거나, 음식을 담는 물건에 석유로 만든 섬유를 꿰매어 붙이는, 멀지 않은 공장에서 일했다. 거기에 음식을 담으면 그 음식을 먹는 사람들은 '신선하다'라는 단어를 떠올리겠지만, 실제로 신선한 것은 단지 '신선하다'라는 그 단어뿐일 것이다. 어린 헤라클레스는 바로 그 순간 죽음의 문턱에서 벗어났고, 그의 엄마는, 때때로 비열하고 한마디로 끔찍할 수도 있는, 유쾌하고 아주 경멸할 만한 미시즈 스위트는 자기 아이를 꼭 끌어안고 차를 운전한 남자아이가 격렬한 죽음을 맞기를 바랐다. 그리고 나중에 정말 그 남자아이가 죽었을 때, 유리섬유로 제작된, 쌩쌩 달리던 그 빨간 스포츠카와는 전혀 상관없이 돌연 머릿속 어딘가의 동맥 출혈로 죽었을 때, 사랑스러운 미시즈 스위트는 그 아이의 엄마를 생각하며 울었다. 아이가 아니라 아이의 엄마 생각에.

그리고 그때 그녀가 흘린 눈물이 얼마나 많았는지, 얼마나, 얼마나 많았는지, 종국에는 고대의 바다가 될 바다를 이룰 수도 있었겠지만, 바로 그때는, 지금 당장은, 상황에 따라 갭이나 스미스 앤드 호컨의 카탈로그를 보고 구입한 작업복의 가슴받이를 적실 뿐이었다. 그리고 종국에는 고대의 바다가 될 바다를 이루기 시작한 눈물은 그저 눈물로 남았고, 어린 헤라클레스를 가슴에 끌어안은 미시즈 스위트는 바로 그때 슬픔의 얼굴과 슬픔의 직접성을 피해서, 또한 그 무시무시한 실체인 세상, 곧 슬픔과 친밀해지는 일을 피해서 무척 기뻤다. 그때와 지금 그녀가 흘린 눈물, 지금은 항상적이고 불변이며 영원히 소중하게 여겨질 것을 고집하는 모든 것을 바보스럽게 만들기 쉽고, 그때는 그럴 필요가 있는 사람 모두에게 겉보기에 단단하고 안정된 껍질을 지닌 지구 표면과 같은데, 그녀가 흘린 그 눈물은 엄마다운 작업복을 적셨고, 또한 거대한 물의 세계와 물에 취약한 모든 것 속으로도 흘러들어갔다.

어쨌든 세상의 온갖 위험에 대해 주의를 주는 엄마의 말을 무시한 남자아이 때문에 죽을 뻔했다가 살아난 어린 헤라클레스가 있었다. 그 남자아이는 엄마의 말을 들었더라도 어차피 열아홉 살에 몸에 예상치 못한 문제가 생겨 죽을 것이었다. 그 엄마는 아이를 사랑했고, 아들의 몸 안으로 손을 집어넣어 잘 고쳐서 오래오래, 그녀의 삶이 끝난 뒤에도 오래오래 살도록 만들고 싶었을 것이다. 그녀는 아들의 세상에 자신이 부재하는 건 상상할 수 있었지만, 지금이든 그때든 자신의 세상에 아들이 부재하는 건 상상할 수 없었기 때문이다. 금방 웃자랄 상추밭을 내려다보며 서 있는 미시즈 스위트에게 그 모든 것이 다 보였다. 가끔 다 자란 나무를 옮기는 일을 도와주는 셉이 지금 그녀에게 말을 건네고 있었다. 움직이는 그의 입술을 바라보는 그녀에게는 자기 머릿속 말만 들렸다. 오벌리네는 어디 있지? 올해 셉이 콩을 얼마나 잘 길렀는지 다들 맛을 봐야 하는데. 고든은 앤에게 건천乾川을 만들어줬어. 워싱턴 헤런스우드에 사는 친구인 댄과 로버트는 흰색 겹꽃인 헬레보루스를 보내줬지. 그러고 나서, 그러고 나서야 셉의 입술이 움직이면서 나온 단어가 그녀에게 들렸다. 그런데 의도적으로 연못 입구에 조성한 스트로브잣나무숲에 차를 주차한 건 일부러 그런 거예요? 그러자 독일에서 제작한, 인간의 유대를 너무나 심하게 훼손해 주방의 친밀한 분위기나 음식점의 무심한 분위기에서도 입에 올릴 수 없는 나라인 독일에서 제작한 차인 중년의 쿠니클로스*가 그녀의 눈에 들어와서 바로 그때 그녀의 삶의 문턱이 사라졌다. 차는 스트로브잣나무숲에 멈춰 서 있었다. 들판의 소유주가 너른 들판의 경관 가운데에 있는 수풀을 좋아해서 없애버리지 않았는데, 소유주는 고든과 앤이었다. 특정한 종류의 슬픔과 절망을 예방하기 위해 당국에서 권하는 그 모든 주의 사항을 따라, 어린 헤라클레스는 벨트를 맨 채 카시트에 앉아 있었고, 카시트는 뒷좌석 한가운데에 단단히 고정되어 있었다. 하지만 아이는 카시트에서 몸을 빼내어 운전석으로 넘어갔고, 운전석에 앉아 꽂혀 있는 차 키를 돌렸다. 운전자가 발을 움직이는 건 아이가 본 적이 없었으므로, 차는 앞으로 팍 튀어나가기를 몇 번 반복하다가, 그 아름다운 연못의 수면을 부수며 결

---

* '쿠니클로스'는 그리스어로 토끼라는 뜻이며, 앞서 언급된 폭스바겐 래빗을 가리킨다.

국 악취나는 연못 바닥—바닥은 늘 악취가 나니까—으로 가라앉는 대신 스트로브잣나무 수풀에서 멈춰 섰다. 콩을 기르는 셉이 그 말을 했을 때, 어린 헤라클레스의 엄마 아빠인 미시즈 스위트와 미스터 스위트는 무슨 일이 있었는지, 동작 하나하나까지 다 알 수 있었다. 아이를 생각하니 실제 무슨 일이 있었는지 고스란히 알았고, 그 일이 일어나기도 전에 알았지만, 그 끝은 몰랐으므로 정신을 차리고 그쪽으로 달려갔다. 아이가 살았는지 죽었는지 몰랐지만, 가보니 살아 있었다. 전설적인 아우게이아스왕의 외양간을 치우는 일일 수도, 네메아의 사자를 베어 죽이고 그 가죽을 망토처럼 걸치는 일일 수도, 에리만토스의 멧돼지와 마주치는 일일 수도 있을 다른 모험을 위해 차 안에서 빠져나오려고 차 문을 붙들고 끙끙대는 중이었다. 보스턴 도심에서 경찰과 마주치는 일은 아직 아니었고 어쩌면 영영 아닐 수도 있겠지만, 오래전에 죽은 아일랜드 사람들 사이에서 자신의 혈통을 추적하는 경찰은 어린 헤라클레스가 빨간 신호등을 무시하고 달렸다고 상상했고, 그때이면서 지금, 어린 헤라클레스는 젊은 흑인 남자가 되어 있었다, 그게 무엇이든. 그리고 지금조차 그게 무엇일지는 불확실하다.

오 지금, 오 그때, 하지만 지금 그를, 그러니까 어린 헤라클레스를 보면 누나인 아름다운 페르세포네에게서 수두가 옮았고, 엄마인 미시즈 스위트도 두 아이에게서 수두가 옮아 겉으로 보기에는 멀쩡하지만 폐에 작은 수포가 잔뜩 생겨 제대로 숨을 쉴 수가 없었다. 지금 줄무늬 멜빵바지에 흰색 터틀넥, 오시코시라는 글자가 얼마나 얌전하게 수놓였는지 전혀 얌전하지 않은 옷을 입은 다른 아이들과 함께 장난감 망치, 혹은 목수나 배관공이나 농부의 장난감 형태가 사용하는 모든 연장의 장난감 형태를 휘두르는 그를 보면, 스위트 부부도 그렇고 다른 어떤 부모들도 이 아이들이 실제로 목수나 배관공이나 농부가 되리라고는 상상하지 않았는데, 아이들이 무엇이 될지, 그런 질문은 그때 아무도 묻지 않았고 따라서 지금 대답할 수도 없다. 아이들, 그러니까 어린 헤라클레스과 아름다운 페르세포네는 그때는 정말로 엄마를 사랑해서, 자신들에게는 오리무중인 어떤 일을 하려고 엄마가 집을 비우면 엄마를 몹시 그리워했다. 주방에 딸린 그 끔찍한 방에서 지내며 종이에 옮긴 글자들을 큰 소리로 낭독하는 일이었는데, 아이들에게 그 방은 접근 금지였다. 배나 비행기나 차를 타고도 다다를 수 없고 걸어서 갈 수도 없었다. 엄마가 주방에 딸린 그 방에 있을 때면 아이들은 엄마에게 전혀 닿지 못했고, 그때 아이들이 엄마를 얼마나 사랑했는지 모르는데, 엄마는 아이들에게서 떨어져 이런 문장의 세계 속에 머물러 있을 뿐이었다. "난 뉴욕에서 가장 실용적인 옷가방을 가지고 있고, 뉴욕에서 가장 실용적인 소형차를 가지고 있다." 그리고 "엄마는 내가 태어난 그 순간 세상을 떴고, 그래서 내 평생 나 자신과 영원 사이를 막아선 것은 아무것도 없었다. 내 뒤로는 늘 황량한 검은 바람이 있었다." 그리고 "정원사의 삶에는, 정원 속 장소가 전혀 아닌 방이 있다." 오 엄마, 오 엄마, 어디 있어, 어린 헤라클레스와 아름다운 페르세포네가 부르짖었다. 엄마가 사라져도 두 아이에게서 동시에 사라진 적은 없었으므로 두 아이가 한목소리로 그런 건 전혀 아니었다. 특히 어린 헤라클레스가 엄마를 그리워했고 늘 그랬는데, 엄마 젖을 먹던 아기일 때도 엄마가 도대체 함께 있지 않았기 때문이다. 아기는 엄마의 얼굴을, 그다음엔 엄마의 눈을 올려다보았고 엄마는 아기를 내려다보았지만, 아기는 마치 엄마 품에서 젖을 먹는 아기의 그림 같았고, 아기가 작은 치아로 가슴을 깨물어도 살만 느껴질 뿐이었고 젖은 그녀가 바라는 대로 점점 줄어들었다. 가슴살이 타이어 같았지만 그때 아기는 타이어가 뭔지 몰랐다. 아기가 가슴을 깨물 때마다 그녀는 점점 아기의 존재가, 자신의 삶에 아기가 등장했다는 것 자체가 성가시게 느껴져, 아기가 자신의 사랑하는 외아들이라는 것도 잊었다. 그때는 인간의 엄청난 타락을 상징하는 뱀이나 다른 작은 무척추동물 같은, 가슴을 깨무는 동물일 따름이었으니까. 엄마는 아기가 자신을 그렇게 아프게 하지 않기를 얼마나 바랐는지, 아기는 엄마가 젖을 먹일 때 자신을 바라봐주기를 얼마나 바랐는지. 오 엄마, 오 엄마, 어디 있어? 사랑스러운 미시즈 스위트의 아이들이 물었고, 그렇게 묻는 투는 그녀에게는 평생 그런 존재가, 엄마라는 존재가 필요한 적이 없었을 거라는 투였다! 어머니가!

그러나 어린 헤라클레스는 그 모든 유아기 질병을 무사히 이겨냈다. 그의 엄마가 자랐던, 바나나가 자라는 그 다정한 곳에서 어린 시절 그녀가 그런 병에 걸렸다면 죽었을 수도 있지만, 까닭은 정확히 몰라도 그녀는 목숨을 건졌다. 그녀의 생존이라는 이 사실은 그녀를 향해 던져지는 비난의 말이 될 수 있었고 실제로도 종종 그런 식으로 이용되었다. 그녀는 열대병에서 살아남았고 지금은 그런 병에 걸리는 일이란 자신이 쓰려는 본격 문학에나 등장할 그런 기후에서 살고 있었다. 불쌍하기도 해라, 남편은 그렇게 혼잣말을 했다! 하지만 그런 말은 제쳐둬야 하는 게, 지금도 그렇지만 그때, 어린 헤라클레스는 의사가 처방해준 약으로 인해 몸에 어린아이 주먹만한 혹이 생겼던 시절을 헤쳐가고 있었기 때문이다. 의사는 그런 일은 백만 명 가운데 한 명에게 생길까 말까 한 일이라고 말했고, 그 말에 아연해진 미시즈 스위트는 어린 헤라클레스를 데리고 플로리다 키웨스트로 갔으며 거기서 한 남자를 만났다. 그는 다섯 권의 책을 썼는데 책마다 모음이 하나씩 빠져 있었다.

하지만 어린 헤라클레스는 자라면서 힘이 점점 세졌는데 그 즉시 지혜도 자란 것은 아니라 때로는 집중력 부족이라는 문제가 있다는 말을 듣고, 때로는 우리가 아는 세계가 모습을 드러내는 다양한 방식을 이해하지 못한다는 말을 듣고, 때로는 순식간에 여러 단계로 기분이 나빠진다는 말을 들었지만, 그로 인해 고통받는 존재라고는 일렬로 늘어서서 닌자 거북이와의 싸움을 준비하는 숫기 없는 미르미돈들뿐이었다. 어린 헤라클레스는 이 전사 무리들을 번갈아 이끌며 맞서 싸우게 했고, 이기는 쪽은 늘 그가 바로 그때, 바로 지금, 좋아하는 쪽이었다. 그때 그는 팔다리를 몸속으로 집어넣었다 폈다 할 수 있었는데, 그의 사랑스러운 엄마는 로스앤젤레스 어딘가에 산다는 허드슨이라는 이름의 정체를 알 수 없는 씨앗장수에게서 구입한 아스클레피아스 씨를 뿌리던 어느 날에야 그 사실을 처음 발견했다. 사랑하는 아들의 병을 어떻게 고칠까 고민하던 그녀는 그의 두 팔이 몸에서 죽죽 뻗어나가 창공을 지나 흰구름도 뚫고 맑은 대기로 뻗어나가 볼드라는 이름의 산의 특징인 헐벗은 지점, 그 매끈한 절벽에 손가락을 대고는 절벽을 조금 떼어내어 자기 발 앞에 내려놓은 뒤 그것이 근처 상점에서 대량으로 구입한 골프공이라도 되는 양 잔디밭 반대쪽으로 쳐 넘기는 것을 보았다. 산의 헐벗은 지점은 까마득히 멀었고, 팔을 뻗으면서 그가 상큼한 휘파람을 낮게 불자 여러 종류의 참새들이 거기 내려앉았다. 미시즈 스위트는 아들이 나직하게 이렇게 부르는 것을 들었다. 스피젤라 푸실라, 푸에세테스 그라미네우스, 파세르쿨루스 산드위첸시스, 암모드라무스 사반나룸, 멜로스피자 린콜니.* 그러곤 새소리와 아주 똑같은 일련의 소리들을 냈다. 가련한 어린 아들이 음치인 건 잘 알려진 사실이라 이것을 듣고 미시즈 스위트는 놀라 어리둥절했다. 피아노 선생님도 중도에 아이를 그만 보내라고 했는데, 수업에 지장을 줄 뿐 아니라 음을 분별하는 귀가 없어서 B 플랫을 듣고 따라 하는 능력이 없다고 했다. 그래서 그의 엄마, 그러니까 사랑스러운 미시즈 스위트가 그에게 물었다. 어떻게 한 거야? 새 노랫소리를 어떻게 알아? 그러자 아들이 대답했다. 내가 새들에게 가르쳤으니까 알지, 새들은 다 내가 알려줘서 노래를 할 줄 아는 거야, 엄마, 내가 알려줬다고.

---

* 모두 새의 학명이다.

또 뭐할 줄 알아? 그녀가 물었고, 어린 헤라클레스는 이렇게 대답했다. 사자를 죽여서 그 가죽으로 내가 스키 타러 갈 때 입을 외투를 만들 수 있고, 엄마 꿈속에 나타나면 엄마를 죽일 수도 있는 레르나의 히드라를 죽일 수 있고, 멧돼지를 죽일 수 있고, 스팀팔로스의 새를 전부 죽일 수 있어. 그런 게 무섭지 않으니까. 아우게이아스의 외양간을 청소할 수 있고, 크레타의 황소를 생포할 수 있는데, 아빠가 나를 죽이려고 하는 건 막을 수가 없어. 아빠는 그럴 수밖에 없으니까. 내가 아빠를 죽이는 일도 하지 않을 수가 없어서, 아빠를 죽일 거야. 몰래 할 거니까 아빠는 절대 모르겠지. 아빠가 무척 실망할 거야, 아빠는 이미 실망할 대로 실망했으니, 실망감이 극에 달하겠지. 정말 아빠를 사랑하기 때문에 아빠가 그 사실을 아는 걸 바라지 않아. 하지만 죽이긴 할 거야. 아빤 죽어야 하니까. 우리 모두 죽어야 하잖아, 그렇지 엄마, 그렇지? 오 엄마, 오 엄마, 어린 헤라클레스가 말했다. 아빠가 밤늦게까지 마이클 조던의 챔피언결정전 경기를 나와 함께 봤던 일을 엄마는 울면서 일깨워줄 거야? 그때 조던은 독감에 걸려 슛을 성공시킨 후 쓰러졌지. 하지만 스카티 피펜이 달려와 바닥에 닿기 전에 그를 붙잡았는데, 엄마도 그럴 거야? 오, 스카티와 데니스가 하는 경기는 정말 호메로스식이네. 멀론은 딱 헥토르고 스톡턴은 딱 파리스고. 전부 다 완전히 호메로스식이라고 그렇게 말할 거야? 엄마가 하도 그 말을 계속해서 엄마를 배 밖으로 던져버리고 싶어졌는데, 우리는 바다가 아니라 셜리 잭슨이 예전에 살았던 집에 있을 뿐이었지.

오 엄마, 오 엄마. 어린 헤라클레스가 말했다. 그는 그녀에게 말을 걸 때 그런 식으로 이름을 두 번 불렀다. 그에게 미시즈 스위트의 이름은 엄마였으니까. 오 엄마, 오 엄마. 그러면 미시즈 스위트는 몸이 공만하게 쪼그라들었다. 우연히 길가에서 마주치는 그런 종류의 공 크기로. 상점 안 바구니에, 공과 전혀 상관없는 다른 물건들이 그득한 바구니에 들어 있을 법한 그런 공 크기로. 오 엄마, 오 엄마, 엄마가 태어나기 전에 무슨 일이 있었는지 다 말해줘. 그렇게 말하곤 웃었는데, 그의 웃음은 인위적인 가치 자체를 규정하듯이, 금의 가치가 어린 헤라클레스의 웃음으로 결정된다는 듯이 금빛이었다. 미시즈 스위트는 자리에 앉았다가, 혹은 그와 비슷하게 했다가, 서 있는 것과는 별개의 완전한 정지 상태에서 아들을 쳐다보고 찬탄했다. 얼마나 현명하고 소중한지. 그 무렵 그가 작은 흰색 약인 애더럴을 절대 먹지 않겠다고 했기 때문이다. 오 엄마, 오 엄마, 카드모스와 하르모니아*가 엄마에게 준 침대, 카드모스가 이름을 바꾸

---

* 그리스신화에서 카드모스는 테베를 세운 인물이며, 하르모니아는 그의 아내이자 조화를 상징하는 여신이다.

기 이전부터 있던 그 침대에 오늘밤 내가 누우면 결혼 이야기를 해줘. 핼러윈 때 우리가 사탕을 얻으러 나가면 카드모스가 온통 여자처럼 꾸몄고, 그게 얼마나 멋졌는지, 그런데 지금, 바로 지금 그는 정말 여자잖아. 하지만 그때는 그냥 카드모스였고 그것도 멋졌어. 셜리 잭슨 하우스에 들러서 엄마와 함께 럼을 마시곤 했잖아. 오 엄마, 오 엄마, 결혼 이야기를 해줘.

미시즈 스위트는 아들에게 말했다. 안 돼, 안 돼. 그녀는 기겁을 했고, 미스터 스위트에 대해서나, 자신이 스물일곱 살 때 크리스마스 전주에 아파트 17층에서 어떻게 그를 만났는지 절대 아이에게 들려준 적이 없었다. 그녀는 어렸을 때 크리스마스를 늘 증오했다. 그녀가 자란 곳은 적도에서 별로 멀지 않았고, 크리스마스란 적도에서 북쪽으로 한참 떨어진 곳에서나 제대로 이해하고 즐길 수 있는 휴일이기 때문이다. 어렸을 때 자신의 상상 속에서는 그렇게 특별했던 크리스마스라는 관념이 그때나 지금이나 그토록 불안으로 가득해서 얼마나 놀랐는지. 작별하고 문을 닫고 다시 작별하고, 선물을 주고받고 입맞춤을 한 뒤 정적, 거대한 정적, 그리고 음식을 먹지만 큰 소리가 나지 않게, 그러곤 아무것도 없었다. 크리스마스가 죽음이라도 되는 듯이, 애도와 장례라도 되는 듯이. 그러곤 모두 잠자리에 들었다. 이후 30일이 지나 우린 다시 만났는데, 우린 전의 일을 기억조차 못했어. 같은 침대에서 잠을 자고 트와일라 사프의 춤을 보러 갔으니까. 그리고 〈골트베르크 변주곡〉을 완벽한 수준으로 끌어올려 그날 저녁 청중 앞에서 연주할 오케스트라의 리허설을 보러 갔지. 내가 장마를 이해하게 된 것이 그때였어. 어린 시절, 모든 일이 시작도 없고 끝도 없어 보이던, 하나같이 지금일 뿐이라 확실히 끝은 없던 내 삶의 기간을 말이야. 그 이야기를 하는 바로 지금만 그때가 될 수 있어. 과거란 그것을 지금으로 내보여야만 과거가 된다는 듯이. 내게는 알려지지 않은 방식으로, 존재와 비존재로 세상을 이해하는 누군가와 함께하고 싶어 난 마음이 급했고, 그래서 네 아빠와 결혼하게 된 거야. 오 귀여운 아가, 정말이지 사랑스러운 어린 헤라클레스, 그때는 너를 소리쳐 부를 수 없었고 지금에야 너를 소리쳐 부를 수 있구나. 그때는 네가 필요했지만 지금은 아니니까, 지금은 절대 아니니까. 언제나 그때만 그럴 뿐이야. 사랑스러운 미시즈 스위트는 『그때, 그리고 지금 *See Then Now*』이라는 책의 한 부분을 어린 헤라클레스에게 읽어주며 그렇게 말했다. 그러지 말아야 했는데, 딱히 그럴 마음이 아니었는데 그랬다. 중도에 멈출 수가 없었으므로 그녀는 계속 말을 이어갔다. 책장이 계속하라고 떠밀어, 시선이 책장에 들러붙고 혀가 책장의 한 성분이 되었으며, 책을 손에 들고 있는 순간에도 그녀의 정신이 책의 물리적 존재를 가능하게 했다. 그 시절 네 아빠 미스터 스위트는 아주 좋은 사람이었어. 지금 네가 보는 희끗희끗 흰머리가 난 무력한 남자, 모든 것을 두려워하고 폭풍에 시달리다 죽어버린 나무만 좋아하며 숲속을 쏘다니는 그런 남자가 아니라. 그 시절 네 아빠가 두려워한 것은 이른아침이나 밤늦은 시간 로어 맨해튼의 거리뿐이었어. 그 시절에는 다들 다른 곳에 살아서 그 거리엔 아무도 없었거든. 그 부근에서 일을 하고 다들 집으로 돌아갔지. 하지만 우리는 사람들이 일만 하러 오는 그 지역에 살았고, 그런 지역에서 살게 만들었다며 아빠는 엄마를 미워했지. 하지만 엄마를 미워한다는 것을 아직은 아빠 자신도 몰랐어. 나에 대한 감정이 사랑이 아니라 미움이라는 걸 몰랐지. 난 네 아빠를 사랑했어. 그는 베토벤과 바흐와 쇼스타코비치와 스트라빈스키와 쇤베르크와 알반 베르크…… 등을 아주 잘 알았으니까. 우린 아직 결혼하지 않았고, 그땐 미스터 스위트와 미시즈 스위트가 아니었고, 너, 어린 헤라클레스와 아름다운 페르세포네가 태어났을 때에야 스위트 부부가 되었어. 그때 우린 아무것도 아니었고, 미스터 스위트와 미시즈 스위트의 가능성일 뿐이었지. 어린 헤라클레스의 출생과 아름다운 페르세포네의 출생이 아니었다면 우리는 스위트 부부가 아니었을 테고 그렇게 되지도 않았을 거야. 오 지금, 오 그때, 하지만 그 이전에도 우리는 스위트 부부가 되었어. 난 필요한 서류도 없이 미합중국에 살고 있어서 내 고향인 작은 섬으로 돌아가야 할 수도 있었으니까. 얼마나 작은지 지금 역사에서는 커다란 사건의 각주로나 기록하는 섬인데 그 커다란 사건조차 각주일 뿐이야. 아빠가 엄마와 결혼하기 전에, 그래서 내가 추방될 수도 있었을 그때, 조지가 샌디에게 말했어. 알다시피 우리 중 한 사람은 저메이카와 결혼해야 할 거야. 다들 그런 식이다가 결국 네 아빠가 나와 결혼했고, 베로니카는 결혼식에 오지 않았고, 실라는 어퍼 브로드웨이의 상점에서 산 쌀을 우리에게 던졌고, 네 고모는 커피를 올려놓고 불을 끄는 걸 잊어서 결혼식 도중에 집에 돌아가 불을 껐지. 그들이 사는 곳은 불이 날 수 있는 곳이었거든. 네 할아버지는 승강기를 타지 못했는데 판사가 친절하게도 자기 방에서 내려와 결혼식 주례를 봐주었어. 그렇게 네 엄마와 아빠가 그때 결혼을 해서 엄마가 고향인 후미진 바나나 나라로 강제송환되지 않았던 거야. 미스터 스위트의 생각이 그러했는데 겉으로 내색은 하지 않았어. 네 엄마와 아빠는 어린 헤라클레스와 아름다운 페르세포네, 너희들이 아직 알려지지 않아서, 마치 무無인 것처럼, 무라서 대문자로 쓸 만한 존재도 아니었는데, 한숨 돌리고 여기서 잠시 멈추자. 미시즈 스위트가 말했다. 그녀는 들고 있던 책을 무릎에 내려놓고 싶었지만 그러지 않았다.

오 엄마, 오 엄마, 라고 어린 헤라클레스가 말하지 않았다. 눈이 감겨 있었으니까. 잠든 건 아니고, 그렇다고 깨어 있는 것도 아니고, 잠들기 직전에 책을 읽어주는 엄마의 목소리를 듣고 있었을 뿐이니까. 그리고 그것은 『잘 자요, 달님』이나 『집 나간 아기 토끼』나 『해럴드와 보라색 크레용』이나 『침대에서 뛰면 안 돼』를 한참 지난 때였다. 이미 한참 지났고 그 모든 책은 미시즈 스위트의 기억 속에만 자리잡고 있었다. 그 시절에 아이들은 그녀의 포로여서, 영국령 서인도제도에서 듣던 BBC 방송의 아나운서라도 되는 양, 아무도 흉내내지 못할 방식으로 웅얼거리는, 그녀의 웅얼거리는 목소리를 들어야만 위안을 받았기 때문이다.

6

아름다운 페르세포네가 태어난 것은 한밤중, 새 날이 시작되고 십오 분 지난 아주 깊은 한밤중이었다. 그리고 그 출생, 크고 환한 전등이 달려 있고 미시즈 스위트에게 힘을 주라고, 힘을 줘서 아기를 자궁 밖으로 밀어내라고 명령하는 여러 사람의 외침으로 가득한 병원의 병실이라는 세계로 나온 일, 그 순간, 아름다운 페르세포네가 세상으로 나온 지금이라는 그 순간은 엄마 몸속에서 나와 울음을 터뜨리는 아기가 되기 전의 몇 달이라는 시간을 모두 사라지게 했다. 푹스 의사가 미시즈 스위트의 자궁을 검사하고 섬유종을 발견했던 그 시간을. 과일처럼 둥그런 섬유종은 단단한 줄기로 배梨처럼 생긴 부드러운 기관에 달라붙어 있었는데, 의사가 제거했을 때 그 무게가 15와

4분의 3온스였다. 그것은 미시즈 스위트가 정원사가 되기 전의 일이라 그때는 지금처럼 알아차리지 못했다. 아무것도 알아차리지 못했다. 자궁에서 자라는 것이 예언이나 은유라는 것을 알지 못했다. 아름다운 페르세포네가 태어나기 전 그 당시, 바로 그때, 바로 지금, 그리고 그 이전, 아이가 뱃속에 들어서기도 전에, 푹스 의사는 잘 자란 '프루던스 퍼플' 토마토만한 크기의 종양을 제거했다. 푹스 의사는 슬리퍼를 신고, 마치 그렇게 하기로 되어 있던 것처럼 뉴욕병원의 산부인과 병동을 돌아다녔고, 미시즈 스위트—아이들이 생긴 다음에나 미시즈 스위트가 될 거라 아직 미시즈 스위트는 아니었는데—에게 말하길, 임신을 하게 될 거라고 했다. 그리고 곧, 석 달 뒤, 미시즈 스위트는 몸이 아팠고, 불안증이 평소보다 더하다는 생각에 메슥거림을 진정시키는 약과 심장박동이 아닌 가슴 위쪽 벌렁거림을 완화해줄 약을 잔뜩 먹었다. 그러다 4월 어느 날, 버몬트 런던 데리에 때늦은 눈이 내리던 날, 의사와 결혼한 어떤 여자가 말하길, 그 의사 남편은 우스꽝스러운 콧수염을 기르고 트위드재킷을 입어서 마치 1950년대 영국에서 발행하던 펭귄출판사 페이퍼백의 등장인물처럼 보였으므로 미시즈 스위트는 그가 재밌는 사람이라고 생각했는데, 그 부인이 미시즈 스위트에게 말하길 그녀는 불안증이나 계절병에 걸린 게 아니라 임신을 한 거라고 했다. 그래서 미시즈 스위트는 눈을 채 치우지 않은 도로 위를 갈지자로 미끄러지며 차를 몰아, 다리로 이어지는 급회전 길에서 연못에 빠지지는 않고 질네 집 차고 위 셋방으로 들어가 미스터 스위트를 불러 나 임신했어, 라고 말했다. 미시즈 스위트는 그때 예상치 못했던 인생의 전환에 저항하지 않았지만 겁이 나기는 했다. 끊임없이 음식을 게웠고, 음식을 게우지 않게 된 뒤에도 여전히 끊임없이 게우고 싶었고, 그 느낌은 도무지 사라지지 않았다. 아름다운 페르세포네가 태어나던 그 시간까지 그랬다. 미시즈 스위트는 자몽이 간절히 먹고 싶다가도 먹기만 하면 바로 토했는데 그런데도 그 욕구를 어쩔 수가 없었다. 그 욕구를 만족시키지 않으면 토할 일도 없을 테지만, 그런 상황에서 욕구란 어쩔 수가 없는 것이다. 그리고 그렘린이라는 생명체가 등장하는 영화를 본 후 또 토했는데, 얼마나 많이 토했는지 그녀가 사는 작은 아파트 바닥이 온통 토사물로 뒤덮였다. 부족할 것 없이 태어났지만 그렇게 부족할 것 없는 상황과 잘 맞지 않아 군에 입대했다가 지프차를 타고 가던 중 사고를 당해 목 아래 몸이 마비된 젊은 남자를 위해 지어진 아파트였다. 그 남자의 어머니가 그를 위해 불편한 몸으로도 생활할 수 있게 지어준 집이었고, 미시즈 스위트가 아름다운 페르세포네를, 완벽한 페르세포네를 임신하고 낳은 곳이 그 집이었다.

•

그때, 지금이긴 했지만, 그때는 지금이었으니까. 미시즈 스위트는 진료실 침대에 누워 있었고 푹스 의사, 양수검사를 발명했을 수도 있고 아닐 수도 있는 그가 지팡이 같은 도구를 손에 쥐고, 아이같이 기뻐하며(미시즈 스위트는 그때도 지금도 그렇게 생각했다) 그것을 미시즈 스위트의 배 위에서 이리저리 움직였다. 공부하며 지식을 습득한 자신의 모든 세월을 거역하듯이, 때때로 명백한 의미는 없지만 그래도 불가사의하게 의미심장한 행동을 반복하고 싶은 깊은 욕구를 감추듯이, 아이처럼 집중하면서. 그리고 그녀의 배 위로 지팡이 같은 도구를 움직이면서 그는 모니터로 아름다운 페르세포네(아직은 아름답지 않고, 아직은 페르세포네가 아닌)를 볼 수 있었다. 엄청난 양의 액체, 푹스 씨가 양수라고 알고 있는 그 액체 속에서 끊임없이 움직이는, 지치지도 않고 움직이는, 섬유와 세포막과 젤리 같은 물질로 형태를 이룬 덩어리. 그는 이미 크게 자란 아름다운 페르세포네의 손과 가늘어지며 어디론가 사라지는 긴 손가락과 짧은 다리와 머리칼이 없는 보통 크기의 머리와 보통 크기의 몸통을 볼 수 있었다. 그러더니 약간 불룩해진 미시즈 스위트의 배에 커다란 바늘을 푹 찔러넣어 약간의 양수를 빼냈고 이 모든 과정이 아름다운 페르세포네에게 전혀 해를 주지 않아 기뻐했다. 그때 또한 미스터 스위트도, 미시즈 스위트가 누워 있는 방으로 함께 들어온 미스터 스위트도 모니터에 나타난 아름다운 페르세포네의 영상을 알아볼 수 있었다. 즉시는 아니고 얼마 후에, 시커먼 배경과 아름다운 페르세포네(아직 아름답지 않고 아직은 페르세포네가 아니었지만)가 존재하는 액체의 색에 눈이 익은 다음에야. 그리고 그 모습을 본 순간 미스터 스위트는 딸을 사랑했고, 그렇게 그녀는 아름답고 새로운 존재가 되었다. 그녀의 새로움이 아직 독창적이거나 독특하지는 않아서, 아름다운 페르세포네는 계절 같았다. 그냥 예를 들자면 봄인데, 특히 봄이었다! 사랑스러운 미스터 스위트는 미시즈 스위트의 자궁 속 주머니에 담긴 양수를 평온하게 유영하는, 그때 아름다운 페르세포네가 지닌 전부였던 잔여물(우리는 모두 잔여물로 이루어져 있으니까)을 보고 그 모습에 영감을 받아 곧바로 소리의 교향곡을 구상했다. 재생이라는 단순한 사실을 환기하고 그에 경의를 바치기 위한. 그것이 계절—특히 봄—이건, 양서류의 삶의 주기건, 피부의 재생이건. 온전히 살다가 쇠락해 죽음으로 잠시 들어갔다가 다시 기쁘게 온전히 살아가는 것. 자궁 속의 아름다운 페르세포네는 미스터 스위트를 기쁘게 살아가는 삶의 주기 안으로 던져넣었다. 기쁘게 살아가는 일이 영원히 지속될 수 있고 또 지속될 것처럼. 미스터 스위트는 그녀의 길고 힘찬 손가락이 리라를 연주하는 데 완벽하게 맞으리라는 것을 곧바로 알아보았다고, 혼자 그렇게 생각했고 또 그렇게 말했다. 게다가 이미―그때, 지금―그녀가 이런저런 변주를 지어내는 것이 귀에 들려왔다. 협주곡, 사중주, 오중주, 모음곡, 그리고 다른 모든 곡을 리라로 연주하는 것이. 그러자 미스터 스위트는 미시즈 스위트의 자궁 속에서 유영하는 아름다운 것이 통상 자궁에서 보내야 할 아홉 달이 지나기 전에 너무 빨리 태어나면 어쩌나 걱정이 되었다. 그러면 뇌가 충분히 발달하지 못하고 손가락도 리라를 제대로 연주할 만한 길이에 미치지 못할 테고 소화기관도 제대로 움직이지 않을 텐데. 미시즈 스위트는 다시 병실 침대에 누워 어릴 적부터 알던 노래를 불렀다. 자신에게, 그리고 아름다운 페르세포네―아직은 아름답지 않고 페르세포네도 아니었지만―에게. "2펜스 반짜리 여자가 브리스틀에 누워 있네, 브리스틀은 방방 움직이고, 여자의 뚱뚱한 엉덩이를 팡팡 쳐대네!" 그리고 아름다운 페르세포네―얼마 있으면 정말 아름다워지고 페르세포네가 될 테니까―는 엄마의 자궁 속에서 점점 완벽하게 자라나 어느 가을날 태어났다.

그때에 관해 지금 말하자면:

•

아름다운 페르세포네가 태어난 시기에, 어린 헤라클레스가 태어나기 삼 년 하고도 아홉 달 전에, 스위트 부부는 홀랜드 터널 바로 위의 청과물장수 집에 살았다. 19세기 중반에 지은 그 집은 스위트 부부가 살던 시절엔 멋진 부분은 다 사라지고 없었다. 상하수도 시설도 없고 멀쩡한 벽도 없고, 집안에 남아 있는 게 없어서 그들이 수리를 해야 했다. 수도관과 가스관과 전기선을 들이고, 그 집에 살던 적어도 마흔다섯 마리의 쥐를 박멸할 허가를 얻어야 했다. 그때 미시즈 스위트가 몸이 불기 시작했다. 얼마나 불었는지, 미스터 스위트가 농담삼아 그녀를 찰스 로턴이라고 부르기 시작했다. 풍선처럼 부푸는 몸을 거울로 보면서 낙담하는 그녀의 기운을 북돋우려고 그런 것이었다. 한때 여배우 엘사 랜체스터와 결혼생활을 했던 배우를 말한 것이었지만, 그때 그(미스터 스위트)는 어떤 배우도 떠올리지 않았고, 사람이나 인물을 떠올리지 않았고, 실제 마음과 머릿속으로는 이런 생각을 했다. 아내가 임신을 했어. 그 안에 사람이 있고 그 사람은 내가 알고 싶지 않은 존재야. 그 존재가 내 삶의 일부가 되길 원하지 않아. 아기든 아이든 사람이든, 난 그런 친밀함은 감당할 수가 없으니까. 어떻게 하면 이 모두를 사라지게 할 수 있지, 이 존재가 생겨나야만 한다면 어떻게 나 자신(그러니까 미스터 스위트)으로 남을 수 있지. 미스터 스위트는 또 이런 생각도 했다. 이 아름다운 아이의 아버지가 된다면 얼마나 행복할까. 딸이 피아노로 연주할 수 있는 음악, 두 사람을 위한 피아노곡을 내가 써서 함께 연주하는 거야. 그 곡에는 모두 〈아름다운 페르세포네를 위한 녹턴〉이라고 이름을 붙여야지. 모두 〈아름다운 페르세포네를 위한 녹턴〉이라고 이름을 붙일 거야. 딸을 무척 사랑할 거고 내 심장 가까이 둘 거야. 미스터 스위트는 아내를 보고 미소 지었다. 그녀는 계속 게워내고 있었고, 위장에 있는 걸 계속해서 다 게워내다보니 때로는 위장까지 게워내는 기분이었다.

하지만 위장을 게워내지는 않았고, 아름다운 페르세포네가 그 안에서 자라나 마침내 어느 날 세상 밖으로 나왔다. 아름다운 페르세포네는 의심할 바 없이 아름다웠다. 얼굴 자체가, 각 부위와 각 면모가 다른 부분과 완벽한 균형을 이루었다. 모양과 크기가 정확히 똑같은 두 눈이 꽃잎 같은 콧등 양편에 자리를 잡았다. 입은 차오르기 전의 초승달 모양이었고, 귀는 바닷속 깊은 곳에서 살다가 해변으로 쓸려와 죽는 연약한 존재를 보호하는 껍데기 같았다. 딸이 아름답다고 엄마와 아빠는 생각했고, 세상 모든 엄마와 아빠가 첫아이를 보고 이렇게 말한다는 사실은 전혀 알지 못했다. 사랑은 아름답고, 아름다움은 완벽하고 적절하다고. 미시즈 스위트의 자궁 밖으로 나왔던 그때와 지금 아름다운 페르세포네는 아름다웠고, 미시즈 스위트는 태지胎脂에 싸인 아기를 보는 순간 온몸이 격렬하게 떨리기 시작했다. 멀리, 아주 멀리 도망가고 싶었지만, 푹스 의사가 아름다운 페르세포네를 그녀의 품에 안겨줬기에 도망갈 수가 없었다. 의사는 엄마와 아빠와 갓난아기 세 사람에게 커다란 행복을 주었다고 상상하며 무척 기뻐했다. 몸이 격렬하게 떨려, 금방이라도 다음 세상으로 빠져나갈 것처럼 몸이 떨려, 미시즈 스위트는 갓난아기가 자기 존재의 구명줄이라도 되는 양 꼭 안았고, 사실이 그랬다. 미시즈 스위트는 자신이 너무 흥분한 상태라, 아름다운 페르세포네가 방금 태어난 이 병원 분만실 바닥에 아기를 떨어뜨릴까봐 몹시 겁이 났다. 바닥에 떨어지면 아름다운 페르세포네는 박살이 나서 산산이 흩어질 테니까, 조각이 나서 여기저기에. 그녀가 얼토당토않은 공황 상태에 막 빠지려는 순간, 미스터 스위트가 그녀의 품에서 아기를 빼내어 병원에서 준 담요로 잘 감싼 뒤 신생아실로 데려가 침대에 뉘었다. 그곳에서 아기는 비슷한 시간에 태어난 다른 아기들과 함께 잠이 들었다. 물론 아름다운 페르세포네는 미시즈 스위트의 몸(아이는 사랑스러운 미시즈 스위트의 자궁 속에서 만족스럽게 자라나는 동안 그

녀에게 기생하며 살아온 것이다)에서 완전히 빠져나오자마자
울음을 터뜨려 폐를 열었고 그러고 나서 깊은 잠에 빠졌다. 그
렇게 잠을 자며 거듭거듭 영원히, 아름다운 페르세포네가 되었
다. 아름다운 페르세포네는, 그때는 이제 아름다운 페르세포네
였으니까, 영양분이 필요했다. 그럼, 그럼, 그저 공기만 들이마
시면서 혼자 살 수는 없었으니까. 그래서 미시즈 스위트는 아기
를 받아들고 자신의 가슴에 무심하게 달린 젖이 가득한 주머니
를 아름다운 페르세포네의 입에 물렸다. 아기는 요란스러운 소
리를 내며 젖을 빨고 또 빨았고, 사중주, 모음곡, 독창, 솔로, 듀
오, 관현악, 교향악, 상상할 수 있는 모든 소리를 조화롭게 합한
소리에 이르렀다. 그런 음악으로 들리는 사람에게는 듣기 좋고
유쾌한 소리겠지만 엄마 곁에 앉아 있는 사람, 그러니까 미스터
스위트에게는 섬뜩한 소리였다.

　출산 뒤의 미시즈 스위트, 그러니까 그때 미시즈 스위트였던
몸과 마음은 어떤 성경에도 나오지 않는 지옥의 아주 흐릿한 원
속에 존재했다. 머리끝부터 발끝까지 온몸이 누군가에게는 재
미있는 방식으로 부풀어올랐다. 미스터 스위트는 여전히 그녀
를 사랑스럽게 찰스 로턴이라고 불렀지만, 그녀의 눈에는 거울
에 비친(예를 들어 화장실에서 이를 닦을 때) 자신의 모습이,
감지 않은 머리가 부스스한 모습이 로턴의 아내인 배우 엘사 랜

체스터 같았다. 특히 프랑켄슈타인의 어린 신부 역할을 했을 때의. 여하튼 미시즈 스위트의 젖꼭지를 빨아대는 아름다운 페르세포네의 입에서 울려나오는 소리는 '냠, 냠, 냠'이었고, 유방에서 콸콸 쏟아지는 젖을 요란스럽게 삼키는 동안 미시즈 스위트가 잘 감시하지 않으면 딸이 젖에 빠져 죽을 수도 있었다. 완전히 동그랗고 납작한 엄마의 얼굴을 올려다보며 아름다운 페르세포네는 엄마의 전 존재와 사랑에 빠졌다. 사랑에는 증오와 멸시—증오의 유순한 형태—도 따라온다는 사실을 모르는 채로. 여하튼 아름다운 페르세포네는 엄마를, 스위트한 미시즈 스위트를 너무나 사랑했다, 지금까지 있었던 미시즈 스위트 중에서도 가장 스위트하고 앞으로 올 미시즈 스위트 중에서도 가장 스위트한 그녀를. 젖으로 가득찬 둥그런 유방, 갈색으로 반짝거리는 둥그렇고 넙데데한 얼굴을. 눈동자는 통 속에 가득 든 당밀색이고, 코는 양볼에 밤을 잔뜩 넣은 다람쥐 볼처럼 불룩했다. 아니면 지나가다가 눈에 띈 양서류나 저보다 약한 포유류를 가득 문 몽구스 볼처럼. 입술은 가뜩이나 커다란 꽃(히비스커스처럼)이 꽃잎을 쑥 내민 듯 두툼하고 펑퍼짐했다. 귀는 크고 부드럽고 독특해서 눈에 띄었는데, 동물계나 식물계 어디서도 비슷한 것을 찾아볼 수 없었다. 그래서 아름다운 페르세포네는 엄마의 가슴에 달린 젖 주머니에서 젖을 빨며 엄마와, 스위트하고 상냥한 미시즈 스위트와 사랑에 빠졌다. 그리고 아름다운 페르세포네는 점점 더 아름다워졌고, 그러고도 더 아름다워졌다.

●

아름다운 페르세포네가 태어나자마자 미스터 스위트는 아이를 감추기 시작했다. 처음에는 캘리포니아 어딘가에 사는 여자가 디자인해서 제작한 아기띠로 아이를 안고 동네 산책을 갔다. 그다음엔 웨스트사이드 고속도로 근처 공터를 정리해서 만든 공원으로 산책을 갔다. 그다음엔 또다른 어딘가로 산책을 갔고, 종국에는 그냥 산책을, 산책만을 가서, 산책 자체가 목적이 되었다. 아이가 어디 있지? 미시즈 스위트는 그렇게 혼잣말을 하거나, 어쩌다 미스터 스위트를 보면 미스터 스위트에게도 물었다. 그녀는 아름다운 페르세포네에게 무슨 일이 생겼는지 정말로 몰랐으므로 자신에게서는 어떤 대답도 끌어낼 수가 없었고, 미스터 스위트에게 물으면 그는 그저 미소를 지으며 "흐으음!" 이러기만 했고, 콧노래를 하는 듯한 그 "흐으음!", 교향곡이나 모음곡이나 사중주나 오중주 등등의 처음 몇 마디는 11월이나 12월 창공에 드러나는 자연의 질서처럼 예측 가능한 것이었다. 셜리 잭슨 하우스 앞마당에 서면 눈부시게 아름다운 별들이 보였다. 고개를 들면 머리 위로 다른 무엇보다 안드로메다은하와 그 안에서 밝게 빛나는 대성운이 보이고, 더 가깝게는 마젤란은 하와 화로자리와 용자리와 작은곰자리가 보였다. 또한 페르세 우스와 카시오페이아와 미르파크와 알골*도 보였다. 셜리 잭슨 하우스 바로 앞의 잔디밭에 서면 이 모두를 볼 수 있었지만, 아름다운 페르세포네가 태어나던 때 스위트네는 캐널 스트리트를 지나자마자 나오는 홀랜드 터널 바로 위쪽에 자리한 낡은 집에 살고 있었다.

아름다운 페르세포네는 무럭무럭 자랐다. 얼마나 쑥쑥 컸는지, 맥그리거라는 이름의 작은 가족이 허기를 해결하기 위해 잡아서 요리하기 직전의 삽화 속 토끼처럼 보였다.** 아이가 걸음마를 했다. 넘어지기 전에 한 걸음을 걷고, 다시 두 걸음을 걷고, 균형을 잡으며 똑바로 서 있더니, 그다음엔 주방을 가로지르며 혼잣말도 아니고 딱히 누구에게랄 것도 없이—그 자리엔 스위트 부부밖에 없었다—이렇게 소리를 쳤다. "달이 보일 거야, 달이 보일 거야." 하지만 그때는 한낮이었고, 그 세 사람은 주방에 서 있었고 주방에는 창문이 거의 없었다. 미시즈 스위트

---

* 미르파크와 알골은 페르세우스자리에서 첫번째와 두번째로 밝은 별이다.
** 비어트릭스 포터의 『피터 래빗 이야기』에 빗댄 것.

는 자기 가슴에 달린 젖이 가득한 주머니로 수유하는 시간 말고는 따로 딸을 볼 수 없었다. 그리고 딸이 잘게 다진 고기와 호박으로 만든 죽을 처음 먹던 때 말고는. 그때 미스터 스위트는 미시즈 스위트가 암소와 채소를 키우는 대신 유리병에 든 음식을, '비치넛'이라는 상표가 붙은 유리병의 음식을 샀다는 이유로 화를 냈다. 아름다운 페르세포네는 쑥쑥 자라고 또 자랐고, 얼마나 자랐는지 엄마의 손이 닿지 않게 되었다. 미시즈 스위트는 아름다운 꽃과 그 꽃이 자연스레 자라는 줄기에서 그 꽃을 꺾는 손 사이의 거리밖에 떨어져 있지 않은 바로 코앞에 딸이 앉아 있어도 딸을 찾지 못할 때가 많았기 때문이다. 미시즈 스위트는 무통 주사를 맞은 직후인, 영시 십오분에 태어난 아름다운 딸을 찾을 수가 없었다. 바베이도스 해안 근처에서 볼 수 있는 날치처럼 생긴 눈을 가진 아름다운 딸을. 그래서 그때 미시즈 스위트는 슬픔에 잠겨 스스로 거대한 침묵에 빠져들었고, 그 침묵으로 세상을 지었다. 그 세상은 침묵으로 지은 세상이었다. 말을 한들 들리지 않았다. 음식을 먹어도 맛을 몰랐다. 저녁 어스름에, 설치류에 속하지 않는 스컹크가 한없이 뻗어가는 도로 위에서 자동차에 치일 때 스컹크는 눈에 띄지 않았고, 인간의 몸에서 나는 악취를 가리기 위해 제조되는 향수의 핵심 성분인 스컹크의 악취도 침묵에 잠겼다. 거대한 침묵. 너무나 거대해서 대문자로 쓸 수도 없는 침묵! 슬픔에 잠긴 그녀는 살이 찌고 방탕해 보였다. 배우 찰스 로턴과 그의 아내인 배우 엘사 랜체스터처럼. 그녀 자신이 보기에도 그렇고 그 상황을 바라보는 어느 누가 보기에도, 그들이 실제 삶에서 보여준 모습이건 사람들이 흉내내는 모습이건, 어느 쪽이건 상관없이 그녀는 그 두 사람을 점점 닮아갔다. 그때 거대한 침묵이 미시즈 스위트를 덮쳤고, 그녀는 울고 또 울고, 그러고도 좀더 울었다. 자신의 세상을 얼음 덮인 시커먼 세상으로 만들었다. 미스터 스위트가 딸을 데리고 가서 그의 아버지가 입었던 매디슨 애비뉴의 J. 프레스에서 산 것과 같은 재킷이 아니라, 아내가 맨체스터의 브룩스 브라더스 아울렛에서 사다준 재킷의 주머니에 넣었기 때문이다. 그는 오랫동안 딸을 그곳에 두었고, 그동안 미시즈 스위트는 태양이 빛나는 것을 결코 보지 않았다.

7

그날 오후, 정확히 네시 십오 분 전에 통학 버스에서 내린 아름다운 페르세포네와 어린 헤라클레스는 엄마인 사랑스러운 미시즈 스위트가 자신들을 마중나와 있지 않다는 것을 알았다. 둘은 터무니없게도 스트레인지라는 이름을 가진 운전사가 모는 통학 버스가 베닝턴 전투 기념비 아래편의 모퉁이를 돌아 사라지는 것을 보았다. 활엽수를 제외한 온갖 상록수가 둘러싸고 있고 그 상록수가 전부 녹병에 걸린 마을들에 사는 몇몇 말썽꾸러기 친구들도 보았다. 그리고 그 친구들은 아주 못된 아이들이라, 때로 남자아이들이 어린 헤라클레스를 죽도록 때렸다. 그가 그 아이들을 자신의 커다란 갈색 손아귀에 몽땅 틀어쥐고 낡은 양말처럼 축 늘어지게 만들고 싶은 욕망을 억누르기 위해서는,

휴대용 닌텐도 게임기에서 테베 도시 전체를 때려 부술 때 쓰는 힘보다 더 큰 자제력을 발휘해야 했다. 어쨌든 그 아이들의 이름은 태드나 테드나 팀 같은 근본을 알 수 없는 이름이었다. 그러나 버스 정류장에 미시즈 스위트는 없었고, 엄마를 그렇게나, 그렇게만 사랑하는 어린 헤라클레스는 걱정과 슬픔으로 정신이 나가버릴 것 같았다. 유독한 화염으로 가득한 검은 구름이 그의 이마에서 뿜어져나왔고, 그는 그것을 패배와 승리로 귀결된 전투에 바치는 구조물인 베닝턴 기념비 꼭대기로 보냈고, 패자와 승자는 이제 일상적인 삶이라는 평범한 뒤틀림 속에 자리잡았다. 어린 헤라클레스는 그 기념비를 땅에 쓰러뜨렸고, 그때 하필 뉴잉글랜드 투어중이던 독일 관광객들이 가득 탄 버스가 간발의 차이로 비켜갔다.

통학 버스가 도착했을 때 미시즈 스위트가 마중나와 있지 않아 분노와 슬픔으로 정신이 나갈 듯한 어린 헤라클레스는 땅에 주저앉아 무릎을 끌어안고 그 위에 턱을 얹었다. 그 모습이 마치 산모의 자궁 속에 안전하게 자리한 다 자란 태아의 그림, 병원에서 흔히 볼 수 있는 그림처럼 보였다. 아, 제발! 그것은 그의 누나인 아름다운 페르세포네의 목소리였다. 그럴 수밖에 없는 것이, 그때는 봄이라 미스터 스위트의 브룩스 브라더스 트위드재킷 주머니(그 주머니 안감은 홍콩에서 사온 실크로 만든 것이다) 속에서 풀려났기 때문이다. 달리 뭘 어떻게 할지 몰라, 그녀는 가뿐하게 동생을 들어올렸다. 방금 수확한 아스파라거스나 딸기 한 바구니나 콩 한 접시라도 되는 양, 혹은 밤사이 우리 안에서 죽은 햄스터를 꺼내듯이 가뿐하게 들어올려, 폴리에틸렌 테레프탈레이트로 만들어 레이온으로 안감을 넣은 자신의 재킷 주머니에 집어넣었다. 자, 자. 네 손가락으로 무릎에 얹힌 머리를 보호한 채 엄지로는 둥글게 말린 동생의 등을 토닥이며 그녀가 말했다. 우리가 통학 버스에서 내렸는데 엄마가 또 마중을 나오지 않은 건 정말 나빠. 도대체 어디 간 거야? 도대체 뭘 하느라고? 오, 그 방에 들어앉아 망할 자기 엄마에 대한 글을 쓰고 있을 거야. 자식이 태어나기 전부터 자식을 죽이고 싶었던 엄마를 둔 사람이 세상 역사에 한 명도 없었다는 듯이 말이야. 글자도 몰랐던 미스터 포터라는 그 멍청한 아빠도 그렇고, 자기 고향인 그 망할 멍청한 작은 섬도 그렇고. 역사가 기꺼이 잊어줄 멍청한 인간들로 가득한 곳인데 누구에게든 끊임없이 그 섬과 그 인간들 이야기를 해대고, 아무도 신경쓰지 않으면 참질 못하지. 그래서 어디 있는 거야? 주방에 딸린 그 작은 방에 있겠지, 그 방에서는 주방이 내다보이고, 엄마는 우리가 원하는 건 다 만들어주잖아, 각자 다 다른 걸 원하는데도. 그런데 어떻게 그런 쓰레기 같은 걸 계속 쓸 수가 있지…… 그만두게 해, 내가 엄마를 죽여버리기 전에 그만두게 해. 우리에게 긴 양말을, 빨기 전에는 너무 컸다가 한 번 빨고 나면 너무 작아지는 긴 양말을 떠주기만 하던 때가 훨씬 더 나았어. 오랜 시간을 들여 뜬 양말이라 차마 버릴 수는 없어서 빨래 바구니에서 먼지만 뒤집어쓰고 있었잖아. 전혀 따뜻하지 않은 모자도 그래. 내게 선물하려고 밤을 새워 떠준 그 멍청한 모자를 쓰고 스키를 탔다가 모자가 자꾸 내려와 눈을 가리는 통에 최상급 코스를 내려오다가 죽을 뻔했잖아. 미스터 스트레인지가 모는 통학 버스에서 내렸을 때 시간 맞춰 마중나오지 못하는 건 그 멍청한 글, 그 멍청한 글, 그 멍청한 글 때문이야. 미스터 스트레인지의 이름은 랠프인데, 그 이름도 족보 있는 이름은 아니지. 우리를 잡아다가 자기 집으로 끌고 가서 살해하든지 성폭행을 하든지, 그래서 누구도 우리를 다시는 못 보고 소식도 못 듣고, 저녁 뉴스에조차 안 나오고, 아직 발견하지 못한 지질시대의 생물종처럼 지구상에서 자취를 감출 수 있으니, 지하 깊은 곳의 감옥에 가두어야 할 그런 남자잖아. 엄마는 뭘 하는 거야? 뭘 하는 거야? 도대체 뭘 하는 거야? 그 방안에서, 도널드가 만들어준 커다란 책상 앞에 앉아서 생각을 하겠지. 문장과, 그 문장을 어떻게 끝낼지를. "엄마는 기회만 있다면 날 죽일 거야. 난 용기만 있다면 엄마를 죽일 거고." 마치 그런 일이 가능하기라도 한 것처럼 말이야. 엄마는 주방에 딸린, 책상이 놓인 그 작은 방의 세계에서 살지. 그래서 어떤 남자가 우리를 살해하거나 말거나, 독일에서 온 관광객들이 우리를 빤히 쳐다보거나 말거나, 엄마가 우리를 사랑하지 않는다는 걸 다른 애들과 다른 엄마들이 다 알게 되거나 말거나 우리를 여기 이렇게 내버려두는 거야. 엄마는 자기 머릿속에 담고 다니는 그 세계만 사랑해. 엄마 머릿속에 있는 건 죄다 거짓의 급류일 뿐인데. 엄마 머릿속의 그 단어들만 중요하지, 우리는 아무것도 아닌 거야, 아무것도, 아무것도. 게다가 봐, 날이 어두워지고 있잖아. 칠흑 같은 밤이 우리를 집어삼키면 아무도 우리를 찾지 못할 거야. 밤에, 마치 칠흑 같은 바다와도 같은 밤 속에서 영영 사라질 거야.

●

어디 있는 거야, 어디 있어……? 그때, 오, 바로 그때 미시즈 스위트가 오래된 차, 낡은 회색 쿠니클로스를 타고 나타났다. 세상 만물이 오로지 자신을 위해 존재한다는 듯이, 모든 것을 자기 식으로 만들기를 무척이나 좋아하는 미시즈 스위트가 사랑스럽게 미스터 맥그리거라고 부르는 차였다. 두 아이를 보자 그녀는 수플레처럼 부풀었고, 실제로 바로 그때 그것이 저녁

메뉴로 떠올랐다. 게살 수플레와 비네그레트 드레싱을 뿌린 새 싹 샐러드. 러네이 셰퍼드*에게서 씨를 사서 뿌린 거였는데, 이 제는 사라진 종교 집단인 셰이커교도들이 디자인한 상자에 넣 어 팔았다. 아이들이 원한다면 아이스크림도 줘야지, 직접 만든 것은 아니고 상점에서 산 아이스크림. 그녀는 여름에만 아이스 크림을 만들었고 그에 대해 자부심도 컸다. 왜냐고? 대답할 수 가 없었다. 지금도, 그때도…… 그러나 그녀를 본 아이들이 기 뻐했다. 아니면 그녀가 그때 그렇게 생각했던지. 낡은 회색 쿠 니클로스가 개틀린의 집 바로 앞 언덕을 넘어 다가오는 모습이 눈에 들어오자 어린 헤라클레스의 누나는 그를 주머니에서 꺼 냈다. 어린 헤라클레스는 그 영원한 태아 자세에서 벗어나 몸을 폈고, 이제 막 꽃잎을 펼친 꽃, 혹은 저속촬영 화면에서 막 꽃잎 을 펼친 꽃처럼 싱그러워 보였다. 미시즈 스위트는 사랑스러운 두 아이를 품에 안고, 아이들이 마치 그때 막 꺾은 향기로운 릴 리움 네팔렌세** 꽃다발이라도 되는 양 눈을 감은 채 꼭 끌어안 았다. 하지만 실제로는 두 아이를 낡은 차의 뒷좌석에 밀어넣 었다. 차 바닥에는 곰팡이가 슬고, 천장에서는 물이 새고, 운전

---

* 미국 원예가이자 정원 요리의 대중화에 앞장선 기업가.
** 네팔을 비롯해 히말라야산맥 일대에서 주로 볼 수 있는 백합과 식물.

석 문은 제대로 닫히지 않아 비나 눈이 오면 들이쳤다. 그녀는 기어를 3단에 놓고 실크 로드로 접어들었고 월룸색강을 가로지르는 지붕 덮인 다리를 건너 매티슨 로드의 굽은 도로를 재빨리 돌아, 할런에서 좌회전을 해서 셜리 잭슨이 한때 살았던 자신의 집에 도착했다. 하지만 그때 집으로 가는 그 여정이 뭐 어쨌단 말인가? 지금은 또 어쨌단 말인가? 지붕 덮인 다리와 셜리 잭슨 하우스 사이에 숲이 있고, 숲에 가까워질 때 아름다운 페르세포네가 혀로 입술을 핥았고, 시내와 마을을 가르는 경계를 막 넘었을 때 난데없이 노래를 부르기 시작했다. 평소에 부르는 노래도 아니고, 라디오에서 듣는 노래도 아니고, 또한 진짜 노래라고 할 수도 없는, 높낮이가 서로 다른 소리들의 연속에 불과했다. 그 소리는 열둘 혹은 열셋이나 열넷씩 열을 이루어 나왔는데, 열둘이 좀더 그럴듯했을 것이다. 아니면 미시즈 스위트가 그렇게 생각했거나. 그러나 그녀는 그렇게 생각만 했을 뿐, 그때나, 이것을 쓰고 있는 지금이나 확실히 알지 못했다. 같다가도 달라지는 저 연속된 음들은 특정한 배열을 기대하지 않기 때문이라고 미시즈 스위트는 생각했고, 그때는 커다란 남자 스포츠양말을 아름다운 페르세포네의 벌린 입에 쑤셔박고 싶지는 않았다. 배열은 무작위니까, 라고 미시즈 스위트는 생각했고, 그때는 아름다운 페르세포네를 망각 속으로, 미시즈 스위트가 다시 딸의 존재를 참을 수 있을 때까지 그애를 잡아둘, 오로지 천국일 뿐인 망각 속으로 집어던지고 싶은 때였다. 아름다운 페르세포네는 마치 관현악단 전체가 풍성하게 반주를 해주는 듯 노래를 불렀다. 마치 자신이 커다란 강당에 있고, 딱히 정의할 만한 신체적 특성이 없는, 넙데데한 코나 가느다란 금발도 없고, 역사적 사건에서 떨어져나온 무심한 표정의 청중이 듣고 있는 것처럼. 그러나 독일에서 제작되었지만 그리스 이름을 가진 낡은 쿠니클로스의 다른 승객들 귀에는, 델리아의 카탈로그 내용을 그런 식으로 듣는 일이 얼마나 거슬리는지, 웨트 실의 카탈로그 내용을 그런 식으로 듣는 일이 얼마나 거슬리는지, 아름다운 페르세포네의 욕망의 내용을 그런 식으로 듣는 일이 얼마나 거슬리는지. 그녀는 노래를 계속했다. 아름다운 페르세포네가 한 일이, 현재의 마음 상태에서 다른 영역으로, 당신의 진정한 자아가 아닌 다른 뭔가의 영역으로 옮겨가는 느낌과 종종 연관되는 노래라는 그 행위는 아니었지만 말이다. 그녀는 노래를 했고 노래 자체는 아름다웠다. 밑단이 무릎 바로 아래까지 내려오는 트위드코트와, 영국 해군의 선원 복장처럼 재단한 트위드코트를, 가공된 석유에서 생겨난 거미줄처럼 생긴 섬유로 만든 드레스, 그로 인해 초현실적 미를 지닌 드레스를 노래했다. 그리고 넓은 주름을 잡은 짧은 치마를, 좁은 주름을 잡은 긴 치마

를, 통굽 부츠를, 무릎까지 올라오는 부츠를, 아름다운 페르세
포네 자신이나 그녀의 친구인 메커닉 스트리트에 사는 빨간 머
리의 램이나 매사추세츠 노스애덤스의 가파른 산등성이에 사
는 다른 친구나 매사추세츠 그레이트배링턴에서 아이스너 캠
프*를 함께했던 많은 다른 친구들도 전연 신을 생각을 할 수 없
는 부츠를 노래했다. 목소리는 여전히 열두 음계였고, 익숙한가
싶으면 난데없이 생경하게 열을 이루었다. 혹은 무지몽매한 불
쌍한 미시즈 스위트의 귀에는 그렇게 들렸다. 미시즈 스위트가
아는 것이라고는 성공회 찬송가, 그다음에 마이티 스패로, 그다
음에 모타운, 그다음에 디스코뿐이었기 때문이다. 그다음엔 어
린 헤라클레스가 제이Z를 무척 좋아했다. 어느 하나를 열두 배
나 좋아하게 했다가 다른 걸로 바꾸어 그것을 좋아하게 하고 또
다른 걸로 바꾸어 그것도 좋아하게 하고, 예전에 사랑했던 걸
새롭게 만들어놓고는 그런 말을 해주지 않은 채 그것도 좋아하
게 하고, 그다음엔 이제는 잊은 어떤 것으로 바꾸어 그것도 좋
아하게 하고, 그다음엔 알고 있는 어떤 것으로 바꾸어 그때 사
랑했고 지금 사랑하고 이젠 아무것도 모르겠다는 생각이 들게
만드는 건 얼마나 잔인한 일인가. 얼마나 잔인한가! 그렇게 미

* 그레이트배링턴에서 매년 열리는 여름 캠프로, 주로 미국 북동부에 사는 유대인
가정의 아이들이 참여한다.

시즈 스위트는 생각했다. 아이들을 태우고 집으로 가면서, 셜리 잭슨이 살았던 그 집으로 가면서 미시즈 스위트는 생각했다. 그리고 집에 가까워졌을 때, 빅토리아양식으로 불리는 그런 스타일로 지어진, 도리아식 기둥이 있고 흰색으로 칠한 아름다운 그 집에 가까워지자, 열두 음계를 일렬로 늘어놓고 그것을 반복하다가 느닷없이 바꾸는 것이 대각선상 같은 간격을 두고 다섯 개씩 연달아 심은, 그러니까 오엽 배열로 심은 나무처럼 아름다울 수도 있겠다고 생각했다. 그런 식의 반복, 그 디자인은 인간의 영혼에 깊은 평온을 가져다주는데, 미시즈 스위트는 그 사실을 증언할 수도 있었다. 토스카나의 어떤 정원에 만들어진 숲에서 바로 그런 것을 본 적이 있기 때문이다.

각각 똑같고 약간씩만 다른 열두 줄의 음계, 정식 교육을 못 받고 제3세계에 맞춰진 미시즈 스위트의 귀에는 그렇게 들렸는데, 그것이 뚝 그쳤고 아름다운 페르세포네가 입을 닫았다. 미시즈 스위트는 차 제작자가 아이들은 엄청 좋아하지만 울타리를 두르지 않은 텃밭을 가꾸는 사람은 질색하는 설치류의 이름을 붙인 회색 차를 끼익 세웠다! 앞으로 확 쏠리던 몸이 미시즈 스위트가 꼭 매라고 당부하는 안전벨트에 걸려 멈춘 아이들이 "맙소사, 엄마" 그리고 "대체 뭐야, 엄마"라고 했다. 재앙과의 이러한 뜻밖의 유희는 놀이동산에서라면 조마조마하면서 신나는 일이었겠지만 그들의 집, 즐거운 집의 진입로에서는 그렇지 않았다.

오 그때, 오 그때, 하지만 지금에서야 볼 수 있다. 어린 헤라클레스가 문을 열고 집안으로, 닌자 거북이, 닌자 박쥐, 닌자 소년이라는 상상의 인물들이 늘어선 세계로 뛰어들어갔다. 그들은 모양이 정교하고 색깔은 알려진 세계에서는 찾아볼 수 없을 만큼 선명한 망토를 입었고 다음 세상에서, 앞선 세상에서 오는 괴물들과 싸워서 승리했다. TV나 비디오테이프로 볼 수 있었지 〈도대체 카먼 샌디에이고는 어디 있나?〉*에서는 전혀 볼 수 없었다. 그리고 아름다운 페르세포네는 메러디스와 서맨사, 조앤, 아이오나, 제니, 그 외에 매사추세츠 그레이트배링턴에서 있었던 아이스너 캠프의 특별한 기억을 공유하는 다른 친구, 그리고 산부인과 의사라서 종일 질을 들여다보는 아버지를 둔 다른 여자아이와 매사추세츠 노스애덤스에서 숙박업을 하는 부모를 둔 다른 여자아이, 그리고 아직 실제로 만난 적이 없고 현실에선 만날 일이 없을 다른 여자아이에게 인스턴트 메시지를 보내러 집안으로 뛰어들어갔다. 미시즈 스위트는 현실성의 그런 부재가 슬펐다. 현실성이 지금과 그때를 구성했고, 지금과 그때

---

* 1985년 발매된 교육용 게임. 나중에 TV 프로그램으로도 만들어졌다.

는 차이가 없었으니까! 지금과 그때는 같지 않았지만 그래도 지금과 그때였다. 여기 미시즈 스위트가 있었고, 지금 그녀에겐 두 아이가 있었고, 두 아이의 아빠인 미스터 스위트가 남편이었고, 그것이 그녀의 지금이고 그것이 그녀의 그때였기 때문이다. 모든 것이 따로 떨어져 있었지만, 그렇게 따로 떨어진 것들이 직선을 이루어 이제 합쳐지는 거라고, 셜리 잭슨이 예전에 살았던 집 깊숙한 안쪽으로 아이들을 따라 들어가며 미시즈 스위트는 생각했다. 사실 어린 헤라클레스와 아름다운 페르세포네는 빅토리아시대와 그리스시대를 부활시킨 건축, 거대한 도리아식 기둥이 있는 그 집에 살았던 여자에 대해 들어본 적이 없었다. 그래서 이젠? 집안으로 들어서던 미시즈 스위트는 바로 직전에 문지방에 멈춰 서서 꼼짝 않고 가만히 있었다. 발밑에 자신의 삶이 있었다. 포도주색이든 아니든, 지옥 같은 암흑 속 깊이 묻혀 있었고 날개 달린 그녀의 공포가 무리를 이루어 지키고 있었다. "수업시간에 나쁜 행실을 보인 벌로『실낙원』1권과 2권을 베껴써야 했던 일이 있고 얼마 안 되어 난 대모인 미시즈 디널리를 만나러 갔다. 살이 무지하게 쪄서 다른 사람의 도움 없이는 소파에서 의자로 걸어갈 수 없었고, 도와줄 사람이 없으면 혼자서는 절대 못하는 여자였다. 깨어 있을 때면 소파와 모리스 의자 몇 개가 놓인 방에 내내 머물렀는데, 거기엔 상상할 수 있는 온갖 방식으로 짠 천, 영국령 서인도제도의 바느질 도구 상점에서 찾아볼 수 있는 모든 짜임새의 천 뭉치들이 산더미처럼 쌓여 있었다. 그 천 뭉치는 영국의 공장에서 그녀에게 보낸 것으로, 아주 고급이라 아무나 살 수 없는 물건이었다. 디널리의 집을 청소하는 여자는 크리스마스 선물로 천 3야드를 받았다. 스위스와 아일랜드의 물방울무늬 리넨과 아름다운 시어서커, 수놓인 면, 실크 파유, 그리고 미시즈 디널리가 있는 방에서라면 아름다운 드레스를 더 아름답게 보이게 할 온갖 것이 있었다. 미시즈 디널리는 미스터 디널리와 결혼했고 미스터 디널리는 멘데스 조선소에서 관리인으로 일했다. 조선소는 멘데스 가문의 소유였고 배와 관련된 모든 물품과 집과 관련된 모든 물품을 팔았다. 그는 열여섯 살 정도의 어린 나이에 가진 돈도 가족도 없이 스코틀랜드에서 앤티가로 왔고, 얼마 지나지 않아 미시즈 디널리를 만나 결혼했다. 그녀는 당시 부잣집 남자의 사생아였다. 모친은 노예의 후손이었고 부친은 노예주의 후손이었는데, 그녀는 노예처럼 보이기보다는 주인처럼 보였다. 그녀의 부모는 결혼한 적이 없었다. 부친은 다른 여자와 결혼해 딸을 낳았고, 그 딸이 그의 유일한 적출이었다. 그 딸과 미시즈 디널리는 무척 닮았지만, 그래서 서로를 미워했다. 그 미움은 워낙 뿌리깊고 단단해서 언제 시작되었고 그 원인이 무엇인지를 정말로 아는 사람은 아무도 없었다. 그 딸은 피스타나라는 이름의 남자와 결혼했는데, 그가 어디 출신이었는지 지금 나로서는 모르겠고 간혹 포르투갈 사람이라는 말이 들리긴 했다. 하지만 미시즈 피스타나 역시 바느질 도구 상점을 했고, 자매가 서로에게 말을 거는 일은 전혀 없었지만 자기네 상점에 없는 직물을 찾는 손님이 있으면 서로를 소개해주곤 했다. 사실 두 사람에게 있는 직물은 똑같아서 한쪽이 다른 쪽에 없는 직물을 파는 경우는 없었다. 그들이 파는 직물은 똑같은 배에 실려 영국의 똑같은 항구를 출발해 똑같은 선적물로 오는 것이었다. 하지만 지금 내 머릿속에 떠오르는 사람은 미시즈 디널리고, 그 점포의 다른 쪽에서 냄비와 프라이팬과 컵과 접시를 팔던 그녀의 자매 미시즈 피스타나와 그 남편 미스터 피스타나를 내가 언급하는 것은 오로지 미시즈 디널리가 내 눈앞에 그때처럼 생생하게 살아나도록 하기 위해서다.

미시즈 디널리에게는 아들 셋, 딸 하나, 이렇게 네 명의 자식이 있었다. 하지만 딸은 오래전에, 얼마나 오래전인지는 그때 난 몰랐지만, 세상을 떴다. 딸이 살아 있던 때를 입에 올린 적은 없었다. 그녀를 매일 보기 시작한 것은 내가 모라비아교회 미션 스쿨에 다닐 무렵이었으니 대여섯 살쯤이었을 것이다. 그녀의 집은 모라비아교회 바로 옆에 있었고 내가 다니던 학교는 18세기에 독일 어딘가에서 온 모라비아 선교사들이 교회 땅에 지었기 때문에, 난 그녀의 집에 가서 점심을 먹었다. 그때는 그녀의 아들 하나가 키우던 개 두 마리가 묶여 있었기 때문에 점심을 먹으러 그곳으로 가도 괜찮았다. 그 개들은 집 지키는 개가 아니라 애완견이었고, 한갓 짐승이 아니라 애완견이라는 사실을 보여주기 위해 상한 음식이나 냄비 바닥에서 긁어낸 음식이나 아무도 먹지 않으려는 음식이 아닌, 사람이 먹는 음식을 먹였다. 하지만 그때, 수업이 끝난 오후에 내가 대모, 그러니까 미시즈 디널리에게 고맙다고, 안녕히 계시라고 인사를 하러 들를 때는 개들이 묶여 있지 않은 경우가 많았다. 개 주인인 그 아들이 학교에서 돌아와 개들을 풀어주었기 때문이다. 개들은 저멀리서 내가 학교를 나와 운동장과 오래된 묘지와 모라비아교회 목사관의 마당을 지나 다가오는 것을 볼 수 있었고, 내가 낡은 물탱크에서 그리 멀지 않은 지점에 이르면 나를 향해 달려와 나를 덮쳤고, 내가 땅에 쓰러지면 나를 밟고 서서 헐떡거렸다. 개 이름은 라이언과 로버였다. 라이언은 내가 책에서 본 사자와 같은 색이었다. 로버는 그냥 개였고, 부들부들 떠는 내 작은 몸에 늘 앞발 하나를 얹고서 온 무게를 실었다가 다시 몸을 일으켜 다른 쪽 앞발을 높이 들어올리고, 그러면서 숨을 무겁고 빠르게 쉬었던 것은 로버였다. 그럴 때마다 난 울고 싶었지만, 눈에서 눈물을 흘리거나 입에서 소리를 내고 싶은 건 아니었다. 내 모든 감정이 뱃속에 있었으므로 배로 울고 싶었지만 어떻게 해야 하는지는 몰랐다. 곧 내 눈에는 전혀 보이지 않던 개 주인이 마술처럼 나타나 나를 내려다본 뒤, 개들을 데리고 멀어지면서 머리를 쓰다듬고 이름을 불러주고 완숙 오리알을 먹이곤 했다."

지금, 그때, 그녀가 잊지 말고 물을 줘야 했던 어린 덩굴 콩처럼 연약하기만 한, 그 자그마한 여자아이를 본다. 올해 거둔 씨앗으로 자신의 텃밭을 가꾸기 시작했는데, 관심을 기울이지 않으면, 잘 보살피지 않으면 시들시들하다 죽어버릴 것이었다. 그 자그마한 아이가 시들시들하다 죽어서 그저 미시즈 스위트의 지금이 되어 영원히 그 안에서 살게 될 것처럼. 그 아이에겐 닿을 수가 없다. 위로할 수도 닿을 수도 없지만, 거기 있었다. 미시즈 스위트가. 이제 더이상 젊지 않은 허리에 겹겹이 살이 접히고 메그와 함께 파크 매컬러 하우스를 도는 4마일 달리기를 아무리 해봐야 소용없었다. 팔뚝은 프라이스 초퍼에서 파는 돼지 안심 굵기였고, 다리는 갭과 스미스 앤드 호컨에서 구매한 그 볼썽사나운 작업복 아래쪽만 보면 아직은 부러움을 살 만했다. 미스터 스위트는 이제 영영 다시 하지 않을 마지막 작별인사를 하면서, 작업복을 입은 그녀를 바라보고는 이렇게 말했다. 남자든 여자든 당신에게 매력을 느낄 사람이 과연 앞으로 있을지 궁금하군. 그 말에 미시즈 스위트는 다시 한번 울고 또 울었다. 노상 땅에 무릎을 꿇은 채 잡초를 뽑거나 발음하기 어려운 라틴어 이름의 뭔가를 심느라 바지의 무릎은 시커멨다. 미시즈 스위트가 마음의 눈으로 자신의 존재를 설명하던 글 사이로 미스터 스위트가 그렇게 끼어드는 바람에, 그녀는 문지방을 넘어 셜리 잭슨 하우스의 뒤쪽 현관을 지나 주방 문을 열고 들어갔고, 소나무 바닥을 가로지르고, 스토브 앞에 서고, 싱크대에서 설거지를 하고, 게살 수플레를 만들 재료를 손질했다. 제 침실에 있는 아름다운 페르세포네의 목소리가 계단으로 폭포처럼 쏟아져내렸고, 집에 올 때 불렀던 것과 똑같은 음조로 이렇게 노래했다. 왜 우리는 프랑스 음식을 먹나, 여기가 프랑스 식당인가, 여기는 프랑스 식당이 아닌데, 난 맥도날드에 가고 싶은데. 그러곤 또 이렇게 이어 불렀다. 엄마는 엄마가 우리와 함께 있는 줄 알지, 엄마가 우리와 함께 있다고 우리가 생각하는 줄 알지, 하지만 엄마는 사실 엄마 머릿속에 있고 엄마에게는 거기 있는 것만 진짜고 큰 책상이 있는 그 작은 방에 살고 있다는 걸 우리는 알아. 우리는 아무것도 아니고 그렇게 고통스러웠던 엄마 어린 시절만 중요하다는 것을. 어린 시절에 고통을 겪은 사람이 아무도 없는 것처럼, 오로지 엄마의 엄마만 자식에게 잔인했다는 듯이. 그리고 그때, 바로 그때, 딸의 말소리가 적도나 그

근처 어디선가 일어난 격렬한 분출에 의해 쪼개져 이제 위로 아래로 사방으로 끊임없이 물이 흘러가는 가운데 위태롭게 놓여 있는 바위들 사이로 엄청나게 쏟아져내리는 물의 새된 울부짖음으로 팽창했고, 이 모두가 산소가 희박한 높이에 자리잡고 있었다. 딸의 목소리는 듣기 괴로웠다. 음계가 연달아 이어지는데 특정한 순서로 이어졌다가 다시 반복되는 그런 패턴은 무척 듣기 괴로웠다. 하지만 미시즈 스위트는 매사추세츠 케임브리지에 살지만 프랑스 요리 전문가인 한 여자의 요리법대로 게살 수플레 만드는 일을 계속했다. 미시즈 스위트가 지금까지 만나본 프랑스 여자들은 요리에는 전혀 관심이 없었다. 그렇기는 해도, 그리고 이것이 미시즈 스위트가 지금 그때를 보는 일을 중화하는 방법들 중 하나였다. 저녁 식탁에 둘러앉은 사람들이나, 실력 없는 아이들이 겨루는 농구 시합이나, 결국 가정법원이나 자녀 양육권의 영역으로 귀결될 말다툼이나, 자식은 있지만 자식에게 줄 빵을 어떻게 사야 하는지 심각하게 고민해본 적도 없는 사람이 자녀 양육을 하는 부당함, 그런 것들 따위에 강렬한 감정이나 그늘을 드리우지 못하게 힘을 빼앗는 방법들. 혹은 위반을 무음 처리하고 그 결과를 아무렇지 않게 일축해버리는 방법들 중 하나이기도 했다! 그렇기는 해도, 그리고 그보다 더한 경멸을 담는다면, 아무튼! 미시즈 스위트는 엄마, 어머니, 모친의 세계로 들어갈 때면 자신의 존재를 칭칭 감아 목을 조르는 독사 같은 경멸을 짐짓 무시하며 하던 일을 계속했다. 음식을 만들고 저녁 식탁을 직접 차렸다. 라틴어 수업에 제출할 하드리아누스 저택의 모형을 만들고 테베레강에서 로마의 주택으로 물을 끌어올 송수로의 모형도 만들고 로마문명으로 알려진 그 그때의 시간에서 발견할, 단지 장식적이든 실용적이든 집안 사물들의 모형을 만드느라 바쁘다면서 아이들이 식탁 차리는 일을 못하겠다고 했던 것이다. 그 모든 숙제는 미스터 매클렐런이라는 선생님이 감독하고 있었다.

그리고 저녁식사 자리에서. 수플레는 소금이 너무 적거나 소금이 너무 많거나 게살이 너무 적거나 게살이 너무 많거나 게가 신선하지 않았다. 당연히 신선하지 않지, 냉동이니까. 사면이 육지인 주의 마을에 어떻게 신선한 게가 있을 수 있겠어? 육지에 사는 게는 여기 없으니까. 미시즈 스위트가 여린 잎에 비네그레트 드레싱을 먹기 한참 전부터 뿌려놓는 바람에 샐러드는 숨이 다 죽었다. 아름다운 페르세포네는 자기 접시에다 샐러드로 섬을 만들었다. 수플레의 허물어진 부분은 엘리자베스시대의 포악한 해적들이 지배하던 해변이었다. 혹은 네덜란드의 겨울이 때로 포악해서 그쪽으로 온 하를럼 출신의 포악한 사람들이 해를 쬐는 곳이거나. 세상이 포악해, 남편과 두 아이와 함께 저녁 식탁에 앉은 미시즈 스위트는 생각했다. 미스터 스위트는 마치 무대 위에서 청중에게 말하듯 큰 소리로 말했다. 지난 가을에 너희들 엄마가 심은 튤립을 사슴이 다 먹어버렸잖아. 맛을 아는데다 식성이 무시무시한, 뿔이 여섯 개나 달린 영리한 늙은 사슴 말이야. 그 사슴이 와서 다 먹어치웠지. 막 꽃을 피우려는 참에, 활짝 피기 전 꽃망울이 열리던 바로 그때, 사슴이 와서 다 먹어치웠지. 꽃봉오리마다 단물이 가득한 맛있는 알맹이가 있을 텐데, 어쩌면 성스러울 수도 있고 아닐 수도 있고. 어쨌든 다 먹어버렸지. 우적우적 씹어먹어서, 게걸스럽게 다 먹어치워서 불쌍한 너희들 엄마에게 남은 거라고는 기다란 초록 줄기뿐이었어. '퀸 오브 더 나이트' '홀랜드 퀸' '블랙 패럿', 작은 클루시아나 '신시아', '레이디 제인', 후밀리스 '알바 코에룰레아', 투르케스타니카, 콜파코프스키아나, 리니폴리아, 카우프마니아나 잡종과 그레이기, 이런 것들이 이슬에 반짝이며 피어 있어야 할 곳에 말이지. '퍼플 프린스' '화이트 마블' '크리스마스 오렌지'의 이른 홑꽃이 피어 있어야 할 곳에. '몬디알' '몬셀라' '몬테카를로'의 이른 겹꽃이 피어 있어야 할 곳에. '마리에트' '마릴린' '모나리자'의 백합 모양 꽃이 피어 있어야 할 곳에. 미시즈 존 T. 시퍼스가 있어야 할 곳에. 너희들 엄마가 가장 좋아하는 튤립이었으니 특히 미시즈 존 T. 시퍼스는 있어야 했는데 말이야. 욕조에 들어앉아 밤늦게까지 진저에일을 마시고 오렌지를 먹으며 너희들 엄마가 겨울 내내 부푼 마음으로 기다렸던 그 모든 보물이 있어야 할 자리에 말이야. 튤립을 꿈꾸고 오로지 나(미스터 스위트)의 성질을 돋울, 살아 있을 방법을 꿈꿨는데, 오로지 내 성질을 돋우려고 그런 거야. 나(미스터 스위트)는 너희들 엄마가 죽었으면 했으니까. 아름다운 페르세포네와 난 그 여자가 죽었으면 했고, 아름다운 페르세포네와 난 어린 헤라클레스에게 그 여자를 좀 죽여달라고 했지만 그애는 엄마를 무척 사랑하지. 하지만 지금, 바로 이 순간, 이 지금, 그 여자의 튤립이 눈부시고 찬란하게 막 피어나려는 참에 사슴이 다 먹어치웠으니 무슨 행복이 있을까. 그러자 두 아이가 환호하며 손뼉을 쳤고 우유 잔을 높이 들어올리다가 우유를 접시에 약간 흘리기까지 했다. 이제 음식은 애매하고 색다른 것에 흥미를 가진 사람들이 묘사할 만한 대상처럼 보였고, 아이들이 갑자기 이렇게 합창을 했다. 할머니 두건을 누가 집어갔나, 사슴이 집어갔지. 할머니 두건을 누가 집어갔나, 사슴이 집어갔지. 할머니 두건을 누가 집어갔나, 사슴이 먹어치웠지. 그렇게 주거니 받거니 하더니, 어느 것도 서로 어울릴 생각이 없는 열두 개짜리 불협화음이 점점 고조되다가 바닥으로 떨어져 부서졌다. 엄마, 엄마, 엄마! 엄마! 아이들이 미시즈 스위트의 건너편에 앉아 있었고, 아이들의 숨이 그녀의 숨이었고, 거기서는 그녀가 그들에게 준 모든 달콤한 것의 냄새가 났고, 그들의 이름은 로버와 라이언이 아니라 아름다운 페르세포네와 어린 헤라클레스였고, 어쨌든 그들은 오리알은 들어본 적도 없으므로 먹을 수도 없었을 것이다.

미시즈 스위트는 아이들을 품에 끌어안고는 입을 맞추며 그들을 달랬다. 그때는 너희들이 엄마를 사랑했다는 사실을 일깨우며. 그때만이 아니라, 젖이 나오는 엄마의 유방을 입에 물지 않으면 잠 못 드는 갓난아기였던 그 그때도, 길을 건너지 못해 그녀가 길 건너는 법을 알려주던 그 그때도, 거대한 기계가 굉음을 울리며 돌아가는 곳, 소리가 너무 커서 자기 생각조차 들리지 않을 곳, 사람들이 놀라운 공학 기술을 실현중인 그런 곳에 데리고 가야만 어린 헤라클레스가 잠잠해졌던 그 그때도, 그녀가 아이들을 대륙 분수령에 데려가고 녹고 있는 빙하를 보러 몬태나에 갔던 그 그때도. 그때 그녀는 묵었던 모텔 주방 바로 바깥에서 뜻밖에도 클레마티스의 한 종류인 콜룸비아나가 피어 있는 것을 발견했더랬다. 주방 안에서는 아침식사 준비가 한창이었고, 친구로 지내기에는 골치깨나 아팠을 어떤 여자를 기리기 위해 그 이름을 붙인 호수로 가는 길이 그 전날 독일 관광객이 회색곰에게 공격을 받아 쓰러진 일로 인해 폐쇄되었다는 사실을 그녀가 알기 직전의 일이었다. 곰의 본래 목적은 호수에서 어미와 헤엄치는 새끼 엘크를 잡아먹으려던 것이었다. 미시즈 스위트는 아이들을 셜리 잭슨 하우스 위층, 아이들 침실로 몰았다. 셜리 잭슨은 미시즈 스위트가 그 집에 살던 무렵엔 이미 세상을 떴고 미시즈 스위트는 절대 알지 못할 여자였지만, 그래도 미시즈 스위트가 그녀를 몰랐을 때조차 일상적인 일을 하며 돌아다니다보면 그 존재가 너무나 생생했다. 미시즈 스위트는 별다른 사고 없이 아이들을 잠자리에 들게 했다. 그즈음엔 아이들을 침대에 눕히는 일도 고난에 가까웠던 것이다. 부모가 설탕이 많이 든 음식을 먹지 못하게 하는 친구 조리와 나눠 먹게 오레오를 더 넣어줄 수 있냐는 아름다운 페르세포네의 부탁같이 점심 도시락과 관련한 밀고 당기기를 수없이 해야 했고, 미시즈 스위트는 알지 못하는 어떤 분파의 독실한 기독교인 부모를 둔 그레고리와 놀이 약속을 잡아도 되냐는 어린 헤라클레스의 부탁을 들어줘야 했다. 아들이 해를 입는 일이 없게 해달라고 기도하거나 바라면서도—그때 그녀에게 기도와 바람이란 마찬가지라서 서로 구분되지 않았다—결국 어린 헤라클레스가 그레고리네 집에 놀러가는 것을 허락했다. 그리고 그레고리네 집에 있는 동안 아들이 해를 입은 적은 없었다. 그래도 그레고리네가 곧 플로리다로 이사한다는 말을 듣고 미시즈 스위트는 무척 마음이 놓였다. 그런데 아들이 엄마를 놓아주기 직전에 그는 엄마가 자신이 무척 싫어하는 그 방, 주방에 딸린 그 방으로 돌아가길 갈망한다는 것을 감지했던 것이다. 엄마가 1492년에 시작된 거대한 세상과 교류하는 그 방, 엄마의 엄마와 죽은 남동생과 다른 남동생들, 그리고 엄마에게 등을 돌렸는데도 불구하고 엄마가 찾아다니는 다른 모든 사람이 들어앉은 그 방, 그 방, 그 방. 불태워버려, 하고 아이들이 소리쳤다. 엄마가 방에 있을 때 불을 질러. 미스터 스위트가 외쳤다. 하지만 미시즈 스위트는 달리 존재하는 방법을 몰랐고, 어쨌거나 자신의 존재와 존재 방식이 다른 사람들에게 그렇게 동요를 일으킨다는 사실을 몰랐다. 그런데 아들이 엄마를 놓아주기 직전에, 잠에 곯아떨어지기 직전에, 어린 헤라클레스는 지배하려는 아이지 지배당하려는 아이가 아니었기에 잠들지 않으려 격렬하게 싸우다가 결국 곯아떨어지기 직전에, 엄마에게 이렇게 말했다. 엄마, 엄마, 오 엄마! 사제와 미시즈 헤스 이야기 또 해줘. 깊은 바다에 사는 두 생물, 아가미도 없고 폐도 없이 결혼한 남녀의 이야기를 말하는 거였다. 사제는 캘리포니아 옥스너드라는 곳에서 자랐다. 그의 가족은 두 세대인가 세 세대인가 네 세대 동안 온갖 사람이 쓰는 모자를 만들었고 사람들은 온갖 일에 그 모자를 쓰고 갔다. 교회에 갈 때도, 주기율표에서 두드러진 자리에 위치하는 온갖 종류의 광물을 지구 암반층에서 캐내는 광산에 일하러 갈 때도, 술집에 술 마시러 갈 때도, 결혼할 때도 썼고, 장례식, 세례식, 유대교 소녀 성인식, 유대교 소년 성인식에 갈 때도 썼고, 누군가를 살해할 때도, 중병으로 입원했다가 회복되어가는 누군가의 병문안을 갈 때도 썼고, 대출금을 갚으러 은행에 갈 때도 썼고, 알려진 세계의 잘 이해되지 않는 부분, 가령 아프리카 같은 그런 곳에서 기원한 전통 예식에 참석할 때도 썼다. 하지만 사제의 집안에서 제작한 모자는 이제 그 모든 전통의 일부가 되어, 모자를 쓰는 민족은 모자를 만든 민족에게 전혀 관심이 없었다. 미시즈 헤스는 매사추세츠라는 곳에서 자랐고 그녀의 집안은 수세대 동안 단풍나무와 떡갈나무와 물푸레나무와 백호두나무와 온갖 종류의 소나무로 가구를 제작했고, 온갖 부류의 사람들이 거기서 저녁을 먹고 대화를 나누고, 법적인 문제나 소소한 일상의 문제에 대해 판단을 내렸다. 미시즈 헤스의 세상은 그랬다. 그들이 이제 한 권의 책 속에 모였고, 파란만장한 그들의 삶은 물로 가득한 지구의 깊숙한 내부, 그리고 그보다 더 깊숙해서 지구의 재질이 물이 아니라 그와 비슷한 액체인 그런 장소에서 벌어졌다. 미시즈 스위트가 그것을 읽어줄 때면 어린 헤라클레스가 물었다. 그게 무슨 말이야, 물이 아니라 그런 비슷한 거라니, 좀, 엄마, 제발 좀, 엄마, 물이라는 거야, 아니라는 거야. 그러면 미시즈 스위트는 아무도 끼어든 일이 없다는 듯이 계속 읽어나갔고 어린 헤라클레스는 끼어들지 않은 양 물러났다. 어쨌든 사제와 미시즈 헤스, 이 두 사람의 모험, 물로 가득한 지구의 깊은 장소에 역사상 처음으로 살면서, 그곳이 지표면인 듯 그곳에 친숙해지고 그 깊이를 넘어선 더 깊은 곳까지 알았던 그 두 사람의 모험 이야기에 어린 헤라클레스는 전율했다.

사제와 미시즈 헤스는 아가미도 없고 폐도 없었다. 물속에 산 것도 육지에 산 것도 아니었기 때문이고, 우리가 지금 아는 이 지구의 일부가 아니었기 때문이다. 그들은 지구에 점점 생물이 들어차고 세상이 확장하는 것을 보았다. 내핵에 외핵이 덮이고 다시 외핵에 맨틀이 덮이는 것을 보았다. "어머, 저것 좀 봐." 내핵과 외핵이 맨틀 아래로 자취를 감출 때 미시즈 헤스가 사제에게 말했다. 그러자 사제는 안경을 고쳐 썼다. "정말 고단한 일이군." 그 말에 미시즈 헤스가 말했다. "그렇게 생각한단 말이지. 우리에게 아이가 생길 때까지 기다려보라고." 사제는 "그게 뭔데?"라고 묻고 싶었지만, 당시의 미시즈 헤스는 반어적인 말투를 많이 쓰는 걸 싫어해서 웃기려는 그의 시도를 마땅찮게 여길 수 있었다. 그는 아무 말도 하지 않았다. 그는 아내를 바라보았다. 아름다운 녹색 머리칼과, 11월 중순 뉴잉글랜드 지역의 벽난로 장작 받침쇠를 장식하는 고양이 두 마리의 유리 눈알에 비치는 불빛의 색인 그녀의 눈을. 처음엔 한쪽으로 빙빙 돌다가 다음엔 지구의 자전과 방향을 맞추어 반대 방향으로 도는 아내를 바라보았다. 그녀는 제대로 하지 못하고 가운데서 무너졌다. 그러자 사제가 말했다. "그게 뭔데!" 그러곤 잠시 마음이 녹아 침묵을 지켰다. 그러곤 끓어올랐는데, 원한이나 분노가 아니라 웃음으로, 자신의 행복에 신이 나서 박수를 치며 끓어올랐다. 그는 미시즈 헤스를 사랑했다. 무척이나 사랑했다! 그녀에게 마구 입맞춤을 했는데, 그녀는 현명하게 무시했지만 그 사실만은 기억해두었다. "저녁 먹을 시간인가?" 사제가 물었고 미시즈 헤스가 단호히 대답했다. "아직 아냐!" 시간은 늘 그렇듯이, 늘 그럴 것처럼, 그때와 지금이 뒤엉켜 각각의 독특함과 차이와 차별성을 잃고, 오직 인간 의식의 법칙에 종속된 채로 흘러갔다. "엄마, 엄마, 어떻게 된 거야? 사제가 불멸의 불에 막 구운 뜨거운 마로니에 열매를 접시 가득 쌓아놓고 먹던 그때는 어디 있어? 지구 중심에서 영원히 타는 그 불, 우리가 왔던 곳으로, 우주라 부르는 그곳으로 다시 우리를 보내줄 그 불 말이야. 그건 어디 있어? 그 장으로 다시 돌아가줄 수 있어? 수백만 년 동안 비가 내렸다는 이야기도 듣고 싶어. 거기로 바로 넘어가줄 수 있어, 엄마? 제발, 엄마?" 어린 헤라클레스는 창조의 이야기를, 그의 지금이 어떻게 그때였는지에 관한 이야기, 이야

기 자체, 모든 이야기의 본성을 들려주는 미시즈 스위트의 감미
로운 목소리를 사랑했다. 이야기란 혼돈과 불안정과 불확실의
정의定義이자 무의 가능성을 텅 빈 채로 유지하는 일시정지의
정의이므로. 미시즈 스위트는 다독이는 엄마라는 인성은 쉽게,
순조롭게 지닐 수 있었으므로, 아주 침착한 목소리로 이야기를
이어갔다. 미시즈 헤스를 대신해 이렇게 말했다. "다양한 요소
로 아주 복잡하게 구성된 그런 물이 비로 내렸어. 각각이 따로
내리든 결합되어 내리든 상관없이, 가장 치명적인 말라리아의
매개체인 모기도 살기 힘들었을 정도였지. 그렇게 1억 년 동안
비가 내렸단다." 어린 헤라클레스가 말했다. "오 엄마, 오 엄마,
우리 아프리카에 갈 수 있어?" 하지만 미시즈 스위트는 여전히
미시즈 헤스를 대신해 이렇게 말했다. "아직 아프리카는 없어.
아직 아프리카는 없어." 그렇게 두 번 반복했는데, 그러면 정말
로 그렇게 될 거라서 그랬다. 그래서 그때 정말 그렇게 되었고
지금도 정말 그렇다. "이 정도면 됐지, 애야." 미시즈 스위트가
말했다. 미시즈 스위트나 어린 헤라클레스, 또는 누가 되었건
간에 독특한 개별 의식에는 무관심한 지구, 수십억 년간 지속된
무자비한 지구의 동요에서 생겨난 땅덩어리인 아프리카, 지금
과 그때와 구별되지 않는 그 아프리카를 오고가는 여행을 그녀
는 볼 수 있었기 때문이다. 그녀는 침대보와 오리털 이불을 뒤

엉킨 그대로 아들의 턱까지 끌어올린 후 마치 수의를 입히듯이 몸을 꼭꼭 싸맸다. 하지만 아들은 그저 잠자리에 든 것이지 영원히 잠든 것이 아니라 다음날 아침이면 일어날 것이었다. 아들은 이층 침대의 아래쪽에 누워 있었다. 미시즈 스위트가 크레이트 앤드 배럴에서 산 침대인데 미스터 스위트는 비싸다며 반대했었다. 위쪽은 태드건 테드건 팀이건 톰이건 텃이건, 어린 헤라클레스의 친구를 위해 비워놓았다. 친구들 이름이 그랬고, 그 애들은 바닥으로부터 그렇게 높은 침대에서 떨어지는 걸 두려워하지 않았다. 혹은 그애들 말이 그랬는데, 어린 헤라클레스는 그 말을 믿지 않았다. 아들 곁을 떠나기 직전에, 달을 가리키며 잘 자라는 인사를 하기 직전에 미시즈 스위트는 이렇게 물었다. "내일은 또다른 날인데 그때가 되면 넌 뭘 할 거니?" 그녀는 지금을 보는 일에, 어쨌든 꿈꾸는 일에 익숙했기 때문이다. 미시즈 스위트는 사제와 미시즈 헤스의 모험이 담긴 책을 꼭 덮었지만 사제와 미시즈 헤스는 전혀 개의치 않고 그전에도 그랬고 그다음에도 그렇듯이, 지금 그렇듯이, 늘 하듯이 계속해나갔다. 사제의 안경이 당분간 그의 코 노릇을 하는 가느다란 난간에서 미끄러져내렸다. 당분간이란 저반底盤의 영역에서는, 걸쭉해진 용액이 굳어 화강암이 되는 과정, 식어서 굳으며 바위가 되는 과정에서는 수백만 년의 세월을 뜻한다. "오 그래, 오 그래!" 생물이 살 수 있는 표면이 생기기 전에 깊숙한 영역을 건너며 사제와 미시즈 헤스가 서로에게 말했다. 그들은 생물이 살 만한 표면을 만들고 있었지만 그때는 그런 일에 전혀 흥미가 없었다.

시간이 흘러갔다. 그러나 시간은 흘러갔을까? 그렇다, 흘러갔고 사제는 배가 고파져서 미시즈 헤스에게 말했다. "저녁은?" 미시즈 헤스가 대답했다. "아직 아냐!" 저녁 같은 그런 것이 가능해지려면 아직 오랜 세월이 지나야 했기 때문이다. 지금 우리가 살아가듯이 슈퍼마켓에서 고기와 채소를 사고, 요리를 하고, 식탁을 차리고, 자리에 앉아 그날의 일과를 나누며 밥을 먹는 그런 일. 지금 우리가 살아가듯이! 그래, 지금 우리가 살아가듯이. 저속함과 옹졸함, 자아의 중요성, 제대로 평가받지 못하고 무시되는 자아, 아무 쓸모 없는 자아, 누구에게도 위안이 되지 못하는 자아. 지금 우리가 살아가듯이! 사제는 한숨을 쉬고 자리에 누웠고, 미시즈 헤스는 그가 모르는 비밀이라고 생각하며 지구 자기장을 흉내내어 이쪽으로 뒤집고 저쪽으로 넘겨보기를 계속했지만, 이 풍수의 신이 어떻게 그런 걸 모를 수 있겠나? 철과 니켈의 합금, 감람암, 반려암, 화강암, 그 모두를 그는 속속들이 알았다. "그래, 좋아." 그가 그녀에게 말했고, 대代와 기紀와 세世가 그의 마음속에서 휙휙 지나갔다. 캄브리아기, 데본기, 페름기, 그리고 −세들. −세는 많았다. 어린 헤라클레스

가 덮고 누운 이불의 초록색 격자무늬가 완벽하고 일정한 리듬
으로 들썩였고 심장박동소리도 그랬다. 그러다가 그가 홱 자세
를 바꾸며 한 손을 허공으로 뻗더니 곧 이불 위에 내려놓았다.
마치 침강하는, 또는 융기하는, 또는 그 어느 쪽도 아닌 대륙의
일부처럼 그의 손이 따로 놓였다. 하지만 그는 꿈에서 꽃을 보
고 있었다. 밀꽃이 가득 핀, 끝이 보이지 않는 들판, 그다음에는
밀가루, 그다음에는 꽃이 활짝 핀 과실수, 그다음에는 먹을 수
있는 열매가 달리지 않는 나무 꿈을 꿨다. 밤새도록 꿨다. 꽃과
밀가루와 과일과 그 자체로 아름다운 꽃들의 꿈을.

8

내가 어렸을 때, 라고 미시즈 스위트가 혼잣말을 했다. 겉으로 보이는 입술은 전혀 움직이지 않은 채 머릿속으로, 자신의 움직임에 따라 바늘 끝에서 하나씩 생겨나는 바늘땀에 시선을 고정한 채. 한 코를 뜨고 그 코를 빼내어 반대 방향으로 꼰 다음 다시 떠서 진주처럼 볼록한 모양이 나오도록 하는 방법을 미시즈 스위트는 혼자 터득했는데, 이 방법은 '안뜨기'라고 했다. 그래도 대단하신 권위자라면 자신의 방식을 탐탁지 않게 여기리라는 걸 알았다. 그래서 미시즈 스위트는 자신에게 인상을 찌푸릴 권위자의 지시를 따라 아기 담요를 만들고 있었다. 겉뜨기와 안뜨기를 반복해서 반다이크 체크무늬를 만들고 있었는데, 그 당시 임신중은 아니었지만 그래도. 내가 어렸을 때. 그녀가 말했다. 세상이 처음에는 고요했다가 오로지 나를 위해 모든 창조가 시작되었고 나는 일곱째 날에 태어났다고 생각했어. 아홉 살이 될 때까지 정말로 진심으로 그렇게 생각했어. 그러다가 무슨 일이 벌어졌는데 무슨 일이었을까?

아홉 살이 되기 전에, 그전에 무슨 일이 생겼어. 내 삶에 엄청난 격동과 격변이 있었다는 것을 이제는 알 수 있지만, 그 모든 것은 나 자신의 창조 서사, 나 개인의 창조와 관련이 있었어. 뭔가 잘못을 저질러서 꾸중을 들어도 난 울면 안 되었어. 늘 꾸중을 들은 걸 보면 내가 잘못한 일이 아주 많았던 거고, 그래서 나의 불완전함이 너무 부끄러웠어. 날 그냥 내버려두었다면 난 완벽했겠지만 말이야. 내가 봤을 때 내게 부족한 점은 하나도 없었어. 내 생각도, 내 외모도, 내 어머니도, 어머니가 하거나 하지 않은 어떤 것도. 내 모든 슬픔과 내 모든 갈망과 나 자신 전부를 난 받아들였어. 하지만 난 나 자신을 포함해 그 누구든 기쁘게 할 일은 전연 할 수 없는 듯했어. 비록 그때의 나는 나 자신이 존재라는 것을 이룰 수 있는지조차 몰랐지만. 내가 아는 사람들을 기쁘게 할 수 없었으니 나 자신도 기쁘게 할 수 없었어. 삶 전체가 세 살이 되기 전에 벌어진 어떤 사건에서 증류되어 나와. 세 살 이후일 수도 있지만 여섯 살을 넘기진 않아. 삶 전체가 6천 년에 걸칠 수 있는데, 매해는 윤년을 제외하면 365일

로 이루어져 있고, 앞으로도 그럴 테지. 삶 전체가 스쳐지나가
는 작은 사건으로 이루어져. 그 자체 속에 깊이 파묻힌 아주 작
은 어떤 것, 너 자신에게든 주의깊은 관찰자에게든 쉽게 감지되
지 않지만 연인이나 동거인이나 네가 잘되기를 바라지 않는 이
웃의 눈에는 잘 보이는 재앙. 사실 너의 가장 커다란 흠집이 될
그 사건은 그 일이 일어나지 않게 막을 힘이 전혀 없는 가장 무
력한 시기에 일어나. 네가 악성의 존재를 양성으로 바꿀 능력이
가장 떨어지고, 10월에 나무에서 떨어지는 낙엽일 뿐이라는 듯
이, 계절의 변화나 지구 대기권에서 분명하게 나타나는 현상처
럼 그것을 아무렇지도 않게 넘겨버릴 능력이 가장 떨어지는 시
기에. 그래, 그래, 그것이 모여 삶 전체를 이루지. 너는 볼 수 없
지만 다른 사람은 누구나 볼 수 있는 작은 사건. 그리고 그 작은
사건이 너를 그 사람들의 깊고 무심한 욕망에 무방비 상태로 내
모는 거지. 아무나인지 특별히 선택된 사람인지 넌 절대 알 수
가 없어, 정말로 알 수가 없어. 자기 마음의 눈동자 속에 머물면
서 미시즈 스위트는 그렇게 혼잣말을 했다. 뜨개옷을 만들었는
데, 이번에는 대서양 북쪽에 떠 있는 어떤 섬에 사는 사람들이
만들었던 무늬로 뜬 스웨터였다. 그 섬은 전기前期 석탄기라는
시대에 형성되었고 그 섬의 주민들은 그 옷을 입고 바다로 나갔
다. 그녀가 뜬 것은 어랜* 스웨터였다. 겉뜨기 두 번에 안뜨기

두 번과 겉뜨기 한 번에 안뜨기 두 번, 혹은 안뜨기 두 번, 겉뜨기 한 번, 코를 일부러 한 번 뺐다가, 혹은 두 번 뺐다가, 한 코를 다시 잡든지 아예 잡지 않든지, 그런 식으로 해나갔다. 난 울 수가 없었어. 울고 싶은 때가 많았는데, 정말 많았는데, 울면 아주 호된 꾸중을 들었지. 내 눈물은 내가 잃어버린 낙원의 타락한 주인공처럼 자만하고 있다는 증거라면서, 내가 루시퍼나 그런 인물과 마찬가지라고 했어. 일곱 살이 되었을 때 학교에서 행실이 나쁘다는 이유로 받았던 벌은 존 밀턴의 『실낙원』 1권과 2권을 베껴쓰는 것이었지. 그 당시 내 방에는 인공 조명이 없었어. 전깃불 말이야. 나는 작은 집에서 엄마와 엄마의 남편과 함께 살고 있었어. 엄마와의 결혼으로 내 아빠가 된 남자인데, 그 관계로 내 친아빠보다 내게 더 중요한 인물이 되었지. 난 그 책 1권과 2권을 베껴썼고 울지 않았던 루시퍼와 나를 동일시했는데, 내가 추운 것보다 더운 걸 좋아한다는 것을 아는 식으로 알았던 건 아니었어. 하지만 난 울었지. 엄마가 아직 글자도 읽을 줄 모르는 나를 세인트존스 공립도서관에 데리고 갔을 때 울었어. 엄마는 날 무릎에 앉힌 채 수많은 책을 혼자 읽었고, 난 엄마를 올려다보았는데, 엄마의 입술은 전혀 움직이지 않았

---

* 아일랜드 서쪽에 위치한 세 개의 섬으로 이루어진 제도.

지만 엄마의 전 존재가, 엄마의 몸이 탈바꿈했어. 엄마는 같은 사람이 아니었던 거야.

그러나 삶은, 진짜 삶은, 삶이 펼쳐지는 방식은 절대 상상하는 대로 되지 않아. 미시즈 스위트는 그렇게 혼잣말을 했다. 아들의 친구, 아들과 똑같이 어린 윌 아틀라스와 골프 캠프를 가는 어린 헤라클레스의 여행 가방에 옷을 챙기고 있었고, 마음속으로는 미스터 스위트가 이렇게 말하는 장면을 떠올렸다. 당신이 힘들게 노력하고 있다는 건 알지만 다른 사랑하는 사람이 생겼어. 내가 진실한 자아, 진짜 자아, 진정한 내 모습이라고 느끼게 해주는 여자야. 그러니 그녀를 포기하지 않을 거야. 내가 사랑에 빠진 여자는 당신보다 훨씬 더 머나먼 기후와 문화를 가진 곳에서 왔고, 나와 아주 비슷하게 천성이 무척 상냥하지. 브람스의 피아노 연탄곡을 전부 다 연주하는데, 다른 사람과 마찬가지로 손이 두 개밖에 없는데도 그래. 그녀는 젊고 아름다우니까 나처럼 천성이 아름답고 상냥한 아이들을 낳아줄 거고 그애들은 절대 애더럴이 필요하지 않을 거야. 미시즈 스위트는 그때, 그러니까 미스터 스위트가 문장으로 이루어진, 뜻은 통하지만 말이 되지 않는 이 말을 하는 동안, 영국 시골 신사의 사냥복 스타일인 코듀로이 바지와 격자무늬 모직 재킷을 입고서 그녀의 상냥한 마음을 박살내는 말을 하는 그 작은 남자, 그녀는 그런 인물과는 상종도 할 수 없었겠지만 그런 복장을 한 그 남자는 그녀의 남편 미스터 스위트였다. 그리고 그때, 바로 그때, 그녀는 앞서 있었던 사소한 장면들을 모두 이해했다. 태양이 힘을 잃어 열기가 부족해 그녀에게는 가장 힘든 시기인 1월에 미스터 스위트는 볼룸댄스 수업을 들었다. 그 신나는 일에 함께하고 싶어 그녀가 그런 의사를 넌지시 밝혔을 때 그는 태평양의 어느 섬나라에 원자폭탄이라도 떨어뜨리는 듯이 분노를 터뜨렸다. 그러나 곧 진정하고 미소를 띠며 정중하게 말하기를, 안 되지, 그러니까 대니와 수전이. 미시즈 스위트에게는 그다음에 이어지는 단어들은 모두 사라지고 없었다. 아름다운 페르세포네가 있었고, 그애가 아이스너 캠프나 세인트마크 학교나 다른 어딘가의 여름학교에 머무는 동안 필요한 온갖 것을 보내달라고 했기 때문이다. 그리고 집 관리비도 내야 했고. 셜리 잭슨 하우스, 퍼랜이라는 이름의 강 양편에 놓인 그 마을 주민들이 다들 그렇게 부르는 그 집 말이다.

오 지금, 오 그때. 미시즈 스위트가 큰 소리로 말했지만 아무 상관 없었다. 그녀의 고통을 이해할 사람, 그녀의 괴로움과 아픔을 이해할 사람은 아무도 없었으므로 혼잣말이나 마찬가지였으니까. 어떤 말로도 표현할 수 없었고, 존재하는 어떤 것도 바로 그때 그녀의 존재를 전달하거나 표현할 수 없었다. 지금도 그렇고 앞으로도 영원히. 남편의 목소리, 그녀의 남편은 미스터 스위트라는 실체에 감싸여 있었다. 난 죽어가고 있어, 라고 그녀가 혼잣말을 했지만 그것은 침묵이었다. 당신과 함께 있는 동안 난 죽어가고 있어. 미스터 스위트가 미시즈 스위트에게 말했다. 난 죽어가고 있고 그래서 내가 당신을 미워하는 거야. 내가 죽어가고, 내가 나 자신, 내 진정한 자아일 수가 없어, 죽어가고 있어서. 난 죽어가고 있고, 내가 이런 말을 하면 당신도 죽겠지만 난 죽어가고 있어, 죽어가고 있어, 죽어가고 있다고. 오, 알겠어. 미시즈 스위트가 큰 소리로 말했지만 그녀 자신조차 그 목소리를 들을 수 없었다. 그리고 그녀가 그때이자 지금 본 것은 오로지 침묵이었다!

그러나 그때 그녀의 눈에 아이들 방의 소파에 앉아 마이클 조던과 스카티 피펜과 데니스 로드먼이 칼 멀론과 존 스톡턴을 물리치는 경기를 보는 어린 헤라클레스가 보였다. 마이클 조던은 그때 독감에 걸려 득점을 할 때마다 휘청거렸지만 그때마다 동료인 스카티 피펜이 항상 곁에서 그를 붙들어주었고, 마이클 조던을 우러르는 어린 헤라클레스는 상대편을 아주 무시하면서 형편없다고 말했다. 그러는 내내 미시즈 스위트는 안뜨기와 겉뜨기를 번갈아 하면서, 함성을 지르고 소리치고 자신이 사랑하는 마이클 조던의 팀이 질까봐 투덜거리고 비명을 지르는 아들의 소리를 들었는데, 결국 그들이 이겼고 어린 헤라클레스는 엄마에게 이렇게 말했다. 저기 엄마, 또 정말 호메로스식이라고 할 거지. 딱 『일리아스』 같다고, 아가멤논도 있고 모든 것을 구하러 나타나는 아킬레우스도 있다고. 그렇다고 해, 엄마, 다 아니까. 마치 라디오 중계라도 하듯이 우스꽝스러운 작은 목소리로 딱 호메로스식이라고 할 거잖아. 엄마 말투는 진짜 라디오 중계 같고 목소리도 권위적이지만, 사실은 그냥 우리 엄마잖아. 너무 우스꽝스러워서 엄마를 어떻게 해야 할지 모르겠어. 정말 당혹스럽다니까. 미시즈 스위트는 여전히 뜨개질을 할 뿐이었다. 바로 그때는 미스터 스위트의 녹턴 모음곡을 연주할 관현악단 전체를 짓고 있었기 때문이다. 그런데 무척 놀랍게도 이 일을 마쳤을 때 관현악단 단원들 모두 악기를 연주해야 할 팔 하나가 없었다. 앞서 펼쳐진 일련의 사건들을 되돌아볼 때, 어깨너머 돌아본 그 일련의 사건들은 정말이지 불가피한 것이라, 당신은 마음속으로 당신 앞에 늘어선, 미래의 일련의 사건들을 볼 수 있는데, 그것들은 백미러에 비친 것처럼 나타나되 거꾸로 나타난다. 백미러로는 아직 벌어지지 않은 일만 볼 수 있다는 듯이. 팔 한쪽이 없는 그 옷들을 짜면서 미시즈 스위트는 이렇게 혼잣말을 했다. 어쩌면 시간은 어머니가 아니라 아버지인가보지. 미시즈 스위트는 아버지가 없었으므로, 그러니까 그녀를 지어낸 남자는 없이, 아주 악독한 여자로부터 생겨났을 따름이니까. 오 엄마, 오 엄마, 안 보여? 어린 아들이 엄마에게 그렇게 말하며 방방 뛰었고, 숫기 없는 미르미돈과 닌자 거북이, 파워 레인저, 슈퍼 마리오, 배트맨, 스타워즈의 갖가지 인물 모형, 가축을 닮은 것도 있고 이제는 멸종된 야생동물을 닮은 것도 있는 갖가지 동물 인형 따위가 잔뜩 무리를 이룬 사이로 이리저리 뛰어다녔다. 그 모두가 아이 앞에 늘어서 있었고, 그것도 아이의 기억 속에 아주 생생하게, 아주 생생하게, 그리고 아주 선명하게 늘어서 있어서, 미시즈 잭슨, 정말 미안해요, 여전히 아이의 지금에 살고 있었다. 그리고 그 아이, 어린 헤라클레스는 지금 켄 그리피를 걱정하느라 슬픔에 빠져 있었다. 그리피의 아버지는 전설로 내려오는 야구선수였는데, 아무튼 어린 헤라클레스가 엄마에게 한 말에 따르면 그랬는데, 어린 헤라클레스는 그리피를 엄청 좋아해서 그의 운명에 무척이나 관심이 많았다. 마이클 조던이나 스카티 피펜이나 데니스 로드먼처럼 명성을 드높일지는 모르겠지만. 하지만 바로 그때, 아이가 아이들 방의 소파에 앉아 있을 때 아빠인 미스터 스위트가 아이에게 말했다. 할말이 있는데, 그러면서 이렇게 말했다. 난 이제 네 엄마를 사랑하지 않는다. 다른 곳에서 온 다른 여자를 사랑해. 함께 볼룸 댄스 수업을 듣고 함께 모차르트에 대해 이야기를 나누는 여자지. 피아노를 멋지게 연주하고 금세기의 차세대 피아노 천재가 될 수도 있어. 세기는 기니까 금세기도 길겠지. 그래도 네 생애에서는, 하하하, 내게 그랬듯이 그렇게 길게 느껴지지 않겠지만. 어쨌든 난 그 여자를 사랑하고 그 사실은 어떻게 해도 달라지지 않아. 난 네 엄마를 사랑하지 않아. 너도 알다시피 우리는 도무지 맞는 점이 없었어. 네 엄마는 바나나를 주로 싣는 배를 타고 나타났으니까. 얼마나 괴상한지, 불타버리는 집의 다락방에서 살아야 하는 사람이라니까. 물론 불이 났을 때 네 엄마가 그 집에 있기를 바라는 건 아니지만, 그 집이 불에 다 타버렸을 때 네 엄마가 거기 있었다 해도 놀랍지는 않아. 네 엄마는 그런 사람이니까. 이 말을 다 들은 뒤, 오 안 돼애애애라는 길고 고통스러운 울부짖음이 내장에서 솟아올라 어린 헤라클레스의 입속 어둠을 뚫고 나왔다. 어린 헤라클레스는 몸을 접었다가 폈다가, 활짝 꽃잎을 열었다가 다시 재빨리 닫아버리는 꽃처럼 접었다가 폈는데, 그애는 그저 아이들 방 소파에 앉아, 야구계가 기대하는 위대한 야구선수가 될 수도 있고 전혀 안 될 수도 있는 어린 야구선수 켄 그리피를 TV로 보고 있을 뿐이었다.

그리고 이제 미시즈 스위트는 펜실베이니아의 형성 과정에서 발견된 어떤 것으로 만들어진 존재인 양 둘로 쪼개졌다. 하지만 그녀가 그걸로 만들어진 것은 아니었다, 단지 그것을 알고 있었을 뿐. 그녀는 아들의 쪼개진 몸을 보고 울고 또 울었다. 아들은 지금 소파에 누워 있고 TV는 켜져 있었는데 그녀는 켄 그리피에게는 관심이 없었다. 미스터 스위트는 윌리 메이스를 좋아하는 것 말고는 야구에 전혀 관심이 없었다. 윌리 메이스에 관해서는 한참 떠들 수 있었는데, 어린이 책에서 위대함을 알아본다니 참 대단한 일이었다. 미시즈 스위트는 계속 둘로 쪼개졌다. 거듭거듭 쪼개졌는데, 여러 조각으로 부서지는 일 없이 언제나 똑같은 두 조각으로, 심장과 머리가, 특히 심장이 그랬고, 그러고는 곧 심장 속 배선이 불규칙해져서 제거해야 했다. 하지만 그때, 바로 그때, 미스터 스위트가 어린 헤라클레스에게, 어린 아들의 엄마에게서 정이 떨어졌다는 말을 늘어놓았다. 끔찍하게 코를 골아. 과거의 냄새가 나. 늙어서 그런 건데, 물론 나도 늙고 있지. 미스터 스위트가 말했다. 하지만 젊은 여자들이 날 좋아하고 난 늙은 여자는 좋아하지 않아. 미스터 스위트가 말했다. 네 엄마는 늙었어. 비트겐슈타인을 좋아하게는 되었지만 이해는 못하지. 〈기대〉*를 좋아하지만 읽은 걸 이해하지는 못해. 순진해빠졌거든. 아주 원시적이고, 아주 재미있기도 하고, 네가 담대해지려 애쓴다면 멋지기도 해. 하지만 함께 있

---

* 쇤베르크가 작곡한 일인극 오페라.

다보면 결국 네 한계에 직면하게 되지. 네 엄마는 웃기는 사람이고 창피스러워. 내 타입이 아니야, 나와 맞지 않아. 하지만 아빠, 하지만 아빠, 난 어떻게 해? 어린 헤라클레스가 말했다. 그리고 이제 아이는 잘못된 말이 적힌 종잇조각 모양으로 구겨져 앞으로 다시는 머리에 떠올릴 일이 없도록 쓰레기통 속으로 던져졌다. 미시즈 스위트는 사랑스러운 아들을 거두어 자신이 만든 담요로 둘둘 쌌다. 그 담요 하나만은 잘못된 부분이 없었고 그녀는 아들을 그것으로 싸서 이층 침대 아래쪽, 크레이트 앤드 배럴에서 구입한, 물푸레나무로 만든 침대 아래쪽에 놓았다.

•

　어린 헤라클레스가 신성한 엄마에 관한 고발을 들었던 그 방 한구석에서, 아이는 엄마를 무척 사랑했다. 엄마가 우스꽝스럽다고 생각하기는 했지만. 식물과 꽃과 거기 달리는 열매에 대한 강박도 그렇고, 어딘가 저 먼 나라 일꾼들의 작업복인 데님 승마바지를 학부모회에 입고 가겠다고 한 것도 그렇고─그래서 다른 학부모 모두 그녀가 자신들과는 다른 사람임을 알게 되었다─며칠 전에 준비해야 먹을 수 있는 자두 소스를 곁들인 오리 요리처럼 시간이 오래 걸리는 음식 만들기를 좋아하는 것도 그렇고. 그녀가 〈스탠〉*을 다 따라 부를 수 있다거나 닥터 드레를 좋아한다는 것을 다른 엄마들은 몰랐다. 한번은 중국에서 몇 주를 머물면서 텃밭에서 기를 수 있는 화초 씨앗을 모았다. 그녀는 가족과 함께 맨체스터에 쇼핑을 나온 남자가 자신이 차를 대려던 자리에 먼저 차를 밀어넣자 좆이나 떨어져버려라, 라고 말했고, 소중한 가족과 함께 있는 자리에서 그런 말을 들어본 적이 없는 남자는 격분해서, 격분하다못해 수치스러움에 거의 정신을 잃었다가 곧 정신을 차렸는데 그렇다고 주차했던 자리를 내어주지는 않고 랄프 로렌 아울렛으로 향했고, 어린 헤라클레스는 이후 그 남자를 본 적이 없었다. 엄마는 정말 우스꽝스러웠고, 정말 우스꽝스러웠고, 엄마는 정말 우스꽝스러웠다. 아이는 엄마가 정원에서 가족들 누구도 전혀 신경쓰지 않는 그런 일을 하고 있는 동안 오후 다섯시 반에 마티니를 갖다줄 수 있도록 자신에게 마티니 만드는 법을 가르쳐줬던 때를 떠올렸다. 그리고 미스터 스위트가 집에 돌아와 어린 헤라클레스에게 내 아름다운 아내를 봤니? 이렇게 묻던 날도 있었다. 그러면 어린 헤라클레스는 아니, 하지만 엄마를 찾는 거라면 엄마는 정원에 있어, 라고 대답했다. 엄마는 정원이 사람이나 뭐 그런 거라

---

* 래퍼 에미넴이 2000년에 발표한 곡.

도 되는 것처럼 사랑한다니까. 어린 헤라클레스는 생각했다. 다른 엄마들 가운데 그런 사람은 한 명도 없었다. 정원이 사람처럼 개별적인 욕구가 있고 주의와 관심이 필요하고 우리의 내면 생활을 풍요롭게 한다는 그런 생각을 하는 엄마는 한 명도 없다고 어린 헤라클레스는 생각했다. 내 친구들 엄마들은 아무도 안 그래. 그래서 남 보기 부끄러워. 엄마는 정말 남 보기 부끄러워. 우리 엄마만 아니었으면 나가서 엄마와 전혀 다른 엄마, 다른 엄마들이랑 똑같은 엄마를 찾았을 거야. 엄마는 정말 남 보기 부끄러우니까. 한구석에 숫기 없는 미르미돈과 닌자 거북이와 파워 레인저가 있고, 레아 공주는 절대 없지만 다스 베이더와 루크 스카이워커가 있고, 로빈은 절대 없지만 배트맨이 있는 방 바로 바깥쪽에, 나무 위 오두막이 있었다. 미스터 스위트가 그린버그 목재상에서 맞춤 주문한 목재로 롭이 지은 것이었다. 롭은 셜리 잭슨 하우스 바깥 마당에 심어진 상록수에 목재를 박아 오두막을 지었고, 오두막 아래에는 모래놀이터가 있었다. 오두막이라고 해봐야 그저 무성하게 뻗은 상록수 가지가 초록 눈물로 그 위를 덮어주는 평상 바닥일 뿐이었다. 나무 분비물을 먹으려고 벌레들이 모여드는 통에 아이들은, 그러니까 아름다운 페르세포네와 어린 헤라클레스는 그 벌레들에 질색해서 오두막을 지붕삼아 아래쪽에 있는 모래놀이터에만 내내 있었다.

모래놀이터 안에는 아무나 사용할 수 있게 공공장소나 주립공원에 놓여 있는 것과 똑같은, 하나로 붙어 있는 탁자와 의자가 있었다. 아이들은 때로 바닷가나 주립공원에 놀러온 사람들 흉내를 내며 놀았다. 그들은 산간 마을에 살았으니까. 스위트 부부는 결혼생활 내내, 건강한 두 아이의 부모로 사는 내내, 삶이 달라진다는 그 유명한 가족여행이라는 것을 한 번도 해본 적이 없었으니까. 미스터 스위트가 닫혀 있건 트여 있건 너른 공간이라면 종류를 막론하고 무서워했으니까. 그 모래놀이터에는 실제 쓰임새는 없는 작은 존 디어 트랙터 모형이 있었다. 그저 어린 헤라클레스가 운전석에 앉아 상상의 밭에서 특정한 종류는 아닌 상상의 곡물을 수확하거나, 다가올 상상의 파종기에 앞서 상상의 밭을 갈거나, 그냥 힘센 기계를 움직이는 상상의 인물이 되거나 그저 일반적으로 자기가 부모인 스위트 부부의 눈에 이상한 인물이라고 상상하기 위한 용도였다. 스위트 부부는 장난감 농기계를 사주고 단단한 플라스틱으로 만든 장난감 굴착기도 사주고 하나같이 쓸모없는 장난감 크기의 모형 양동이와 모형 삽과 갈퀴와 외바퀴 손수레를 사주었는데, 아름다운 페르세포네와 어린 헤라클레스가 자라서 되었으면 하는 실제 인물들과는 아무 관계가 없었다.

오 지금, 안뜨기와 겉뜨기, 겉뜨기와 안뜨기, 이런 식으로 열

코, 다른 식으로 스무 코, 몇 코를 일부러 뺐다가 다시 몇 코를 집어서 입을 만한 의복이나 침대에 덮을 만한 침구의 형태를 이루어갈 무늬를 짜고 있는데, 지금 그녀가 뭘 하는 거지? 다시 뜨개질을 하고 있다고? 적어도 뜨개질은 돈이 많이 들지는 않으니까. 정원을 가꾸는 일은 돈이 많이 든다. 테라스와 벽에는 4만 달러가 든다. 야도*의 오두막을 본떠 지은 집은 그렇게 돈이 많이 들지 않았고 가련한 미스터 스위트는 그런 오두막을 이용할 수도 있을 것이었다. 그는 차고 바로 위의 방에서 작곡을 했는데, 그곳에서는 세탁기 돌아가는 소리, 건조기 돌아가는 소리, 문이 쾅 닫히는 소리—화가 나서는 아니고 별생각 없이—그리고 아파서든 신나서든 아이들이 내지르는 비명소리, 저 망할 년이 〈우리 사랑은 어디로 갔나요〉**를 부르는 노랫소리 따위가 들렸기 때문이다. '사랑'이라는 단어는 절대 저 입에 담아서는 안 되지, 사랑에 대해 아무것도 모르면서. 그 달콤하고 은밀한 감정, 그 소중한 것, 당신의 마음이 진정한 자아를 보완해주는 다른 마음을 만나는 그 순간, 당신과 당신 내면 깊숙한 곳에서 발산하는 다른 존재 사이의 감정의 충돌, 당신 가슴 깊숙한 곳, 혹

---

* 미국 뉴욕주에 위치한 예술가 공동체. 솔 벨로, 제임스 볼드윈, 필립 로스 등 저명한 작가들이 거쳐간 바 있다.
** 흑인 여성 3인조 슈프림스가 1964년 발표한 곡.

은 당신의 위장, 내장, 옆구리 깊숙한 곳에서 발산하는, 그저 당신과 또다른 존재 사이의, 정말 느닷없고 강력해서 내가 지금까지 무식한 년과 살아온 집의 화로를 폭파해버리는, 그런 후에는 사랑이 네 개의 손으로 치는 피아노 녹턴으로, 축제로, 또 볼룸댄스 수업으로 어루만져주지. 이 모든 생각이 아내는 모르는 채로 미스터 스위트에게서 흘러나왔다. 그녀가 그 알지 못함 속에, 육안으로는 보이지 않는 그 공간에 앉아서, 어떻게 지금의 자신이 되었는지를 따져보고 있을 때, 자신의 삶이라는 의복의 이곳저곳을 다시 풀어내고 있을 때. 이 옷의 단이 풀려서 바닥에 끌려 더러워졌고, 그 때문에 간혹 내 자아에 걸려 넘어져 무릎이 까지거나 이마나 팔꿈치에 멍이 들기도 했구나. 단을 다시 꿰매야겠어. 가련한 미시즈 스위트는 생각했다. 단을 좀더 단단히 꿰매야겠어, 팔꿈치와 무릎과 이마, 이것들은 그저 눈에 보이는 부분이었고, 단이 풀린 옷 때문에 멍이 든 곳은 모두 눈에 보이지 않았다. 그녀의 눈에조차. 단지 눈물이 마르고 난 얕은 틈에 소금기만 남았을 때 이따금 느낄 수 있었을 뿐이다.

오 엄마, 오 엄마. 미시즈 스위트는 그 말을 들었다. 그 말을 내뱉은 인물에게는 말이 아니라 삶 그 자체였지만. 그 인물은 아름다운 페르세포네와 어린 헤라클레스였고 오 엄마, 오 엄마, 그 말 속에서 그녀는 자신이 그들의 엄마라고, 그들의 보호자이자 바깥 경계가 알려진 세상 속 그들의 항해를 돕는 항해사라고 이해하고 상상할 수 있었다. 아이들이 큰 소리로 엄마를 부르고 있었지만 미시즈 스위트는 자기 의복 안에서 사는 것이 그렇게 좋았다. 자기 과거와 어린 시절, 그보다 앞선 그녀의 삶, 자기 조상과 후손 모두의 안에 매장된 그녀 삶의 수의壽衣. 자신에겐 그토록 사랑스러운, 바로 그때, 바로 지금 그녀만의 삶. 만족으로 가득한 그녀의 일상적 존재의 매 순간. 두 아이를 아침 일찍 깨워, 차가운 옷은 입기 싫어하니까 건조기에 따뜻하게 데워 입히고, 전날 저녁 만들어 냉장고에 넣어둔 반죽으로 와플을 굽고, 퍼랜호수 서쪽에 있는 마을인 새프츠버리로 가는 길의 농장에 사는 남자에게서 구입한 메이플시럽을 와플에 부어 아침으로 주었는데, 시럽을 붓기 전에 전자레인지로 살짝 데웠다. 벽난로에 불을 피우면 아이들이 그 앞에 앉았고, 아이들과 난롯불 사이에 칸막이가 있어서 뜨거운 재가 날아오지 못하게 막아주었다. 그녀는 차에, 이 나라가 아닌 어떤 다른 나라의 이런저런 제조사에서 만든 너무 비싸지 않은 회색 차에 아이들을 몰아넣고 노란색 통학 버스가 서는 정류장으로 태우고 가서 버스 운전사에게 넘겼다. 운전사는 기분이 나쁠 수도 있고 아닐 수도 있는데, 그것은 앞서 많은 정류장에서 차에 탄 다른 아이들의 행동에 달렸다. 통학 버스가 모뉴먼트 애비뉴를 따라 내려가, 로버트 리 프로스트와 그의 몇몇 자식이 묻혀 있는 교회를 지나 사라지는 것을 지켜본 후, 그녀는 다시 차에 올라 천천히 온 길을 되짚어갔다. 개틀린의 집을 지나 실크 로드로 꺾어들어가 실크 로드의 지붕 덮인 다리를 건너고 매티슨 로드로 들어가 할런으로 들어서면, 셜리 잭슨이 예전에 살았던 그녀의 집이 나왔다. 이제 집안에 들어서면 아이들이, 그녀의 아이들이 아예 존재하지 않고 오로지 어린 자신만이 존재하는 것 같았다. 그렇게 신전으로, 그녀 자신의 삶이라는 신성한 영역의 한가운데로 들어갔다. 보다, 지금, 그때, 그리고 그렇게 한없이 이어졌다. 그녀의 이 방문은, 과거로의 신성한 여정은, 자리에 앉아 예전의 삶을, 지금의 삶을, 앞으로의 삶을 살펴보는 그 방안을 빙빙 돌며 이어졌다. 어차피 다 똑같았으니까, 늘 그랬던 것처럼, 앞으로 그렇게 될 것처럼, 언제나.

"버림받는 것이야말로 최악의 치욕, 단 하나의 진정한 치욕이다. 바로 그런 이유로 죽음이 그렇게 용서할 수 없는 일인 것이다. 삶이 당신을 버렸고 당신은 모든 것에서 떨어져 혈혈단신으로 남았으니까. 그래서 아무것도 아닌 존재도 못 되는 것이다. 예전에 정복했던 모든 것, 사람이든 사물이든 사건이든, 무엇이든 죽으면 사라진다. 추모비를 세우고 추모를 하고 기념물을 세워도, 죽으면 아무런 행위를 할 수 없다는 사실을, 더이상 그때와 지금에 존재할 수 없다는 사실을, 이젠 아무것도 아니고 오로지 다른 사람의 의지에 따라 존재하고 다른 사람이 당신의 존재를 바랄 때만 존재할 수 있다는 사실을 지울 수는 없다. 당신의 존재가 그들에게 쓸모 있을지도 모르지만, 그러다 쓸모가 없어지면 당신은 다시 버려지고, 다른 뭔가에 밀려나고, 그러면 그 순간은 다시 지금이 될 것이다. 지금이란 진행중이고 절대 그치지 않으니까. 지금은 무자비하고, 알려진 모든 것과 심지어 미지의 것에도 꿈쩍하지 않고, 움켜쥐어 단단히 눌러놓을 수 있는 모든 것, 움켜쥐어 단단히 눌러놓을 수 있는 모든 것에도 꿈쩍하지 않으니까. 그래서 버려지는 것이야말로 진정한, 진정한 치욕의 특성이고 치욕스러운 상태에 놓인다는 것은 곧 죽음이고 죽는다는 것은 치욕을 당하는 일이다. 왜냐하면 그때 당신은 당신의 상황조차 알지 못해 스스로를 가여워하지도 못하기 때문이다. 지금, 지금, 살아가는 일 자체를 나타내는, 삶 자체를 나타내는 지금이 당신을 때려눕히고 만신창이로 만든다. 버려진 쓰레기, 텅 빈 거리에 목적도 없이, 아무 목적도 없이 바람에 휩쓸리는 어떤 것으로. 지금, 지금, 그리고 다시 지금. 그 순간은 당신의 진정한 삶을 이루는 모든 것으로 가득하지만 항상 손에 닿지 않는다. 처음엔 손만 뻗으면 닿을 것 같지만 영원히 닿을 수 없고, 애를 쓰느라 지쳐가지만 손이 닿을 바로 거기에 있으니

또다시 잡아보려 하고, 역시 닿지 않고, 언제나 닿지 않고, 거듭 잡아보려 하지만 매 순간은 차곡차곡 쌓여만 가고 늘 손에 닿지 않는다. 죽음 자체는 손에 닿지 않을 때가 없는 순간이지만, 죽음 자체가 손을 뻗어 닿으려는 노력을 불가능하게 한다." 미시즈 스위트는 집안으로 들어서며 그렇게 혼잣말을 했다. 이제 아이들은 없고, 아이들이 그 앞에 앉아 아침을 먹던 벽난로 안에는 재만 남은 지금, 지금 그녀의 방이 손짓을 했다. 그녀 자신을 이루던 모든 것을 살려내어 다 불러들인 그 지긋지긋한 방, 도널드가 그녀에게 만들어준 책상이 놓여 있는, 주방에 딸린 그 방에서 그녀는 자신을 위한 의복을 지었다.

•

오 엄마, 오 엄마. 어린 헤라클레스가 소리쳤다. 오 엄마, 오 엄마, 라고 말하게 만든 사건이 있기 전, 야구나 테니스나 골프 같은 걸 보며 누워 있던 소파에서 아들은 그때 무척 망가져 있었다. 오 엄마, 오 엄마, 그렇게 소리치며, 실제로 자신의 모든 노력이 무산된 듯, 자기 앞에 높인 과업에 연이어 다 실패한 듯 허물어져 있었다. 네메아의 사자, 레르나의 히드라, 케리네이아의 암사슴, 에리만토스의 멧돼지, 아우게이아스의 외양간, 스팀

팔로스의 새, 크레타의 황소, 디오메데스의 야생마, 히폴리테의 허리띠, 게리온의 황소떼, 헤스페리데스의 사과, 케르베로스의 생포. 이런 이야기 속에서는 그가 매번 거듭해서 승리를 거둔다는 사실이 잘 알려져 있지만, 지금은 그렇지 않았고, 쓰레기처럼, 산들바람이 불어 예정된 운명으로 데려가주길 기다리는 종잇장처럼 그렇게 허물어져 있는 아들을 보고 엄마는 하염없이 울었다. 그리고 아들의 눈물과 엄마의 눈물은 별개였다. 그녀는 허약하고 질투심 많은 아버지의 원한을 아들이 알지 못하게 막는 일에 실패해서, 아비의 역할에 대해 전연 아는 바가 없는 아버지를 아들에게 주었다는 열패감에 울었다. 아들을 사랑하는 법을, 아들을 소중히 여기는 법을, 온전하게 지켜주고 온전한 존재로 만들어주고, 그 무엇도 침투하지 못하게 시접마다 잘 붙여서 손상되지 않은 완전체로 만드는 방법을 전혀 모르는 그런 아버지를. 스스로 온전한 남자가 되어야 할 필연성을 느끼게 해줄 그런 모든 일, 몸도 마음도 비열하고 천한 독재자나 반역자가 아니라 상냥하고 친절하고, 사랑과 관대함이 가득한 온전한 남자로 자라는 모습을 지켜보기 위한 그런 모든 일을 전혀 모르는 아버지를. 아들을 너무나 사랑해서, 일요일 오후 TV로 미식축구를 보다가 아들이 소파에 허물어져버리게 하느니 차라리 자신이 이 땅에서 완전히 사라져 어떤 인간의 의식에도 알려진 바 없는 존재가 되겠다는, 차라리 죽어버리는 게 낫겠다는 그런 아버지를 어린 헤라클레스에게 주지 못했다. 오 엄마, 오 엄마, 그러면서 아들은 크루아상처럼 몸을 접었다. 아들은 크루아상을 무척 좋아했고 슈퍼마켓의 냉동식품 코너에 가면 세라 리의 크루아상이 있었지만 미시즈 스위트는 아들에게 크루아상을 직접 만들어주곤 했다. 크루아상 바로 옆에 같은 세라 리 상표의 파운드케이크도 있었지만, 폴라 펙의 『고급 베이커리 기술』을 보고 직접 만들어주곤 했다. 아들은 몸을 반으로 접었고 엄마인 사랑스러운 미시즈 스위트도 똑같이 했다. 아이들을 사랑할 때면 그녀는 사랑스러운 미시즈 스위트였으니까. 때로 잘못된 방향으로 가거나 생뚱맞거나 형편없기도 했지만 말이다. 그녀는 아이들이 고통스러워하는 모습을 참을 수가 없었고, 주방에 딸린 방을 만들어낸 것도 그 때문이었다. 그 방안에 들어가 자신의 과거를, 예전에 자신의 지금이었고 자연스레 자신의 그때가 된, 그때 내가 그랬지, 그때 내가 그런 일을 했지, 그때 내가 그렇게 되었지, 그런 식으로 그때가 되어버린 과거를 파헤쳤다. 자신의 아침식사와, 방 안팎에 흩어진 자기 상상의 대표자들의 모습처럼 몸을 접고 누운 어린 헤라클레스 옆에서 그녀도 함께 몸을 접고 고통과 상처의 덩어리로 허물어져 있을 때, 그때 그녀의 엄마가 세상을 떴고, 자신의 존재에서 그렇게 중요한 존재였던 그런 인물이 더이상 이 세상에 살아 있지 않아서 그녀는 기뻤다. 미시즈 스위트가 버림받는 이 중차대한 순간에 기뻐했을 것이고 기뻐할 수 있었을 그 인물이 살아 있지 않고 죽어버렸고, 죽음에는 그때도 지금도 없다.

●

미스터 스위트가 말했다. 네 엄마를 사랑해. 네 엄마를 사랑했고 언제나 사랑할 거야. 사랑스러운 미시즈 스위트는 내게 정말 사랑스럽거든. 하지만 너무 끔찍해. 종업원에게 말하는 거들었지, 정말이지 불쾌하다니까. 내가 너한테 이런 말을 한 적은 없을 거야. 할 수가 없었으니까. 아빠 친가에서는 크리스마스와 부활절을 기념했고 시중드는 사람에게 절대 무례하게 구는 법이 없었어. 네 엄마는 우리 시중을 들던 사람들과 같은 부류지만 처음 만났을 때 내게는 네 엄마가 무척이나 흥미로웠어. 밤하늘에 펼쳐진 것들에 흥미를 보여서 내가 생일 선물로 망원경을 사줬고, 곤충을, 특히 나비를 좋아해서 포충망을 사줬지. 난 나보코프*를 알았지만 네 엄마는 그를 몰랐어. 내가 뭘 보여

____

* 작가 블라디미르 나보코프는 열성적인 나비 애호가였다.

주든 얼마나 즐거워하던지, 그걸 보는 것만으로도 아주 기뻤어. 그렇게 내 노력을 보상해주었던 거야. 그런데 그때 네 엄마는 점점 괴물이 되어갔고, 어느 날 나는 네 엄마가 종업원에게 무례하게 군다는 걸 알게 되었어. 나도 종업원에게 무례할 수는 있지만 난 그런 일이 잘못이라는 건 알아. 그런데 어느 날 네 엄마가 특별한 케이퍼를 사러 올데이스 앤드 어니언스에 갔다가 여자 종업원이 어떤 남자, 아주 못생긴 남자에게 이렇게 상냥하게 말을 거는 걸 봤다지. 안녕, 잘생긴 분, 뭘 도와드릴까요? 그래서 네 엄마는 계산을 마친 후 어떻게 그렇게 못생긴 남자에게 그런 말을 할 수 있냐고 종업원에게 물었고, 종업원이 대답하길 그 남자는 자기 남편이라고 했어. 그리고 집에 돌아와 네 엄마는 내게 주먹처럼 생긴 분홍색 꽃이 가득 피어 있는 들판을 설명하느라 여념이 없었어. 그걸 보러 간 거였거든. 주먹처럼 생긴 분홍색 꽃이 피어 있는 들판을 보겠다고 그쪽을 거쳐 올데이스 앤드 어니언스에 갔고, 거기서 종업원과 그 남편을 모욕했던 거지. 내가 참을 수 있는 한도는 거기까지였어. 나와 내 부모님과 내 형과 형네 식구의 시중을 드는 사람에게 별생각 없이 무례하게 굴지 않을 그런 사람과 함께 살고 싶다는 마음이 든 게 바로 그때였어. 네 엄마는 그런 분별이 되지 않는 사람이니까. 제발 돌려 말했으면, 차라리 입을 닫았으면, 그냥 죽어버렸으면 하고 바랐어. 오 어린 헤라클레스야, 오 어린 헤라클레스야, 어디 있니? 나의 절망인 네 엄마의 담요 아래 있니? 정말이지 혐오스러운 그 여자, 네 엄마인 미시즈 스위트의 담요 아래?

오 지금, 오 지금. 그것은 언제나 금방 그때가 되어버린, 지금이었던 사건들로 이야기를 만드는 미시즈 스위트였다. 어린 헤라클레스가 오스틴 리그스 정신질환센터나 그런 다른 시설에 접근하거나 그 입구로 들어가지 못하게, 혹은 그 입구에 다가갔다가 자기 엄마아빠와 형제자매와 이모삼촌과 사촌에게 버림받고 가능한 한 바깥쪽으로 뻗어나가며 가능한 한 한참 아래로도 내려가는 이들을 위한 방과 복도에 자리잡지 못하게 아주 성공적으로 막으려 애쓰던 때에. 아들이 아침으로 먹기 좋은 맛난 뭔가의 형태로 접혀서 소파에 앉아 있고 그의 아빠가 자기는 이제 네 엄마를 사랑하지 않는다고, 네 엄마가 사랑스러운 사람이기는 하지만 이제 네 엄마가 아닌 다른 사람을 사랑한다고 말했을 때, 엄마는 바로 그런 상황에서 아들을 구하려 했던 것이다. 그리고 어린 헤라클레스는 이 상황을 이런 식으로밖에는 달리 이해할 수가 없었다. 아름다운 페르세포네는 미시즈 스위트가 정원 공간에 심을 수 있는 양보다 훨씬 많은 화초를 산다면서 엄마의 화초 사랑을 조롱할 테고, 젊고 아름다운 딸은 이도저도 못하는 엄마를 보며 전화로 화초를 주문하는 엄마를 이렇게 흉내낼 거라고 말이다. "여보세요, 마돈나 데트로이티 디스구스티필름 있나요? 얼마죠? 백 개에 99센트라고요? 그거 백만 개 보내주실 수 있어요?" 이러면 미시즈 스위트의 낭비벽과 우둔함에 온 가족이, 그러니까 스위트 부부와 아름다운 페르세포네와 어린 헤라클레스가 폭소를 터뜨릴 거라고. 어쨌든 미시즈 스위트는 가족에게 즐거움과 웃음을 선사하는 일은 저녁을 차려주는 일과 다르지 않다고 믿었다. 그러나 그때 저녁식사 자리에서도 조롱이 있었고, 그것은 거의 엄마를 향한 우스개 파티였다. 짓궂지만 거짓은 아닌 이야기들을 서로에게 던지는, 코미디언 모임의 어떤 것과 비슷한데, 그런 행사는 사적인 감정이 없고 모든 면에서 이득이 될 만한 것이지만, 스위트네 저녁식사 자리에서 미시즈 스위트는 자신의 약점이 가족의 웃음거리가 된다는 걸 알았고, 자신의 잘못과 결함을 정겹게 들먹인다고 기분이 좋을 수는 없었다. 개별 가격은 무척 싼데 묶음으로 사면 비싼 화초를 언급하며 가족은 그녀가 일상적인 물품의 실제 비용을 제대로 이해하지 못한다는 사실을 들추어냈다. 이는 미시즈 스위트에게 치명적이었다. 왜냐하면 그녀의 역사, 그녀의 존재 자체, 그녀의 현존재가 깊이 연루되어 있었고, 일상적 삶의 진정한 비용을 보여주는 실례로도 이용될 수 있기 때문이었다. 정확히 일상적 삶은 아닐지라도 그에 가까운 것의 실례로. 그런데 아름다운 페르세포네와 어린 헤라클레스와 미스터 스위트가 함께한 여기 저녁식사 자리에서, 엄마를 두고 우스개 파티가 벌어진 거였다. 마치 조너선 윈터스*가 등장해서 인상적인 우스갯소리를 하고 같은 부류의 사람들도 그 자리에 함께 있는 것처럼 말이다. 하지만 이곳은 미시즈 스위트의 저녁식사 자리였고, 함께 저녁을 먹는 사람은 그녀의 딸과 아들과 남편이었고, 남편은 이제 그녀를 사랑하지 않았고, 그녀를 미워했다. 이는 뼈와 근육과 피와 영혼으로 이루어진, 남편이라고 알려진 허약한 구조물에서 드물지 않은 일이었고, 한 여자와 한 남자와 둘이나 그 이상의 아이들로 이루어진, 가정생활이라 불리는 허약한 구조물에서 드물지 않은 일이었다.

오 지금, 오 지금. 미시즈 스위트는 혼잣말을 했다. 그때 심연을 들여다보고 있었기 때문인데, 그것은 문학일 것이다. 야트막하게 팬 곳, 움푹 들어간 구조를 들여다보고 있었기 때문인데, 그것은 지질학일 것이다. 그리고 그 은유 또는 진실한 재현에 그녀의 삶이, 그 잔재가, 그 사실이, 그 요체가, 그것의 합이, 그것의 최후가, 그것의 당분간-잘-있어-다음에-볼-수-있으면-봐가, 그 시작의 끝이 놓여 있었고 미시즈 스위트는 울었다.

---

* 미국 코미디언. 〈개구쟁이 스머프〉의 '파파 스머프' 성우로 유명했다.

자신의 삶을 무척 사랑했으니까. 자신의 삶을 그렇게나 사랑했다니 스스로도 놀라웠다. 미스터 스위트, 잘 자고 일어난 아침 그의 입에서 풍기는 구취, 왜소한 몸집과, 서양배처럼 생긴 멋진 두상에서 계산된 듯, 마치 인간의 상상력에 알려지지 않은 어떤 목적을 위해 누군가 수확하듯 빠지는 머리칼과 함께한 삶을 말이다. 돌아가신 그녀의 어머니가 관 속에 누워 있었고, 어머니가 무시했던 사람들 모두가 그 모습을 보면서 자신들이 더 오래 살아 기뻐했고, 미시즈 스위트도 그중 하나였다. 그리고 그때를 본다. 미스터 스위트와 미시즈 스위트가 결혼한 다음날 프란체스카가 찍은 사진. 그리고 그들이 필름과 여타 비용에 대해 지불한 14달러의 수표가 지불 완료된 바로 그날 프란체스카는 건물에서 뛰어내렸고, 미시즈 스위트는 그 건물이 로어 맨해튼 좁은 지역의 거리에 위치한다는 사실을 애써 기억에서 지웠다. 나무에 새순이 돋고 잎이 나고 한 계절 무성해졌다가 성장이 점점 더뎌지며 결국 일시적으로 성장을 멈추고 휴면기에 들어가 쉬다가 다시 새순이 돋는 식으로 순환하며 나무가 자라는 것을 미스터 스위트는 두려워했지만, 미시즈 스위트는 그런 과정을 보며 기뻐했다. 그 필연성이 예기치 못한, 심지어 상상할 수도 없는 신비로 보여서 그때 훨씬 더 많은 화초를 주문하곤 했다. 하지만 미스터 스위트는 자신이 좋아하는 건 죽은 나무뿐이라고, 한 번도 아니고 몇 번이나 거듭 그녀에게 말했다. 그가 그녀에게 사랑하지 않는다고 말해도, 사랑하지 않아, 사랑하지 않아, 라고 해도 그녀는 별 주의를 기울이지 않았다. 그는 죽은 나무만 사랑하는구나, 그렇게 생각했다. 누군가를 사랑할 때면 상대가 내게 듣기 좋은 소리만 하게 만드니까, 그 사람을 더욱 사랑하게 될 그런 말들만 하게 하니까, 바로 그때이자 지금은, 바로 지금이자 그때는 사랑하는 이가 하는 말을 진짜로 듣는 법이 없으니까. 그런데 헬렌이 있었고, 초승달이 뜬 밤과 희미하게 빛나는 하늘을 올려다보는 외로운 여인을 그린 그녀의 그림이 있었고, 그리고 헬렌과 미시즈 스위트는 웨스트사이드 고가도로에서 달리기를 했다. 둘은 달리고 또 달리다가 남자들이 성관계를 하는 모습을 보았고 그때까지는, 그때까지는 남자들끼리 어떻게 성관계를 하는지 전혀 이해하지 못했다. 헬렌이 "와우!" 했지만 헬렌은 뭘 보든 "와우!"라고 했다고 미시즈 스위트는 혼잣말을 했다. 그때도, 그리고 지금조차도! 헬렌의 말투가 그랬다. 그래, 그게 헬렌이었고, 지금도 그때도 그게 헬렌이야.

지금 당장 내 말을 들으라고. 미스터 스위트의 말이 들려왔다. 당신을 사랑해. 하지만 심지어 나보다 우월한 어떤 사람, 말조차 붙일 수가 없는 사람을 사랑하는 식으로 당신을 사랑하지는 않아. 그녀는 너무나 경이롭고 내가 지금껏 알아온 영역 바깥에 존재하는 사람이야. 미시즈 스위트는 그 말을 다 들었지만 제대로 이해할 수 없었고, 꾸물꾸물 기어다니는 작은 벌레들, 머리끝에서 발끝까지만 움직일 뿐 거기서 더는 나아가지 못하는 작은 벌레들로 그가 언젠가 뒤덮이게 될 날, 그러면 그의 온몸이 아름답지만 쓸모없는 레이스 직물, 드레스의 보디스나 커튼의 맨 윗부분 같은 어떤 것, 지나가다 눈에 띄지만 결국 짜증스러울 어떤 것으로 변화되길 기다리는 레이스 직물처럼 될 날의 미스터 스위트가 보일 따름이었다. 들어보라고. 미스터 스위트의 말이 들려왔고, 이제 미시즈 스위트는 돌이 아니라 진흙 구릉으로 변했다. 그녀에게 가운데 이름이 있었다면 슬픔이 그 이름이 되었겠지만 그때도 지금도 가운데 이름은 없었고, 그녀는 까마득한 옛날 풍경 속으로 가라앉았다. 그것은 기억이고 그것은 그녀의 어머니일 테고, 그 풍경에는 수평선이 있었고 그녀는 거듭거듭 그 풍경의 끝을 보고 싶었다. 수평선을 보고 그 위에 올라서서 거기 있는 것을, 혹은 그 안에 있는 무$_無$를 보고 싶었다. 어머니는 무척 아름다웠고 난 그게 너무 창피했어. 어머니의 아름다움이 너무 창피했어.

"난 내가 태어난 그날이 부끄러웠다. 그것이 5월 24일이 아니라 25일이었기 때문에. 그날, 5월 24일에 모라비아교회 마당에서 축제가 있었다. 오월제라는 축제였고, 여자아이들, 아름다운 여자아이들이 있었는데 그들이 축제의 주체이고 그들의 존재가, 존재 자체가 5월 24일의 그 행사에 달려 있었기에, 그 때조차 아름다운 외양이 주는 인상이 오래가지는 않았다. 축제의 본행사는 오월제 기둥과, 불안정한 아름다움을 지닌 여자아이들이 그 기둥 주위를 춤추며 도는 일이었다. 그 당시에는, 그 때이자 지금, 그것은 경우에 따라 엄청나게 영광스러운 일이었다. 여자아이들은 기둥에 달아둔 빨강, 하양, 파랑 리본을 붙들고 춤을 췄다. 기둥 가까이 갔다가 멀어졌다가 서로 가까이 붙었다가 떨어졌다가 하며 기둥 주위로 특정한 모양을 이루었고 그래서 기둥은 파랑과 하양과 빨강 리본으로 뒤덮였다. 그리고 그때, 나는 내가 입은 옷을 내가 좋아할 수도 있다는 것을 알지 못했고, 다른 사람에게 보이는 내 모습이 생각해볼 거리라는 것을 알지 못했다. 어머니에게 부두 일꾼인 친구가 있었고 그는 아래쪽 포인츠에 살고 어머니와 나는 디킨슨 베이 스트리트에 살았던 그때, 방이 두 개 있는 그 집에서 어머니와 단둘이 살면서 부두 일꾼이던 그 친구를 찾아가곤 했던 그때. 그 친구는 삽화가 그려진 동화책에서 봤을 법한, 작달막하고 뚱뚱한 남자였다. 부두 일꾼인 그가 사는 집에서는 막 수확한 사탕수수로 만든 제품이 가득 실린 기관차가 바라다보였다. 공장에서 싣고 와서, 그것을 받아 영국으로, 수평선 너머 저멀리, 한참 멀리 있는 영국으로 싣고 갈 배까지 운반하는 기관차였다. 그때 어머니와 부두 일꾼은 그의 집으로, 일꾼이 사는 그 집의 암흑 속으로 빨려들어갔고, 난 절대 그 안에 들어갈 수 없었다. 어머니와 일꾼이 그 집안으로 사라지고 나만 홀로 남겨졌을 때 나는 내 그림자와 놀았다. 내 그림자가 여자아이라고 상상하면서 같이 놀이도 하고 우리가 쓴 이야기를 서로 읽어주기도 하고, 때로는 영국의 두 여자아이가 되어 꽃이 가득 핀 정원에서 놀기도 했다. 꽃만 있어야 했고 그걸로 충분했다. 정원이 어디에 있든 꽃이 정원의 가구니까. 부두 일꾼의 정원에는 채송화뿐이었다. 그때는 그것이 지천으로 피는 장미라고 들었는데 지금은 알 수가 없다. 컴컴하게 입을 벌린 그의 집안으로, 나는 절대 들어오지 못하게 한 그 안으로 엄마가 그와 함께 사라지고 혼자 남아 있을 때면 난 채송화, 지금은 내가 채송화라고 부르는 그 꽃이 자라는 자리 주변을 춤추며 돌곤 했다. 그 자리들은 서로 멀찍이 떨어져 있었고, 난 그것과 지나가는 기관차를 바라보는 일과 언젠가 내가 다닐 포인츠 학교를 보는 일과 저멀리 랫섬島의 윤곽을 보는 일 사이에 나의 자아를, 나의 진정한 자아를 온전한 모습으로 다 함께 간직했다. 그때는 내 자아를 몰랐지만. 어머니가 일꾼 집에서 나와 내 손을 잡고 우리가 사는 집으로 걸어갈 때면, 어머니 손에는 황설탕이, 당밀에서 막 과립 형태가 된 황설탕, 매일 쓸 황설탕 한 자루가 들려 있었다. 백설탕은 일요일에 썼으니까. 어쨌든 어머니는 특별한 날이 아니면 내게 어떤 종류든 설탕이 든 것은 먹지 못하게 했다. 하지만 특별한 날이 무엇이었나?

오, 그리고 어머니는 정말 아름다웠고, 난 어머니와 함께 있는 나를 사람들이 보는 것이 창피했다. 어머니는 긴 머리를 틀어올려 마치 보물이라도 되는 양 핀으로 고정했는데, 그것이 과들루프와 마르티니크에서 여성들이 머리를 매만지는 방식이라는 것을 알게 되었다. 어머니는 또한 방언을 썼고 다른 어머니들은 입지 않는 옷을 입었다. 아래 시접에서 위로 3분의 1 지점까지 뒤트임이 있는 몸에 딱 붙는 치마였다. 남자들은 어머니를 보면 걸음을 멈추고 말을 걸었는데, 어머니는 남자들을 보는 일은 전혀 없었지만 걸음을 멈추고 대화를 나눈 뒤 다시 걸음을 옮겼다. 그녀가 내 어머니라는 것을 모두가 알았고, 그녀가 내 어머니고 내가 어머니와 이 모든 것을 사랑한다는 것을 나는 알았다. 부두 일꾼, 어머니의 머리칼, 어머니의 옷, 어머니가 관목을 넣어 향을 낸 물이 가득 든 아연 도금 욕조에서 어머니의 등을 닦아주고 나면 맡을 수 있던 어머니의 냄새, 빨간 입술, 내게 보였던 잔인함 같은. 어떤 새로운 일, 나로서는 존재할 수 있다는 사실조차 몰랐던 어떤 일이 벌어졌을 때 어떻게 날 밀쳐놓았는지 같은. 곧 어머니는 어느 날 한 남자와 사랑에 빠져 아이를 낳을 것이다. 세 명의 아들을. 하지만 첫 아들이 태어나기도 전에 난 이해했다. 아니, 이해한 것이 아니었다. 지금조차 난 그때가 지금이었다는 것을 이해하지 못하고, 지금조차 그때가 내겐 반투명하게 보이기 때문이다. 마치 전부가 유리판 위에서 벌어지듯이, 저쪽으로 미끄러져 다 사라졌다 싶으면 유리판이 이쪽으로 기울어져 다시 지금과 그때를 보게 되듯이, 그것이 또다른 그때와 지금으로, 또다른 그때와 지금으로 넘어가기 직전의 모습으로, 그것도 전부 눈 깜짝할 사이에 보게 되듯이."

●

"다 변하는 거야," 미스터 스위트가 미시즈 스위트에게 말하고 있었다. "다 변한다고!" 하지만 화가 잔뜩 나서 냉혹한 말투였다. 목소리는 철물 공장에서 막 나온 윌킨슨 면도날 같았고, 팔은 그녀를 쿡 찌르려다가 위로할 수 없는 살덩이에 닿기 전에 뚝 멈췄고, 살덩이는 슬픔으로 들썩거리다가 잦아들었다. "다 변하는 거라고, 여보, 다 변해." 그러면서 자신만이 들을 수 있는 음악에 맞춰 춤을 추며 엉덩이를 씰룩거리고 머리를 격렬하게 흔들었다. 혹은 그때 그를 보면서 미시즈 스위트가 그렇게 생각했거나. 그러더니 그는 〈봄의 제전〉〈바다〉〈고양이〉〈거미줄〉〈쥐〉〈개〉〈아이의 침대〉의 대목을 크게 흥얼거리기 시작했다. 그러고 나서 미시즈 스위트라는 과거의 위엄을 빼앗긴 아내에게, 릴리스*가 만들어준 사랑스러운 갈색 드레스를 입은 그녀에게 말했다. 당신을 한 번도 사랑한 적이 없어. 알겠지만 사랑한 적이 없다고. 당신이 사랑스럽지 않아서는 아니야. 물론 사랑스럽지는 않은 건 사실이지만. 그 누구도 당신을 사랑할 수가 없어. 그때 사랑에 대해 전혀 몰랐던 나조차도 말이야. 하지만 지금은 사랑을 알고 내가 당신을 사랑한 적이 없다는 것도 알겠어. 당신이란 존재는 컴컴한 어둠 속의 가시철조망 안으로 걸어들어가는 일과 같으니까. 개미집으로 다과회 초대를 받는 것 같아. 또, 또, 또 어떤 식일지 지금으로서는 딱히 떠오르지 않지만. 미스터 스위트가 미시즈 스위트에게 그렇게 말했고, 그때, 바로 그때, 그녀는 슬픔으로 정신이 나가서 펑펑 울었고 그 눈물이 프리뮬라 카피타타에 물을 주었다. 그녀가 거대한 백송 아래 심은, 히말라야 습한 지역의 자생식물인 그 섬세한 화초에게 그녀의 눈물은 무엇보다 반가웠다. 그녀는 울고 또 울었다. 히말라야의 자생식물임에도 불구하고 캐나다 자생식물인 상록

---

* 유대교 신화에 등장하는 존재로, 아담의 첫번째 아내였으나 에덴동산에서 추방되었다고 한다.

수의 뿌리 사이에 강제로 식재되어 그 힘겨운 조건에서 고통받으며 시들시들 바닥에 늘어진, 바싹 마른 앵초 위로 몸을 숙인 그녀에게 미스터 스위트가 말을 했다. 미시즈 스위트는 울고 울고 좀더 울었다. 그때 미스터 스위트가 말하길, 당신이 우는 까닭은 그저 아이들이나 나나 당신이 했던 그 끔찍한 말과 행동들을 절대 용서하지도 잊지도 않으리라는 것을 알아서라고 했기 때문이다. 그 말에 그녀는 여전히 살아 있는 죽음을 맞았다. 전혀 죽지 않고 여전히 살아 있지만 또한 죽어 있는 죽음. 그녀가 지금껏 살아왔던 삶을 그가 보여주었기 때문이다. 해질녘이 되어 아름다운 페르세포네를 재워야 하는데 부모와 좀더 함께 있고 싶던 그애가 늘 자기 싫다고 떼를 쓰던 그때, 부모는 그애로서는 알 수 없는 것들을 했고, 그래서 아직은 자기 몸보다 작아지지 않은 아기 침대에 들어가야 하는 그 시간을 마냥 미루던 그때. 저녁 식탁에 올릴 맛있는 요리를 만들려고 구워지는 새처럼 두 팔을 몸에 딱 붙인 아이의 턱 아래까지 두툼하게 짠 면 담요를 끌어올려 꼼꼼히 덮어주었던 그때를. 미시즈 스위트는 죽고 또 죽었고, 그런 식으로 오래도록 살았다. 쉬는 법도 없이 거듭거듭 죽으면서, 그때도 아니고 앞으로 올 상태도 아니고 지금까지 있었던 상태도 아닌 오로지 지금, 오로지 죽고 죽고 또 죽으며 미시즈 스위트는 죽었다. 진정 죽었고, 친구 레베카가 일

본에 갔을 때 그곳 공무원들이 입은 것을 보고 미시즈 스위트에게 사다주었던 데님 승마바지도 다시는 입지 않았다.

하루는 24시간이고, 한 주는 7일이고, 한 해는 52주다. 그런 식으로 지구의 나이는 40억 년이 넘었고, 그만큼의 해와 주와 날과 시간이, 그때, 지금, 다시 그때가 그 안에 억지로 갇혀 있고, 과거에 그랬고 지금 그렇고 앞으로도 그럴 것이라고, 미시즈 스위트는 거듭거듭 혼잣말을 했다. 그것이 바람에 실려온 노래이고 그 노래를 듣고 외운 것처럼. 배튼킬강 강둑을 따라 28마일을 걷는 동안 들려왔던 노래인 것처럼. 그때 그녀는 가만히 서서 마음의 눈으로 강물이 굽이굽이 흘러 허드슨강—해류가 영향을 주는 지점과는 다소 떨어진—을 만나 그 속으로 쏟아져 들어가는 모습을 보았다.

앞으로 올 모든 것이 바로 지금을 바라보는 방식을 바꿔놓을 것이다. 바로 지금은 아주 확실하고, 바로 지금은 영원하다. 앞으로 올 것이 바로 지금을 만들고, 뒤틀고, 심지어 지워버릴 것이다. 바로 지금은 또다른 바로 지금으로 대체될 것이다. 바로 지금이 존재하는 전부이고, 끊임없이 반복되는 전부이고, 개개인의 위장 속에서 위액이 치미는 일은 없을 것이다. 그것은 자기 앞에 있는 길들여진 포유류 새끼를 위해, 경우에 따라 게임보이나 슈퍼 마리오를 손에 든 남자아이와 여자아이를 위해 아

침을 차리는 인물이 경험하는 일, 전 인간사의 불안정성을 나타
내는 보편적인 은유다. 어떤 식으로 들리건, 어떤 식으로 느껴
지건, 그것은 정말이지 실망스럽다, 바로 지금은. 바로 지금은
늘 너무나 불완전하거나, 그렇게 느껴지므로. 그리고 그건 축복
이다. 그것이 모습을 바꿔 앞으로 올 것이, 앞으로 올 모든 것이
될 테니까. 앞으로 올 모든 것이 바로 지금을 담고 있고, 그때
를 향한 불가해한 열망을 담고 있을지라도. 지구가 선캄브리아
대, 명왕누대, 원생대, 고생대, 캄브리아기, 오르도비스기, 실루
리아기, 데본기, 백악기, 이런저런 시기의 전기, 그다음에 후기,
그다음에 신생대, 단층과 화산 폭발을 거친 이후, 지구가 지구
의 모습이었던 때 이후에 올 그 시간, 그 장래의 시간은 예전에
있던 시간이었다. 지구의 경계를 넘어서는 곳에 지구를 만들어
낸 모든 것이 있고, 지금까지 지구가 거쳐온 모습과 현재의 모
습이 다 있고, 미래는 과거였고, 그때인 과거는, 항상 그때인 과
거는 주기율표에서나 찾아볼 수 있기 때문이다. 미시즈 스위트
가 고개를 들어보니 식료품실 문에 바로 그것의 법칙을 보여주
는 지도인 주기율표가 핀으로 고정되어 있었다. 아름다운 페르
세포네가 화학에 흥미를 보였을 때 엄마인 미시즈 스위트가 사
다가 붙여놓은 것이었다. 그때 미시즈 스위트는 창밖을 내다보
았고, 그녀가 아이들과 남편과 함께 사는 집인 셜리 잭슨 하우

236

스 바깥에 있는 모든 것을 그녀에게서 분리하여 그녀를 보호해
주는 유리창 너머로, 그녀라는 인물이 형성된 풍경과는 너무나
다른 풍경이 보였다. 그녀가 형성된 풍경은 영원히 해가 빛나고
청명한 날씨가 지속되는 천국이었는데, 너무 완벽한 천국이라
곧 지옥이 되었더랬다. 지금 집밖은 봄이었고 봄기운 속에, 퍼
랜강 강둑 위로 태코닉산맥과 그린산맥의 산허리를 따라 커다
란 나무들이 늘어서 있었는데, 일부는 상록수고 일부는 낙엽수
였으며 바로 그때 새순이 돋고 있었다.

버림받음의 상처, 치유되지 않는

소설은 허구지만 어떤 식으로든 작가 자신의 이야기이기도 하다. 그렇다면 자전적 요소는 보통 어느 만큼이나 들어 있고 어느 정도면 괜찮을까? 혹은 양의 문제가 아니라 방식의 문제 일까? '오토픽션'이라는 용어가 나올 정도로 소설의 자전적 요소가 강해지는 것이 최근의 경향인 듯하니 이런 질문 자체가 좀 고리타분하게 들릴 수도 있겠다. 하지만 본인 동의 없이 소설에 등장하게 된 이들의 항의가 한국에서도 간혹 들리는 것처럼, 소설 속 사실과 허구의 문제가 항상 간단하지만은 않다. 아마 소설에 녹여낸 경험이 작가의 개인적 경험이라도 그 안에는 다른 여러 인물과 여러 삶이 불가피하게 섞여들 수밖에 없다는 특성 탓일 것이다.

카리브해의 작은 섬 앤티가 출신 작가인 저메이카 킨케이드는 자전적 소설로 잘 알려져 있다. 대표작『애니 존』과『루시』는 각각 주인공이 열일곱 살에 입주 보모를 하러 고향을 떠나기까지 십대의 삶과, 뉴욕에 도착한 날부터 일 년 동안의 삶을 다루며, 그런 점에서 작가 본인의 경험이 상당히 투영된 자전소설 연작이라 할 만하다. 독특하다면 독특하다 할 어린 시절이지만, 거기엔 영국의 지배 아래 있던 식민지 상황과 고향을 떠나 타국을 떠도는 디아스포라적 삶의 전형성이 있기에 애니와 루시의 이야기는 독자의 보편적 공감을 끌어낸다.

『지금, 그리고 그때』는 그 어린 시절에서 한참을 건너뛰어 중년 여성의 결혼생활을 다루는데, 킨케이드의 전작을 읽은 독자라면 미시즈 스위트가 실패한 결혼을 되돌아보는 이 소설 역시 자전적 소설임을 알아차릴 수 있을 것이다. 작품 후반부에 미시즈 스위트의 이름이 저메이카라고 언급되기도 하지만, 무엇보다 미시즈 스위트가 쓰는 글의 내용이『애니 존』과『루시』에서 나타난 작가의 삶과 유사하기 때문이다. 학생 시절에『실낙원』을 베껴 쓰는 벌을 받았다는 일화도 전작에서 언급된 적이 있고, 미시즈 스위트가 쓰는 글에 전작의 구절이 포함되어 있기도 하다.

지금 이 작품을 읽는 한국 독자의 독서 경험에는 큰 영향을 주지 않겠지만, 『지금, 그리고 그때』가 2013년 미국에서 출간되었을 때는 이 책을 둘러싼 상당한 논란이 있었다. 킨케이드의 남편이 오랫동안 〈뉴요커〉 편집장을 했던 윌리엄 숀의 아들 앨런 숀이었음은 널리 알려진 사실이었던데다, 미스터 스위트가 앨런 숀이라는 단서가 차고 넘쳤기 때문이다. 킨케이드가 작가로서 성공한 데에는, 신인이나 다름없는 그에게 〈뉴요커〉 고정란을 맡긴 윌리엄 숀의 역할이 상당히 컸다. 물론 킨케이드 자신도 여러 번 항변했듯이 자신의 그런 행운을 두고 많은 사람이 내보인 의심과 시기에는 내세울 것 없는 이민자이자 젊은 흑인 여성을 향한 편견이 다분히 작용했을 테고, 그의 결혼과 이혼을 둘러싼 반응에도 그런 면이 없지 않았을 것이다. 그런 점을 십분 감안하더라도 『지금, 그리고 그때』를 읽다보면 전작과는 달리 누군가의 내밀한 결혼생활을 들여다보는 듯한 불편함이 느껴지는데, 다른 한편 그 적나라함이야말로 서로 다른 두 사람이 만나 살아가는 결혼생활의 어려움을 강렬하게 전달하는 힘이기도 하다.

"버림받는 것이야말로 최악의 치욕, 단 하나의 진정한 치욕이다." 원제이기도 한 'See Now Then'으로 첫 문장을 시작하는 이 작품은 그 치욕감에 뿌리내리고 자란 나무다. 사랑하는 여자가 생겼다며 남편이 이혼을 요구하는 순간, 작품 후반부에 등장하는 그 순간에 미시즈 스위트는 현재의 시점에서 과거를 되돌아보며, 그때 보지 못했던 지금, 지금이 된 그때, 수많은 '지금이자 그때, 그때이자 지금'을 거듭 소환한다. 그렇게 소환된 스위트 부부의 그때가 한편에 있다면, 다른 한편으로는 미시즈 스위트가 골방에 틀어박혀 쓰는 글에서 소환되는 그때도 있다. 즉 이 작품은 남편에게 버림받은 순간 이전의, 그보다 더 깊숙한 치욕감에 뿌리를 둔다. 그래서 미시즈 스위트/킨케이드는 남편에게 버림받는 순간 엄마에게 버림받은 과거의 자신으로 되돌아가고 "자식이 태어나기 전부터 자식을 죽이고 싶었던 엄마를 둔 사람이 세상 역사에 한 명도 없었다는 듯이" 엄마에 대한 글을 (다시) 쓰기 시작한다.

킨케이드는 여러 인터뷰에서 어머니와의 관계를 거론하며 "내가 하는 행동은 그것이 어떤 종류이든 완전히 어머니에게서 영향받은 것"이라고 말했고, "어머니와 결혼했다"고까지 했다. 어머니와 한몸과도 같았던 천국에서 살던 어린 킨케이드는 어머니의 애정이 남동생들에게 옮겨가면서 난데없이 지옥으로 곤두박질쳤다. 어려서 벌어진 일이라 까닭을 알 수 없었고, 왜 그런 일이 벌어졌는지 아무런 설명도 듣지 못했다. 해명되지 못했기에 자아에 깊은 상처를 남겼고 일종의 트라우마가 되어 쉽사

리 사라지지도 않는다. 결혼해서 자식을 낳아 자신이 어머니가
된 후에도.

삶이 무너져내리는 와중에 미시즈 스위트가 어머니에 대한
글을 쓰는 것은 이중의 버림받은 상처에서 벗어나려는 몸부림
이다. 킨케이드는 『지금, 그리고 그때』의 등장인물 중에서 가장
무력한 인물이 어머니, 곧 미시즈 스위트지만 서술자로서는 가
장 강력하다고 말했는데, 글쓰기의 과정과 작가라는 정체성이
버림받음의 치욕에서 벗어나 자존감을 회복할 수 있는 길이기
때문이다. 글쓰기에 치유의 힘이 있다면 바로 그런 과정을 통
해 자신과 화해함으로써 생겨날 텐데, 킨케이드의 나무에서 뻗
어가는 가지와 무성한 잎은 어쩐지 여전히 세찬 바람에 부대끼
는 느낌이다. 영어로 어떤 일을 곱씹거나 반복해 적는다는 뜻의
'dwell on'이라는 표현이 있다. 동사 'dwell'은 거주한다는 뜻
이니, 결국 어떤 자리를 벗어나지 못하는 것이다. 어떤 면에서
킨케이드는 그 자리를 벗어나기는커녕, 그 땅에 뿌리내리고 살
기로 했고, 그렇게 나무를 키워냈던 것 같다. 그 나무는 즙이 많
고 독특한 맛의 과실을 맺기도 했다. 그러나 지금껏 떠나지 못
하고 붙박인 그 장소는, 미시즈 스위트가 벗어버리지 못하는 의
복, 킨케이드 역시 성찰했듯 "자기 과거와 어린 시절, 그보다
앞선 그녀의 삶, 자기 조상과 후손 모두의 안에 매장된 그녀 삶

의 수의壽衣"와도 같았다.

　가장 최근 소설인 이 작품이 나온 지도 십 년이 넘은 지금, 킨케이드의 나무는 어떤 모습일까? 지력地力이 다한 땅에서 과실을 맺으려 분투하고 있을까? 다른 양분을 넣어주거나, 가지치기를 해주었을까? 나무를 건강하게 키우기 위해 필요한 작업은 킨케이드가 애니 존, 루시, 또는 미시즈 스위트에게서 떨어지는 일, 곧 자전적 경험을 담을지라도 등장인물과 거리를 둔 작가의 자리를 지키는 일일 것이다.

정소영

1949년　5월 25일 카리브해에 있는 영국령 식민지 앤티가 바부다의 수도 세인트존스에서 도미니카 이민자인 애니 리처드슨과 로더릭 포터의 딸로 태어남. 태어날 때의 이름은 일레인 포터 리처드슨Elaine Potter Richardson. 이후 어머니가 목수인 데이비드 드루와 재혼함.

1958년　첫 남동생이 태어나고 이후 두 명의 동생이 더 태어남.

1966년　가정 형편이 어려워지자 학교를 그만두고 미국 뉴욕주 스카스데일에 입주 보모로 일하러 가게 됨. 일 년 만에 다른 집으로 옮긴 뒤 고향에 돈도 보내지 않고 가족과 연락을 끊음.

1969년　뉴햄프셔주 프랜코니아 칼리지에 입학해 사진을 공부하지만 일 년 만에 자퇴함. 뉴욕으로 돌아와 여러 단기 직업을 전전하며 〈빌리지 보이스〉〈미즈〉 등의 잡지에 글을 기고함.

1973년　저메이카 킨케이드라는 필명을 사용하기 시작함. 〈파리 리뷰〉〈뉴요커〉에 단편소설을 발표함. 〈뉴요커〉의 고정 칼럼니스트인 조지 W. S. 트로와 친분을 쌓고 그를 통해 편집장 윌리엄 숀을 소개받음.

1976년　〈뉴요커〉 전속 작가가 되어 이후 이십 년 동안 글을 씀.

1979년　윌리엄 숀의 아들인 작곡가 앨런 숀과 결혼.

1983년   단편집 『강바닥에서At the Bottom of the River』 출간.
         이 작품으로 이듬해 모턴 다우언 제이블 상을 받고 펜/포
         크너상 최종 후보에 오름.

1985년   첫 장편소설 『애니 존Annie John』 출간. 버몬트주 베닝
         턴으로 이사. 딸 애니 출생. 구겐하임 펠로십 수상.

1986년   동화책 『애니, 그웬, 릴리, 팸, 그리고 튤립Annie, Gwen,
         Lily, Pam, and Tulip』 출간. 이십 년 만에 앤티가 바부
         다를 방문함.

1988년   에세이 『카리브해의 어느 작은 섬A Small Place』 출간.
         백인 관광객과 타락한 앤티가 정부를 격렬하게 비판하
         는 내용으로 문체가 워낙 공격적이어서, 앤티가 정부는
         1992년까지 비공식적으로 킨케이드의 입국을 금지함.

1989년   아들 해럴드 출생.

1990년   장편소설 『루시Lucy』 출간.

1992년   하버드대학교 아프리카와 아프리카계 미국인 학과에 초
         빙되어 학생들을 가르치기 시작함.

1996년   장편소설 『내 어머니의 자서전The Autobiography of
         My Mother』 출간. 이 작품으로 이듬해 전미도서비평가
         협회상과 펜/포크너상 최종 후보에 오름.

1997년   1996년에 에이즈로 사망한 동생 데번에 대한 회고록 『내
         남동생My Brother』 출간.

1998년   식물을 사랑하는 작가들의 에세이를 모은 『내가 가장 좋
         아하는 식물My Favorite Plant』의 편저와 서문을 맡음.

1999년   에세이 『내 정원 책My Garden (Book):』 출간. 래넌 소

설상 수상.

2000년   『내 남동생』으로 페미나상 외국어 부문 수상.

2001년   〈뉴요커〉의 '마을 이야기' 코너에 구 년간 썼던 칼럼을
          엮어 『마을 이야기*Talk Stories*』 출간.

2002년   아버지에 대한 장편소설 『미스터 포터*Mr. Potter*』 출간.
          앨런 손과 이혼.

2005년   식물채집을 위해 히말라야로 떠났던 경험을 담은 여행기
          『꽃들 사이에서*Among Flowers*』 출간.

2013년   장편소설 『지금, 그리고 그때*See Now Then*』 출간. 이
          작품으로 이듬해 비포 콜럼버스 재단에서 수여하는 미국
          도서상을 받음.

2017년   과거, 현재, 미래 각 부문에서 인류에 공헌한 학자와 예
          술가에게 수여하는 댄 데이비드 상 수상.

2021년   뛰어난 문학적 성취를 이룬 흑인 작가에게 주어지는 랭
          스턴 휴스 메달을 받음.

2022년   〈파리 리뷰〉에서 수여하는 평생 공로상 수상.

2024년   일러스트레이터 카라 워커와 함께 『유색인종 어린이를
          위한 원예 백과사전*An Encyclopedia of Gardening
          for Colored Children*』 출간.

2025년   잡지에 기고했던 에세이, 비평 등을 엮어 『나 자신을 모
          으기*Putting Myself Together*』 출간. 이 작품으로 이듬
          해 펜 아메리카 문학상을 받음.

옮긴이 **정소영**
영문학을 공부하여 박사학위를 받은 뒤 십여 년간 대학에서 강의했고, 현재 전문 번역가로 활동중이다. 옮긴 책으로는 『루시』『애니 존』『가장 파란 눈』『실크 스타킹 한 켤레』『할머니, 개, 그리고 죽도록 쓰기』『시골 소녀들』『값비싼 독』『아주 가느다란 명주실로 짜낸』『웃음과 비탄의 거래』『어떻게 지내요』『대사들』『유도라 웰티』『진 리스』등이 있다.

문학동네 세계문학

지금, 그리고 그때

초판 인쇄 2026년 4월 13일
초판 발행 2026년 4월 27일

지은이 저메이카 킨케이드 | 옮긴이 정소영

책임편집 김수연 | 편집 신선영 김혜정
디자인 최정윤 유현아 | 저작권 박지영 형소진 주은수 오서영 조경은
마케팅 정민호 서지화 박치우 한민아 왕지경 이민경 정유진 정경주 김혜원 김예진 이서진
브랜딩 함유지 이송이 박민재 김하연 신은서 이준희
미디어콘텐츠 함근아 김은솔 박다솔
제작 강신은 김동욱 이순호 | 제작처 상지사 P&B

펴낸곳 (주)문학동네 | 펴낸이 김소영
출판등록 1993년 10월 22일 제2003-000045호
주소 10881 경기도 파주시 회동길 210
전자우편 editor@munhak.com
대표전화 031)955-8888 | 팩스 031)955-8855
문학동네카페 http://cafe.naver.com/mhdn
인스타그램 @munhakdongne | 트위터 @munhakdongne
북클럽문학동네 http://bookclubmunhak.com

ISBN 979-11-416-0333-5 03840

잘못된 책은 구입하신 서점에서 교환해드립니다.
기타 교환 문의 031) 955-2661, 3580

www.munhak.com